A GRANDE MENTIRA

NICHOLAS SEARLE

A GRANDE MENTIRA

Tradução de
Márcio El-Jaick

1ª edição

EDITORA RECORD
RIO DE JANEIRO • SÃO PAULO
2019

CIP-BRASIL. CATALOGAÇÃO NA PUBLICAÇÃO
SINDICATO NACIONAL DOS EDITORES DE LIVROS, RJ

Searle, Nicholas
S447g A grande mentira / Nicholas Searle; tradução de Márcio El-Jaick. – 1ª ed. – Rio de Janeiro: Record, 2019.
23 cm.

Tradução de: The Good Liar
ISBN 978-85-01-11762-5

1. Ficção inglesa. I. El-Jaick, Márcio. II. Título.

19-60442 CDD: 823
CDU: 82-3(410.1)

Vanessa Mafra Xavier Salgado – Bibliotecária – CRB-7/6644

TÍTULO EM INGLÊS:
THE GOOD LIAR

Texto revisado segundo o novo Acordo Ortográfico da Língua Portuguesa.

Direitos exclusivos de publicação em língua portuguesa somente para o Brasil adquiridos pela
EDITORA RECORD LTDA.
Rua Argentina, 171 – Rio de Janeiro, RJ – 20921-380 – Tel.: (21) 2585-2000,
que se reserva a propriedade literária desta tradução.

Impresso no Brasil

ISBN 978-85-01-11762-5

CAPÍTULO 1

Nome de guerra

1

É PERFEITO, pensa Roy. Sina, sorte, destino, acaso: chame como quiser. Tudo junto. Ele não sabe se acredita em destino ou em qualquer coisa além do próprio presente. Mas, em geral, a vida o tem tratado bem.

Ele se levanta e caminha pelo apartamento, conferindo se as janelas estão fechadas e se os aparelhos domésticos estão devidamente desligados. Apalpa o peito do paletó pendurado atrás da porta: sim, a carteira está ali. A chave aguarda no aparador do corredor.

A julgar pelo perfil que ele visualiza na tela do computador, essa mulher parece, no mínimo, ter caído do céu. Até que enfim. Ele já espera aquelas manobras sutis, quando uma pequena imperfeição vira virtude pela boa escolha das palavras ou uma mentirinha despretensiosa se torna a melhor das qualidades. É a natureza humana. Ele, por exemplo, duvida que o nome dela seja de fato Estelle; assim como o dele não é Brian. Em sua opinião, devem-se esperar e aceitar esses floreios inconsequentes. São o óleo que faz a engrenagem rodar. Quando forem revelados, ele se mostrará devidamente tolerante e entretido com esses leves embelezamentos. Mas não às mentiras cabeludas que costumamos ouvir, pensa Roy enquanto descarta o sachê de chá na lixeira, lava a xícara e o pires e os coloca de cabeça para baixo no escorredor.

Ele respira fundo e desliga o computador, acomodando a cadeira debaixo da mesa. Já esteve nessa situação, a expectativa nas alturas. Com essa lembrança fugidia vem um breve cansaço. Esses encontros pavorosos com velhas descuidadas cujos infelizes e longos casamentos com homens entediantes e fracassados parecem ter plantado, na viuvez, a semente de uma permissão para mentir à vontade. Elas não herdaram memórias felizes nem o privilégio material de receber pensões milionárias em mansões arborizadas de Surrey. Moram em casinhas estreitas que sem dúvida têm cheiro de frituras, levando a vida com a ajuda do Estado, amaldiçoando Bert, Alf ou quem quer que seja, sonhando com a vida que jamais terão. Agora correm atrás de tudo o que podem ter, custe o que custar. E quem pode julgá-las?

Uma inspeção rápida. Camisa imaculadamente branca: confere. Vincos da calça cinza: elegantes. Sapatos lustrados com cuspe: reluzentes. Gravata listrada regimentar: nó perfeito. Cabelo: bem penteado. Paletó azul saído direto do cabide: cai como uma luva. Olhada rápida no espelho: ele passaria por setenta anos; sessenta, forçando a barra. Consulta o relógio. O táxi deve estar chegando. A viagem de trem levará apenas trinta minutos.

Para essas mulheres desesperadas, trata-se de uma fuga. Uma aventura. Para Roy, esses encontros casuais são algo diferente: um empreendimento profissional. Ele não admite ser visto como entretenimento barato ou desapontá-las ligeiramente. Crava nelas seus olhos azuis e as disseca metodicamente. Invade. Ele faz o dever de casa e as deixa muito cientes disso.

— Você não disse que tinha um metro e sessenta e oito e era magra? — perguntaria, incrédulo, mas com a gentileza de não acrescentar: parece uma anã obesa. — Você estava bem diferente na foto. Deve ser de uns bons anos atrás, hein, querida? — (Ele deixa de fora a nota de rodapé: "Talvez seja a foto da sua irmã mais bonita.") — Você falou que mora perto de Tunbridge Wells. Está mais para Dartford, não? — Ou: — Então o que você chama de viagem pela Europa é uma excursão anual para Benidorm com sua irmã?

Se Roy chegar por último, conforme o planejado, é normal que conduza um discreto reconhecimento de campo inicial, avaliando suas possibilidades. Ao deparar com a decepção de sempre, poderia simplesmente ir embora sem se apresentar. É tudo tão previsível! Mas ele nunca vai embora. Considera sua obrigação estilhaçar as fantasias inalcançáveis daquelas mulheres. Será melhor para elas, cedo ou tarde. Com um sorriso sedutor e uma saudação galante, ele começa e, em pouco tempo, engata no que já se tornou uma espécie de roteiro principal.

— Se existe uma coisa que odeio profundamente — anuncia —, é desonestidade.

Em geral as mulheres abrem um sorriso tímido e balançam a cabeça, assentindo.

— Então, já me desculpando e deixando para trás as experiências constrangedoras e desagradáveis que tive... — Outro sorriso, mais gentil impossível. — Vamos direto ao assunto.

Normalmente outro balançar de cabeça, desta vez sem sorriso, assentindo e mexendo-se na cadeira, algo que ele nota, mas outras pessoas talvez não notassem.

Encerrado o encontro, é meticuloso na divisão da conta e não deixa ambiguidades com relação ao futuro. Sem cortesias insinceras.

— Não era nem um pouco o que eu esperava — afirma, balançando a cabeça fastidiosamente. — Não mesmo. Que pena! Se pelo menos você tivesse sido mais clara... Se tivesse descrito a si mesma com mais... fidelidade, digamos. Ambos poderíamos ter economizado energia. O que, nesta altura da vida, é necessário. — Aqui ele pisca o olho e abre uma ponta do sorriso para mostrar o que elas estão perdendo. — Se pelo menos...

Ele espera que hoje não precise se valer dessas medidas. Mas, se for o caso, terá cumprido seu dever, por si mesmo, pelo próximo infeliz e pelo sistema que por engano une desiludidos e iludidos, e que em sua opinião corre grave risco de ruir. Todas aquelas horas desperdiçadas tomando Britvic, todo o esforço investido em conversas truncadas entre grelhados variados, tortas industrializadas de carne e cerveja preta aquecidas no micro-ondas, suflês de legumes ou estrogonofes, todas aquelas despedidas constrangedoras com falsas promessas de contato no futuro. Para ele, não. Muito menos as malditas cópulas na esperança de alcançar a almejada glória.

Mas Roy não é pessimista. Sempre recomeça com esperança. Dessa vez vai ser diferente, diz a si mesmo, relevando o fato de já ter dito isso a si mesmo várias vezes. Mas sua intuição lhe garante que não será igual.

O táxi chegou. Ele se endireita, sorri para si mesmo e tranca a porta de casa antes de marchar até o veículo à sua espera.

2

BETTY DÁ OS últimos retoques, tomando o cuidado de controlar o entusiasmo. Stephen a levará ao *pub* e aguardará do lado de fora, para que ela não precise ter nenhuma preocupação de ordem prática. Nenhum nervosismo quando o trem atrasasse demais para continuar seguro. Nenhuma dor nos quadris quando precisasse correr deselegantemente. Nenhum risco de ter sua capacidade de voltar para casa comprometida pela preocupação depois do encontro. E Stephen estará lá para o caso de ela sentir a necessidade súbita de encerrar o encontro antes da hora.

Eles precisam partir daqui a alguns minutos, falou Stephen, depois de algumas consultas ao Google e ao GPS. Ela sabe usar a internet, mas muita coisa ainda a deixa confusa. Por exemplo, o que é um *tweet*? Como, diabos, vivíamos sem esses aparelhos? Ou, ainda mais importante: por que os jovens dependem tanto deles?

Ela ouve Stephen andando pela sala. Ele parece estar mais nervoso do que ela; que fofo! Olha a si mesma no espelho enquanto passa o batom. Não haverá nenhuma ansiedade de última hora. O vestido floral azul que ela escolheu é perfeitamente adequado para a ocasião e realça o cabelo loiro, com um corte Chanel tão moderno quanto pode ser na sua idade. Ela não trocará o delicado colar de prata nem o broche que lhe faz conjunto por algo mais óbvio como pérolas. Não optará por sapatos mais — ou menos — confortáveis. Não precisará de uma última xícara de café para criar coragem.

Betty não vê a si mesma como uma mulher nervosa. É tranquila. E também gosta de pensar que é realista. Com razão considerada bela outrora, aceita graciosamente os efeitos do tempo — assim espera. Prefere pensar neles como mera consequência, não como dano. Embora mantenha certo esplendor, já não é bonita. Não poderia sequer pensar em ser, apesar das tentativas deliberadas das revistas de criar um novo mercado para senhoras de idade. Talvez ela seja algo diferente, algo sem nome nem idade.

Ela tampa o batom, passa um lábio no outro, ajeita o colar, toca de leve o cabelo e olha pela última vez seu reflexo. Está pronta. Consulta o relógio: cinco minutos adiantada. Stephen a cumprimenta com um abraço afetuoso quando ela entra na sala.

— Você está linda — elogia.

E ela sabe que ele está sendo sincero.

3

STEPHEN DIRIGE mais devagar na chuva. Quer dizer, *ainda* mais devagar, porque nem no melhor dos tempos teria segurança para conduzir. Vai devagar por si próprio, para aplacar seus nervos, não por Betty. Ela é uma pessoa forte, claramente muito mais forte do que ele, apesar de suas respectivas idades. Ela viveu a vida, em vez de apenas estudar como as pessoas vivem. Uma ave de rapina, poderiam dizer, mas não ele. Stephen não consegue imaginar uma comparação menos apropriada. Jamais usaria esse linguajar e, de qualquer forma, seria inexato. Ela é frágil, mas não como um pássaro, com traços de porcelana e corpo delgado. Sua constituição é forte. Inquebrantável, ele diria.

Os dois partem cedo para evitar qualquer possibilidade de atraso. Ele se aproxima dos cruzamentos dolorosamente devagar, mantém-se deliberadamente dez quilômetros abaixo do limite de velocidade e segue as restrições das placas de trânsito com obediência exagerada. É um dia importante, para ela e para ele.

— Você não está nem um pouco nervosa? — pergunta.

— Um pouquinho — responde ela. — Não muito. Mas é mais fácil para mim.

— Por quê?

— Porque vou estar em ação. E não esperando. Vigiando. Vou estar lá. Já você vai ficar do lado de fora, no carro. Impotente.

— Mas você vai estar lá dentro. Com ele. E quem sabe como ele é? Como vai ser para você?

Ele sorri.

— Essa é a questão. É mais fácil para mim. De verdade. Você não entende. E como poderia? Já passei da idade de me importar com tudo, ainda mais com o que eu venha a dizer ou fazer. Posso fazer o escândalo que for, tenho impunidade. Não tenho nada a perder. Já não tenho constrangimento. Se não der certo, não deu. Vou sobreviver.

— Você é mesmo única — observa ele. — E corajosa.

— Não sou, não. O que pode acontecer? Tomar um drinque e petiscar com um senhor sem dúvida distinto, num *pub* conhecido e movimentado. Com meu cavaleiro de armadura reluzente esperando do lado de fora, celular em mãos. O que poderia dar errado?

Ele abre um sorriso e toma a rampa de saída da estrada.

4

— ESTELLE — apresenta-se ela, estendendo a mão, os olhos brilhando ao sorrir.

— Brian — responde ele. — Encantado.

Ela o encontrou. Com justos dez minutos de atraso por causa da prudência de Stephen, que fez questão de passar de carro algumas vezes pelo *pub*, recém-construído para parecer antigo, iluminado pelo lusco-fusco da tarde de março.

Roy a reconhece imediatamente. Altura mediana, magra, jovem para a idade, meio menina no jeito, uma expressão de divertimento, de alegria, e aqueles olhos instigantes. Cabelo bonito. Vestido deslumbrante, revelando a silhueta. Sem dúvida uma mulher de causar suspiros em sua época. A foto do *site* não mentiu. A leve irritação por ela não estar no *pub* quando ele chegou evapora. Está aprovada. Ah, sim. Muito.

— Diga-me, o que você gostaria de beber? — pergunta.

— Eu adoraria um... martíni com vodca — responde ela.

Ela não sabe por quê. O desejo simplesmente se infiltrou na sua mente. Tal impetuosidade pode pôr tudo a perder nas próximas horas. É preciso ter controle e disciplina.

— Batido ou mexido? — pergunta ele, com um sorriso e a sobrancelha erguida. Bem diferente da cerejinha sem graça de sempre, pensa.

— Haha.

Ele pede a bebida, sugere que se sentem e leva as taças à mesa dezesseis.

— Como você me reconheceu?

— Entrei, corri os olhos pelo *pub* e lá estava você, junto ao balcão. Alto, distinto, elegante, como você se descreveu. Você é exatamente como na fotografia.

Isso não está tão longe da verdade, pondera ela. De fato, entre o mar de aspirantes a executivos com cara de dezesseis anos, identificá-lo não foi difícil.

— Quem vê minha cara também vê o coração — garante ele.

— Perdão?

— Sou exatamente o que você lê na embalagem.

— Ah — lamenta ela. — Que pena!

Ela sorri, para deixar claro que está flertando.

— Hahaha — solta ele, depois de uma breve pausa, sacudindo os ombros. — Muito bom! Você é danadinha. Vamos nos dar bem. — Ele a encara. — Ah, vamos, sim.

Eles pedem a comida: ela, uma massa vegetariana; ele, filé, ovo e batata frita. Entre garfadas de macarrão de conchinha grudento com vegetais processados e molho de queijo fibroso, ela o avalia melhor. Realmente, ele é alto, tem os ombros largos e um tufo de cabelo grisalho penteado para trás do rosto corado, sobre o qual afluentes de vasos sanguíneos mapeiam uma topografia complexa. O cabelo é domado com creme e lambido com esmero atrás das orelhas. Os olhos são espantosos, quase alarmantes, a moldura oval e leitosa separando o azul-claro da íris do mar de pele avermelhada, sempre atentos, disparando de um lado para o outro, mesmo quando focam seu rosto. Se não fosse pelo caráter lacrimoso próprio da idade, ela talvez sentisse medo dele. Na verdade, sente um pouco.

Deve ter sido um homem majestoso em algum momento, pensa ela: alto, imponente. Ainda se porta assim, mas ao mesmo tempo há a indisfarçável decadência física. Os ombros são curvos e os olhos carregam o reconhecimento de que ele não pode, afinal, negar a mortalidade. As evidências são agora inequívocas e geram frustração à medida que a ruína das funções físicas e mentais acelera. Ela faz uma ideia do que ele deve sentir, embora jamais tenha sido uma pessoa imponente — vívida, talvez, mas sem essa vaidade peculiarmente masculina cuja futilidade é cruelmente exposta no inevitável declínio do poder viril. De certo modo, sente pena dele.

A conversa flui fácil.

— Está uma delícia — diz ela, falsa, erguendo os olhos do caos em seu prato.

— Ah, sim — responde ele. — O pessoal daqui nunca decepciona.

— Como está o seu bife?

— Esplêndido. Aceita mais uma bebida?

— Mas é claro, Brian. Por que não?

— Você não vai dirigir?

— Não. Meu neto me trouxe.

— Seu neto?

— Sim. O Stephen. Está esperando lá fora, no carro. Devorando algum livro, tenho certeza.

— Então você é próxima da família?

— Sou — responde ela, categórica. — Não somos muitos. Mas somos bem próximos.

— Fale um pouco deles.

Esse é um dos temas óbvios numa conversa, e ela estava preparada. O filho, Michael, executivo do ramo farmacêutico que mora perto de Manchester, e a esposa, Anne. O filho deles, Stephen, historiador que trabalha na Universidade de Bristol. A filha deles, Emma, que estuda Letras em Edimburgo. Ela menciona por alto Alasdair, o falecido marido, mas compreende que agora não é hora de visitar as tristezas íntimas que, em parte, os levaram àquela mesa.

É a vez de Brian. O filho, aparentemente, projeta cozinhas em Sydney, e o contato deles é esporádico e ocasional, quando estão em bons termos. Não, ele não tem netos. É evidente que Brian não se sente à vontade para falar do filho. O próprio Brian foi o filho mais velho de três, e os dois irmãos já morreram. E é claro que houve uma mulher, Mary. A pobrezinha da Mary. Ele abaixa a cabeça, e Betty espera uma lágrima cair.

— Sabe — diz ele, erguendo os olhos, revigorado —, se existe uma coisa que odeio profundamente é desonestidade. — Ele a encara. Ela retribui o olhar. — Parece que hoje em dia ninguém tem um pingo de vergonha de mentir. Quando são pegos, sim, é claro. Mas me parece que a desonestidade é aceitável se não for descoberta. Acho isso deplorável. Você me entende?

Ela abre um sorriso.

— Acho que sim.

— Por isso devo confessar uma mentira da minha parte. — Ele se detém, assumindo uma expressão solene. — Meu nome, na verdade, não é Brian. É Roy. Roy Courtnay. Brian foi uma espécie de pseudônimo que criei para este encontro. Não sei se você me entende, mas é muita exposição.

Nome de guerra, pensa ela, ligeiramente irritada.

— Ah, sim — responde, com indiferença. — Nunca fiz isso antes, mas imaginei que fizesse parte. Um ato natural de autopreservação. Suponho que este seja o momento em que eu confesso. Meu nome não é Estelle. É Betty.

Por um instante se entreolham severamente. Então caem na risada em uníssono.

— Dou minha palavra de que essa foi a última vez que menti para você, Betty. De agora em diante, tudo que eu disser a você será verdade. Prometo total sinceridade. Absoluta.

Ele abre um sorriso largo.

Alto lá, pensa ela, mas retribui o sorriso sem reserva nem hesitação.

— Fico feliz em saber.

Eles quebraram o gelo, sentem no íntimo, e agora podem relaxar. Batem papo, falam sobre os jovens. É um terreno seguro, e com lugares-comuns compartilham seu espanto com a vida nos dias de hoje.

— Eles são tão corajosos! — exclama ela. — Nem em sonho eu cogitava fazer algumas das coisas que fazem hoje.

— Mas tão inconsequentes — objeta ele. — É tudo muito fácil para eles. Não há perseverança.

— Eu sei. Eles não se preocupam com nada. Ao contrário de nós. Fico feliz que sejam assim.

Betty imagina que essa seja uma parte necessária do processo, um passo no caminho para uma intimidade maior. Não acredita muito no que está dizendo, vai improvisando.

Conta a Roy que Stephen não tem nem sequer telefone em casa; o celular resolve tudo. Carrega a vida no bolso traseiro. Quando eram jovens, concordam os dois, o símbolo máximo de *status* era o telefone fixo. Agora é uma gafe. O filho dela possui três carros. E há apenas duas pessoas em casa, agora que os filhos se foram. Aliás, ele não possui os carros, mas paga uma quantia mensal exorbitante para uma financiadora e simplesmente troca os automóveis por outros a cada três anos, um esquema confuso que ele pacientemente explicou algumas vezes, mas que "não entra na cabeça dela", nas palavras dele. Hoje em dia, ninguém quer saber de economizar dinheiro para comprar alguma coisa. A neta, com vinte anos, já visitou mais países do que Betty visitou em toda a sua vida. Ela está falando pelos cotovelos, com a língua solta, mas não importa. Está tudo bem.

Stephen é devidamente convocado e aprovado.

— Um ótimo rapaz — afirma Roy, quando o dito rapaz se retira para o banheiro. — Um brinde a você, Betty. Um ótimo rapaz.

Números de telefone são trocados, assim como sinceras manifestações de interesse em um reencontro muito em breve. Stephen oferece a Roy carona até a estação, mas ele recusa.

— Ainda não estou tão decrépito assim — responde. — É perto.

Ele beija o rosto de Betty. Ela retribui o beijo, apertando e puxando o braço dele ligeiramente, mas não o suficiente para a intimidade de um abraço. Olha em seus olhos.

— Até mais — diz.

— *Au revoir,* Betty.

CAPÍTULO 2

Visco e vinho

1

LÁ VÊM ELES. Os inocentes, avançando pela rua. O sol brilha, e tudo vai bem no mundo.

Vão aos tropeços, correndo em passos estridentes pela calçada, gravatas tortas, mochilas voando, camisa para fora da calça, cabelo desgrenhado. Cortam caminho em direção ao comércio, fluindo como líquido. Os sapatos escolares ecoam no pavimento antigo, vozes joviais competem entusiasmadamente.

As meninas vêm mais devagar, em ordem. Ora, as meninas sempre são mais comportadas, mais circunspectas. Menos as levadas. E podem ser bastante levadas. Ah, sim.

O Green está banhado pela plácida luz do sol, com seus refúgios de sombra debaixo das árvores grandiosas. É assim há séculos: jovens saindo aos borbotões da escola catedral sem nenhuma preocupação, cheios de vida, ávidos para retomar suas vidas, enquanto os velhos os observam de casa mal disfarçando a inveja, recordando amargamente a própria juventude.

Ele observa da poltrona no canto da sala com interesse, mas sem compaixão. As meninas do Ensino Secundário são fascinantes. Os meninos são apenas rinocerontes vociferantes, movidos por ímpetos hormonais dos quais são vítimas indefesas e aos quais são absolutamente alheios. As meninas já desenvolveram alguma consciência. E, com essa consciência, surge a incerteza, expressa em várias formas. As feias e estudiosas investem na crença de que a dedicação e a inteligência poderão ajudá-las a navegar em meio ao horror, para longe da solidão e do fracasso. As mais bonitas da turma — e mais fúteis, na maioria das vezes — têm o pressentimento de que a beleza pode ser efêmera, a depender dos caprichos do desenvolvimento do corpo. E as vagabundas, que não são especialmente inteligentes, mas têm tutano suficiente para entender que não podem competir em intelecto ou beleza, valem-se da astúcia, subindo a saia tão logo saem de casa, provocando os homens. Sabem que aquele negócio chamado sexo espreita em algum lugar próximo; e logo descobrem seu poder. Ah, sim.

Agora os mais velhos. Rapazotes de cabelo escorrido e olhar sofrido fazem as vontades de meninas inatingíveis. Roy gosta do desdém das meninas, embora seu desprezo pelo sexo masculino supere até mesmo o delas. Com trocas de olhares de cílios postiços — elas costumam andar em duplas — e a aparente timidez no sorriso, ocultando a malícia, Roy sabe, as meninas disfarçam seus sentimentos.

Ele não consegue se enxergar nos garotos. Tolos, pensa. Tolos. Nunca fui igual a vocês. Eu era bonito e destemido. Não fraquejava nem tropeçava.

Ele já não tem quinze anos. Nem cinquenta. Ou mesmo oitenta. Mas os instintos nunca mudam. Uma vez sedutor — inefavelmente atraente para o sexo oposto —, sempre sedutor. Não poderia ser diferente, nem se quisesse.

Ela está ali. A menina que ele escolheu para focar sua atenção. Saia curta e meia-calça pretas envolvendo as pernas esguias, femininas. A meia-calça destoa do uniforme escolar, mas, pensa ele, está perfeitamente de acordo com o contexto. Ela deve ter quinze anos, talvez treze, bem desenvolvida. Elas crescem tão rápido hoje em dia. De qualquer forma, é pequenina, o cabelo frisado com aquelas mechas loiras que parecem nunca sair de moda. A sombra dos olhos foi aplicada sem muita maestria, mas parece bonita a distância. Ela se acha rebelde, única, mas está apenas trilhando o caminho familiar que cedo ou tarde leva ao conformismo. Se ainda fosse jovem, ensinaria à garota uma ou duas coisas. Ela talvez fingisse altivez e indiferença, um lânguido ar da experiência. Talvez se animasse com a jornada de descoberta, mas acabaria ficando com medo. Roy sabe lidar com o medo. Se sabe.

Stephen está atrasado. Nenhuma novidade. Prometeu entregar alguns livros a Betty e depois voltar para uma reunião com Gerald às seis horas que promete ser extenuante. Ele já imagina as perguntas: está tudo em ordem? Você cobriu todos os pontos? Cumpriu todos os requisitos? Vamos conferir só mais uma vez, por precaução? Afinal, esse projeto é importante para cacete.

Para ser sincero, as perguntas são relevantes, e Stephen precisa mesmo de supervisão. O problema de Stephen é justamente esse, e não Gerald — não há nada de errado com ele, embora às vezes lhe falte humildade. O principal problema, porém, é que Stephen não sabe se está tudo em ordem. Não sabe qual é a ordem, muito menos quais são os pontos. Ainda não descobriu que requisitos devem ser cumpridos. Esse troço parece ter vida própria.

Gerenciamento de projetos não é a praia de Stephen. Gerenciamento não é sua praia. Propósito, foco, pesquisas exaustivas, a alegria de descobrir novos fatos que mudem o panorama geral, a sensação de criar algo útil, isso é importante, não o processo. Mas Gerald é um mal necessário, reflete. O que faria sem ele?

Stephen encontra, entre a farmácia e a imobiliária, a passagem que conecta a cidade nova à antiga e, aos poucos, vê os centros comerciais se transformando em centenárias casas de pedra, até chegar ao Green.

O sino dobra as horas em algum lugar atrás da muralha de carvalhos, suas folhas a farfalhar com a brisa e mosquear a luz do sol, lançando sombras ondulantes sobre o tapete verdejante.

Faz um dia lindo na Inglaterra, até agora um dos poucos nesse verão. O sol vai alto no céu azul, e aveludadas nuvens de um branco imaculado deslizam ao sabor do vento. As crianças saem correndo da escola, a adrenalina da liberdade acentuando sua exuberância. A distância, os uniformes parecem limpos e arrumados, mas, aproximando-se, vê que as exigências do dia, além das diversas tentativas de proclamar individualidade, cobraram seu preço. Casacos jogados no ombro, camisas amassadas e encardidas, sapatos gastos. E o cheiro de criança: suor, urina e terra misturados com tecidos sintéticos pesados e aquele vago e peculiar odor que vem da própria instituição, uma combinação do perfume quase metálico de material de limpeza com o aroma da madeira antiga e empoeirada do parquete e das paredes suntuosas.

Há uma alegria nas crianças que sustenta seu otimismo. Ele passa pela muvuca de meninos e, atrás deles, encontra muitos grupinhos de meninas, mais na delas, mais quietas, reservadas. De fato mais velhas, mais maduras.

Stephen é cauteloso na maneira como olha as meninas, porque sabe das suspeitas que residem no coração de toda mulher com relação aos homens hoje em dia. Foi sempre assim? Ele não sabe, mas não pode correr o risco de que seu olhar seja mal interpretado.

Ele se interessa pelo fenômeno da juventude, embora não saiba exatamente por quê. Talvez seja simples curiosidade a respeito da condição humana, despertada por essas criaturinhas em fase de crescimento, que observam, imitam, experimentam e se adaptam até finalmente começar a desenvolver uma identidade. Talvez seja porque ele próprio não completou a última fase, apesar de se aproximar dos trinta anos.

Do outro lado do Green, vê uma menina, talvez nos seus catorze anos, caminhando sozinha, desengonçada e hesitante — uma rebelde sem causa. Saia curta, olhos pintados de preto, queixo erguido; mas é apenas uma criança, e ele vê medo nos olhos dela. A afetação da menina provoca uma série de emoções: uma avalanche de algo que ele só consegue chamar de amor, o reconhecimento da vulnerabilidade dela e o desejo, apesar de sua impotência para tanto e do absurdo da ideia, de protegê-la. Ele examina suas motivações, buscando a ponta de luxúria moldada em termos mais palatáveis. Pode sinceramente dizer que ela não existe, mas é interessante o fato de ele precisar se certificar.

Então o vê, sentado na poltrona de Betty, na janela. Roy, que agora já tem morado na casa de Betty há dois meses. Aqueles olhos de lagarto encarando a menina, ávidos, sedentos. Ela segue caminhando, alheia, trocando mensagens no celular. Quando passa por Stephen, Roy finalmente o vê, e os dois se entreolham. No mesmo instante, a fisionomia de Roy muda, da incredulidade para a hostilidade, assumindo por fim a expressão de um velho triste que passa os dias contemplando o mundo inofensivamente. Roy abre um sorriso vacilante, que Stephen retribui, acenando pouco à vontade. Pensa: Conheço você. E o odeio.

2

— EU TERIA MUITO cuidado se fosse você — avisa Roy quando Stephen entra na sala.

— O quê? — surpreende-se Stephen.

— Eu disse que é melhor você ter cuidado — repete Roy, virando-se teatralmente para a janela.

Intrigado, Stephen franze a testa, abre a boca para dizer alguma coisa, mas pensa duas vezes. O olhar grave de Roy sobre ele.

— Quer chá? — pergunta.

— Se não for incômodo — responde Roy, recostando-se na poltrona.

Quando Stephen traz as xícaras de chá — forte, com três cubos de açúcar para Roy; fraco, sem açúcar para ele —, Roy prossegue:

— Todo cuidado é pouco.

As palavras pairam na sala.

— Hum, é... — murmura Stephen, afinal. — Como assim?

Sempre no mundo da lua, pensa Roy. Vagando por aí. Incorrigível. Perdido. O acadêmico típico.

— Os mal-entendidos — afirma.

— Ah, sim — responde Stephen, distraído, abrindo um sorriso vago.

— Filho, não me trate com indulgência.

Stephen o encara, sem dizer nada.

— A Betty não está? — pergunta, afinal.

Roy recua. É como ser cruel com um cachorrinho. Não que isso necessariamente o impediria. Mas Stephen o entedia. É pouco provável que consiga se divertir com ele.

— Não — responde. — Saiu para encontrar uma amiga.

— Ah, sim. Você sabe quando ela volta?

— Não. É uma mulher independente, aquela ali. — Roy solta uma risada. — Não sou babá dela.

— Não. Claro.

— Você está com pressa? Parece estar com a cabeça em outro lugar.

— Estou com muita coisa na cabeça. Só vim deixar esses livros que prometi à Betty. — Ele mostra a sacola laranja, à guisa de prova. — Ela queria pegar emprestados.

— Ah, sim — diz Roy, fitando-o.

Stephen se senta no canto do sofá, inclinando-se para a frente, os cotovelos apoiados nas coxas, ainda de casaco, apesar do calor, pronto para sair.

Depois de uma breve pausa, Roy pergunta:

— Como vai o trabalho?

— Tudo bem — responde Stephen. — Na verdade, estou indo encontrar meu orientador, inclusive.

— Ele é durão?

— Gerald é bacana. Me mantém na linha. Preciso disso.

— Estou vendo — comenta Roy, e os dois ficam em silêncio por alguns instantes. — O que você está estudando?

— O levante jacobita — responde Stephen, de pronto. — Especificamente John Graham, seu papel central na fomentação do movimento e sua influência tanto em 1715 como em 1745.

— Sério?

— É um período importantíssimo da nossa história, com a sucessão hanoveriana e a disputa entre o presbiterianismo e o catolicismo escocês.

— Deve ser interessante. Nunca liguei muito para história. A história acadêmica. De que adianta olhar para trás? Na minha humilde opinião, o que está feito está feito. Não dá para desfazer.

— Mas podemos entender.

— Ah, imagino que sim. Não estou criticando — ressalva Roy. — Admiro seu conhecimento. Só não é para mim. Essa coisa de viver no passado.

O relógio tiquetaqueia, medindo a distância entre eles.

— Enfim — diz Roy. — Cada um tem seu gosto.

— É melhor eu ir — decide Stephen. — Combinei com Gerald às seis horas.

— Vai lá — responde Roy.

Ele se vira novamente para a janela. Em sua cabeça, Stephen já se foi.

3

O INÍCIO DO OUTONO, como é comum depois de um verão em que as promessas não se concretizaram, é perversamente agradável.

Roy vai dar um passeio, apenas para sair de casa. Betty começou a rotina de limpeza meticulosa. O barulho do aspirador de pó e o incômodo de ele precisar levantar os pés enquanto tenta ler o jornal bastam para irritá-lo. Ela levanta os objetos, espana, borrifa, limpa os detritos de sua existência, joga água em lugares invisíveis, dá descarga na privada, e todo o tempo cantarolando com o mesmo grau de alegria e desafinação. Não suportaria outro minissermão sobre a maneira como crianças usam o vaso sanitário, ao qual uma vez ela o submeteu. Ele quase sentiu pena. Ela ficou tão constrangida, coitada.

Por isso avisou que a deixaria em paz e agora avança pela calçada com dificuldade. Apenas quando estiver longe de casa poderá acelerar o passo.

É um verdadeiro esforço, mas um esforço necessário, passar essa ideia de fraqueza. Foi preciso planejamento e às vezes abnegação para conter o impulso do vigor. Mas é do interesse dele e também do interesse de Betty. Eles sabem seus lugares. Betty está bem melhor cuidando da casa e dos detalhes domésticos, preparando as refeições dele e mantendo tudo limpo. Era isso que ele queria.

Por ora. Sua ambição anda mais aventurosa, desejando mais que simplesmente alguém que atenda suas necessidades. Seria uma grande façanha, claro, mas ele tem uma última aposta a fazer, uma última e emocionante jogada à mesa de roleta. E ele acha que Betty vai permitir isso. Quando a falta de propósito em suas atividades incomodá-la, Betty poderá — inadvertidamente, é claro — ajudá-lo a alcançar seus objetivos. Haverá uma série de pesos para equilibrar. Mas esse é seu forte, pensa ele, orgulhoso.

Roy agora está a alguma distância de casa, chegando ao beco escuro que dará na área de pedestres. Ele sente que já é seguro andar mais rápido. Mas, assim que começa, percebe que é preciso diminuir o passo novamente. O coração bate acelerado, ele fica ofegante e sente ligeira tontura e enjoo. Percebe que talvez não esteja nas condições exemplares que imaginava. Já não está em idade de bravata. Avança cambaleante, desorientado.

No Bistrô Little Venice, pede café e uma fatia de bolo de chocolate com creme. Esse é seu refúgio. Ele tem poucos luxos, mas café decente é um deles. Não há muitos lugares na Inglaterra — sobretudo nessa cidadezinha deserta, afastada de tudo e de todos em Wiltshire — que têm condições para comprar grãos de café Arábica de qualidade e produzir algo palatável. Este é um deles, e o bistrô ainda oferece bom atendimento, exagerado na solicitude, mas com eficiência. Quando o café chega, ele suspira e fecha os olhos, aspirando o aroma. Se deixar de lado a incredulidade o suficiente, pode até imaginar que está sentado numa cafeteria em Viena ou numa padaria sofisticada de alguma cidade alemã burguesa e presunçosa. Todas as cidades alemãs são, evidentemente, burguesas e presunçosas, pensa Roy. Ele consegue imaginar isso, mas apenas por alguns segundos. Logo é levado de volta à merda da Inglaterra. Talvez sessenta anos atrás, pensa. Ou setenta. Ele abre o jornal e se sente em paz.

Ele finalmente saiu. Parece que a única maneira de fazê-lo abandonar a poltrona à tarde é começar a faxina. Às vezes ela precisa sair de casa, tomar um chá fictício com amigas fictícias, ou fazer compras imaginárias, para que possa se recompor, trazer o coração para um ritmo próximo ao normal e recuperar a fisionomia adequada.

Ele tem sua rotina. Levanta-se mais cedo do que ela. Às vezes, ela acorda com os movimentos dele às seis horas da manhã, preparando chá na cozinha. Uma hora depois, ela ouve passos rápidos e silenciosos passando pela sala e subindo as escadas. Ele passa mais duas ou três horas na cama antes de levantar de vez.

Isso é bom, porque dá a ela a oportunidade de começar o dia com tranquilidade. Ela pode se trancar no banheiro e, enquanto a banheira enche, limpar o vaso sanitário e o chão de vinil em torno dele. No começo, isso quase a fazia vomitar. Como pode um senhor de idade urinar para todo lado indiscriminadamente e, ao que parece, não se importar com isso? Mas ela já se acostumou. Roy se mostrou impérvio a seus pedidos para que desenvolvesse estratégias ou para lidar com o problema depois de usar o vaso, ou para simplesmente evitar que aquilo acontecesse. Ele apenas a encarou, sem entender nem dizer nada.

Ainda assim, será um pequeno preço a pagar no final das contas, pensa ela, assim como o grande leque de idiossincrasias dele. Embora as idiossincrasias — na realidade, um termo generoso demais, considera ela — já se acumulem, Betty as tolera pensando nos benefícios futuros.

Ela se banha e toma o café da manhã com calma antes de Roy aparecer, com a barba feita. Ele às vezes inunda o banheiro novamente. Ela sabe que deve deixar sobre a mesa da cozinha o jornal, que Roy lê enquanto ela se ocupa do café dele. Foram necessárias algumas manhãs vendo-o abrir e fechar as portas do armário, completamente perdido, para entender que é mais fácil assim. Ele pega as torradas sem desgrudar os olhos do jornal, firme na mão esquerda, um pouco trêmula. De vez em quando, faz um comentário amargo sobre a situação do país, mas em geral ela fica livre para seguir com os afazeres domésticos.

Agora Betty cantarola, intercalando a melodia de sinfonias de Beethoven, trechos do *Cole Porter Songbook*, de Ella Fitzgerald, e os refrões dos sucessos dos Beatles, enquanto limpa a estante de livros.

Será que isso é suficiente?, pensa ela quando uma nuvem atravessa a janela. Ou talvez tenha atravessado seu coração. Será que isso vai suprir suas necessidades? Se sim, até quando? Quanto tempo até ela poder voltar a viver sozinha? É necessário continuar, reflete ela, custe o que custar. Betty precisa fazer tudo que puder para aceitar os hábitos insalubres de Roy, além de sua indolência, para alcançar a satisfação e segurança que deseja.

Stephen, ela sabe, está começando a mostrar certa relutância em tolerar o jeito de Roy e esconder sua reprovação. Algo inusitado para um rapaz inusitadamente gentil, pensa ela; e até então expresso em inclinações sutis da cabeça, tênues expressões faciais e frases levemente inapropriadas que apenas ela parece decifrar.

Talvez seja inevitável. Ele a idolatra, ela sabe. Terá de conversar com Stephen. Ele precisa entender. Precisa suportar. Precisa disfarçar seus sentimentos. Ela sabe que ele quer seu bem e detesta Roy, mas é necessário.

4

— O SENHOR está gostando de morar aqui? — pergunta Anne, entre um gole e outro de xerez, cinco semanas depois.

— Ah, sim — responde Roy. — Sim.

Ele consulta disfarçadamente o relógio e resiste ao impulso de sacudi-lo por medo — ou melhor, na esperança — de que ele tenha parado. Mas sabe que não parou. Meu Deus, faz só vinte e cinco minutos mesmo que eles estão aqui?

Tudo isso por causa desse homenzinho magricela, inexpressivo, e de sua mulher desgrenhada. Roy abre para os dois um sorriso que bem poderia ser uma careta. Precisou passar quase o sábado inteiro exilado de casa enquanto Betty a arrumava, levando horas para decidir se o buquê extravagante que havia comprado deveria ficar na mesinha de centro ou na cômoda de madeira. Eles também vão trazer flores, ele argumentara, é desperdício de dinheiro. E de fato trouxeram.

De manhã se submeteu à hiperatividade geriátrica: explicações infinitas sobre os preparativos e uma longa discussão sobre o que ele deveria vestir. Ora, ele sabe muito bem como se apresentar. Foi preciso bater o pé.

Agora estão aqui, tomando xerez, os componentes dessa reuniãozinha esdrúxula, todos, à exceção de Roy, evidentemente desconfortáveis, apesar da vã tentativa de fingir o contrário.

A sala é apertada e está cheia de gente. Existe o perigo real de que alguém derrube uma ou outra quinquilharia de Betty. Michael e Anne estão sentados no canto do sofá, sem jeito. A filha, Emma, uma mulher comum, de óculos, com cabelo escorrido e algum problema de pele indefinido, está sentada numa cadeira da cozinha. Stephen se sentou na escada. Roy pensa: De onde veio a feiura deles? Não vem de Betty. O marido devia ser medonho, com genes dominantes. Michael, Stephen e Emma parecem uma família de fuinhas, com seus olhos inquisitivos e testa funda. Isso sem falar no sotaque abominável de Manchester.

Betty não para de andar para lá e para cá, preocupada com ninharias, murmurando irrelevâncias a três por dois. Roy se recosta na poltrona. Por um lado, está gostando bastante disso. É divertido ver o desconforto deles em conhecê-lo.

Ele reprime um bocejo e olha pela janela. Pelo menos eles têm um carro decente. O enorme carro alemão de Michael está parado no meio-fio, debaixo da chuva. Portanto esse zé-ninguém deve ser relativamente bem-sucedido, apesar das aparências.

Alguém fala com ele. As pálpebras se fecham por um instante, mas ele engole o tédio, esforçando-se para ser educado.

— Perdão? — murmura.

— Perguntei se você já se ambientou à vida longe da cidade grande — repete Michael, com infinita paciência, mas num tom de voz que sugere estar lidando com um imbecil.

Ambientar-se. Sim, esse é o tipo de palavra que um *nerd* quatro-olhos como esse usaria. Ele até chama a mãe pelo nome. Betty isso, Betty aquilo. Não é "mamãe", nem sequer "mãe". Sem nenhum respeito. Uma desgraça! Mas é preciso controlar a irritação.

— Ah, sim — responde ele, com um sorrisinho que nem ele acredita ser muito convincente. — Não é muito difícil. Gosto de viver aqui.

— E você vendeu sua casa em Londres?

Quanto descaramento. Roy sabe aonde o sujeito quer chegar. Mas responde com calma.

— Não, ainda não. Estou pensando, considerando as opções de investimento.

Ele volta os olhos para Betty com um sorriso.

— Você entende do mercado de ações? — pergunta Michael com uma persistência que Roy não esperava.

— Ah, não, não. Meu dinheiro está seguro. Tenho um velho conhecido. Um corretor que há muito tempo cuida do meu patrimônio. O que ele propõe, eu aceito. Vamos ficar bem, não vamos, querida?

— Como? — pergunta Betty, agitada, a caminho da cozinha. — Ah, claro.

Todos sorriem com falsidade e tomam mais um gole do xerez. Vocês não gostam de mim, pensa Roy. Só a Betty, evidentemente. Vocês não gostam de mim. E não dou a mínima. Ele ri para dentro, mas logo se detém. Está ficando cada vez mais difícil manter a aparência de educação e o interesse simulado à medida que o tempo passa. O processo de envelhecer. Ele não pode simplesmente tentar — precisa se sair melhor. Precisa se mostrar um membro engajado, entusiasmado, um feliz principiante no seio dessa panelinha complacente, não um intruso.

Mas é muito difícil. Tolerância nunca foi seu forte, ele admite. Disfarçar a intolerância, sim, mas isso é outra coisa. Sempre foi muito prazeroso, além de gratificante, esconder seus verdadeiros sentimentos por trás de um sorriso indulgente e uma palavra generosa, para o bem de todos. Mas agora ele já não tem tanto tempo e, verdade seja dita, já não tem tanta energia. Mas precisa se esforçar.

— Você trabalhava em Londres? — pergunta Michael, sentando-se à mesa já posta, na cozinha.

Mal há espaço para os seis, e, com dificuldade, eles ajeitam no colo os antigos guardanapos de linho meticulosamente passados.

Roy procura manter a calma. Empolgado, responde:

— Trabalhei uma época no ramo imobiliário. Já tive algumas profissões. Não posso dizer que fomos uma grande empresa. Naqueles tempos, Londres não era o que é hoje.

Stephen pensa: O sorriso dele é benevolente. Repulsivo, mas benevolente. As faces vermelhas, os olhos brilhantes, a exalação de segurança, é tudo perfeito. O sorriso de um assassino, pensa ele, imaginando se outras pessoas o enxergariam assim, sem os preconceitos dele e o que ele agora sabe desse homem. Mesmo na velhice, Roy é um ator impressionante.

Stephen observa Betty, que não para de se movimentar, até onde é possível se movimentar num lugar tão pequeno. Ela está arfante —

ansiedade, pensa ele —, atendendo às necessidades dos convidados, distribuindo pratos, servindo vinho, passando o pão. Há velas acesas, e seu nervosismo atípico confere a tudo certo fulgor. Há um sorriso fixo em seus lábios, e a luz suave aumenta a profundeza dos olhos castanhos. Ela foi ao salão de beleza e seu cabelo brilha, liso e elegante. Ela está no palco. Para ele, a atuação é esplendorosa. À cabeceira da mesa, com seu sorriso, Roy é o centro das atenções. Ele nem ajuda Betty nem contribui muito na conversa, mas é quem comanda o espetáculo. Tudo acaba voltando para ele. O que é perfeitamente esperado, já que a ocasião, adiada desde o verão, destina-se a introduzi-lo nessa família peculiar. É bastante natural que eles tenham interesse em Roy, que por sua vez enfrenta essa curiosidade com redescoberta disposição e cordialidade. Ele não mostra, porém, semelhante curiosidade a respeito deles.

— Natal — diz Michael, do nada.

Todos se mantêm atentos, e fica evidente que o comunicado se dirige a Roy.

— Ah, sim — responde Roy, um interesse duvidoso dando força ao tom de voz crescente.

— Só falta um mês. Você gosta de Natal, Roy?

— Houve um tempo em que eu gostava do Natal, como todo mundo. Era uma época de simplicidade, quando, botando uma laranja na meia do menino, éramos mágicos. Eu fazia brinquedos para o meu filho, com pedaços de madeira. Tinha habilidade manual. Mas, hoje, com o capitalismo e tudo mais... E quando envelhecemos... — Ele se detém por um instante, refletindo. — Passei o último Natal sozinho. Comi duas salsichas e uma lata de feijão e não me envergonho de dizer que derramei uma ou duas lágrimas ouvindo o discurso da rainha.

Stephen e Emma se entreolham, e Roy nota o princípio, logo suprimido, de um sorriso no rosto dela.

— Bem, não precisa ser assim este ano — observa Michael. — Será que vocês dois não gostariam de passar o Natal conosco? Posso vir buscar vocês, para não precisarem pegar o trem.

— Bem... — começa Betty, sorrindo.

Mas Roy a interrompe:

— É muita gentileza. Mas não podemos aceitar.

— Claro que podem — insiste Michael. — Devem. Betty sempre passa o Natal conosco, e seria maravilhoso receber vocês dois.

— Ah, não — objeta Roy, encarando Michael. — Você não me entendeu. Betty e eu decidimos que nosso primeiro Natal juntos seria aqui, a sós. Não é, querida?

Olhando para Michael, Betty responde:

— É, sim. Eu ia dizer isso. Espero que vocês não se importem.

Há um momento de evidente desconforto. Roy vê que Michael está refletindo, talvez tentando conter o impulso de dar vazão a sua irritação. Vamos lá, rapaz, mostre um pouco de fibra, coloque para fora, pensa ele. Mas, não.

— Era só uma ideia — diz Michael. — Natal romântico, vocês dois sozinhos. Vai ser ótimo. Maravilhoso.

É alívio que Roy vê no rosto de Stephen? É possível, mas também pode ser que não. Foi apenas uma insinuação, e ele agora percebe que seus sentidos já não andam tão aguçados como sempre foram.

5

É VERDADE QUE, quanto mais velhos ficamos, mais notamos as estações e a transição entre elas. Ou talvez, pensa Betty, os climas tenham de fato ficado mais extremos, como afirmam os especialistas, e por isso as estações sejam mais definidas.

Tanto faz. Uma expressão dos jovens que, com seu tom de resignação e ausência de esperança, mostra o ponto a que essa geração chegou, no trajeto da indagação ao desalento, passando pelo espanto e pela desilusão. Portanto, essa não é uma expressão para Betty. Ela reformula o conceito em sua mente: Não cabe a mim responder. Com um sorrisinho cativante de menina, é perfeito, pensa ela: uma frase adequada para uma moça.

Roy com certeza saberia a resposta. Quer dizer, ele teria certeza de que sabe a resposta, sabendo ou não, e a declararia com autoridade suficiente para não permitir nenhuma argumentação. Ele tem muita segurança, e isso é vantajoso para Betty.

De qualquer forma, a estação está terrivelmente fria. Em setembro, ela desejou que o verão acabasse e chegassem logo as noites mais frescas. Melhor um outono autêntico a um simulacro de verão. Isso era inusitado para ela. Desde a infância, sempre gostou mais do verão: aqueles dias quentes no jardim com as irmãs, o ruído da cidade do outro lado do muro de tijolos coberto de rosas. Vestido branco, pernas desnudas, os dedos dos pés mergulhados no laguinho da casa de veraneio. As brincadeiras com Elsa, a cadela. Noites perfumadas vendo as meninas mais velhas pela balaustrada do andar superior, quando eram conduzidas, em vestido de festa, por militares elegantes. Faz tanto tempo! O outono trazia a penumbra e os ventos equinociais, que sopravam folhas e poeira nas avenidas cinzentas, debaixo do céu cinzento.

Agora a lua está cheia, e ela vê pela janela da cozinha a neve caindo do céu apático, os flocos quase pesados demais para sua fragilidade intrincada. Dentro do chalé antigo, há a sensação de aconchego, de proteção contra o frio e o sofrimento. Talvez essa seja mais uma faceta da velhice, imagina ela: maior satisfação com o inverno e a imposição de sua introspecção sedentária e dependência de defesas como edredons macios, casas de pedra e lareiras acesas.

Mas ela sabe que isso não é racional. No verão, podemos pelo menos levar nossa caduquice para o jardim e nos sentar debaixo da árvore, para tomar chá e ler um livro. Podemos, por um instante, fingir que não estamos envelhecendo. É o inverno que traz a artrite, a impossibilidade de sair para longe, o isolamento que o confinamento no lar representa, o reforço da impotência. E Betty sabe que, apesar da impressão de aconchego, de calidez, ela não está nem um pouco segura. O lobo espreita, e seu uivo é como uma sirene. Não pode baixar a guarda.

O Natal veio e se foi, um festejo triste sob o céu turvo. Mas talvez tenha sido melhor mesmo eles ficarem sozinhos. O presente de Roy para ela foi uma caixa de chocolates de supermercado, de boa marca, a bem da verdade. Ele recebeu o casaco de pele de carneiro que ela comprou com um agradecimento mudo, sem constrangimento. Eles cearam em silêncio e viram televisão, Roy bebendo a princípio, depois roncando. Sem passeio na chuva. Sem riso. Sem brincadeira. Sem amigos junto à lareira. Sem família. São os sacrifícios que ela escolheu fazer.

À noite, enquanto Roy cochilava, ela telefonou para Stephen. Ele se mostrou preocupado, apreensivo. Desista, ela quase podia ouvi-lo dizer, nos interstícios da conversa. Desista. Mas ela sabe que não vai desistir, que não pode.

Agora está sentada à mesa da cozinha, de frente para o *notebook*, enquanto Roy vê televisão quase no volume máximo. Os vizinhos já reclamaram várias vezes, mas Roy é surdo e inflexível.

— Devo comprar mais comida congelada para você? — pergunta ela, mas ele não ouve.

Ela entra na sala, repete a pergunta. Ele se esforça para esconder a irritação, diminuindo o volume do aparelho.

— Não — responde. — Não precisa.

— Tem certeza? — insiste ela. — É pouco provável que a gente consiga fazer compras nos próximos dias.

— Então tudo bem.

— Não sei o que faríamos sem as compras virtuais.

— Pois é — assente ele, já virando de volta para a televisão.

— Aliás, não sei o que faríamos sem a internet.

— Pois é.

— Você nunca sentiu vontade de aprender a usar?

— Ah, não — responde ele, por um instante aposentando o mau humor. — Não confio nessas coisas. Não saberia nem por onde começar. Você é mais corajosa do que eu, confesso.

— Não é tão difícil assim. Posso ensinar a você.

— Não, obrigado — diz ele, resoluto. — Tenho meus métodos. Sempre deram certo para mim.

Faz-se uma pausa, entremeada pelos *flashes* coloridos da televisão.

— Mas como você me encontrou? — insiste ela, com genuína curiosidade.

— Hein? — pergunta ele, os nervos à flor da pele novamente.

— Foi pela internet. Nós nos conhecemos pela internet.

Por um instante, ele a encara como se ela o tivesse acusado de infidelidade. Descontraindo-se perceptivelmente, diz:

— Foi um vizinho meu. Um rapaz simpático. Sabe tudo disso. Comecei usando o jornal. Mas ele disse que não, que não é assim que se faz. Me sentou no apartamento dele e deu para apertar aquelas teclas. Como mágica. Mas não é minha praia. Tenho resistência a essas novidades.

Ele abre um sorriso e vira para a televisão outra vez.

Ora, já que comecei..., pensa ela.

— Roy — murmura, hesitante.

Ela não sabe por que lhe ocorreu dizer o que está prestes a dizer. Talvez por causa da menção aos "métodos" dele.

— Sim? — pergunta Roy, distraído.

— Você nunca fala do seu passado — afirma ela, com tato.

— Acho que o que está feito está feito. Não vale a pena ficar remoendo — decreta ele, taxativo.

— Mas deve ter tanta coisa para você me contar. Tantas lembranças. Eu gostaria de saber. Você tem uma história, imagino.

— Ah, na nossa idade é obrigação ter uma história — considera ele, mantendo o bom humor. Então o sorriso desaparece. — Mas não tenho nada interessante para contar. Minha vida foi bastante sem graça.

— Duvido. O que acho sem graça é escutar o lenga-lenga das minhas próprias histórias.

Ele não diz nada, a atenção já se voltando para a luz da televisão.

— E você não tem nenhum objeto de recordação — continua ela. — Nenhuma fotografia. Por quê?

— Já tive — responde ele, em desalento. — Guardava tudo numa mala velha. Todas essas lembranças. Mas houve um incêndio na minha casa, na década de noventa. Perdi tudo. Tudo.

Com tristeza, ele ergue os olhos.

— Conte para mim, Roy — pede ela, num murmúrio.

— Não — responde ele, de maneira quase brusca. — É doloroso demais. Perdi tudo. Não vale a pena ficar ruminando o passado. Eu vivo o agora: nós, nosso futuro.

Ela o perde novamente para a televisão. Deixa-o tentando acompanhar sua novela e retorna à cozinha para terminar a encomenda do supermercado. Continua nevando.

CAPÍTULO 3

Agosto de 1998
London Pride

1

ELES ESTAVAM reunidos ali, esses irmãos de arma, para comemorar mais uma vitória gloriosa. Menos Vincent, para quem Roy tinha outras incumbências. Nenhum deles sabia, à exceção de Vincent, que esta era a despedida de Roy. Não sabiam que, a rigor, não se tratava exatamente de uma comemoração. Tampouco "vitória" era a palavra certa, que dirá "gloriosa". Pelo menos, para eles. Na verdade, eles deveriam estar afogando as mágoas, embora não soubessem disso. Mas não precisavam preocupar suas cabecinhas gananciosas agora. Cada coisa a seu tempo.

Estavam sentados em torno de uma mesa junto à janela, vendo o Tâmisa reluzir ao sol. Havia o trânsito de praxe no rio. O cheiro forte da água se misturava à fumaça de *diesel* e ao aroma da cerveja deles. London Pride. Bem ingleses, pensou Roy. Era um momento maravilhoso, estavam todos em seu auge. Havia a alegria da vitória, por mais ilusória que fosse. Eles não sabiam. Cerveja. Charutos. Um dia ensolarado às margens do Tâmisa, vendo o mundo passar. Essa era a época que, em breve, acabaria para ele.

Ele os observou com carinho e um ar ensaiado de indiferença. Os rapazes eram espertos; mas não engenhosos como ele. Não descobririam. Ele havia feito a maior parte de tudo. Vincent tinha boa formação, além de um bom sobrenome, e por isso Roy o escolhera para ser seu parceiro na última parte da operação. Com pesos e contrapesos, evidentemente. Talvez os dois tivessem sua própria comemoração depois. Mas ele duvidava: Vincent era sério demais e, para ser sincero, Roy já não ligava para isso.

Aparentemente, esse grupo heterogêneo havia se formado de maneira orgânica, como por osmose, mas na verdade Roy o formara meticulosamente. Dave estava no balcão, pedindo a rodada seguinte, enquanto Bernie, o gordo, contava outra piada indecente para a mesa. Bryn Jones, o galês atento, fazia o que sabia fazer: observava, embora também estivesse um pouco embriagado e sorrisse. Martin, elegante, bigodudo, chorava de rir. No dia seguinte, todos acordariam e se perguntariam: "Por que achamos aquela piada do Bernie tão engraçada? Ah, mas como rimos!"

— Onde o boiola do Dave se enfiou? — perguntou Bernie.

E Martin se encolheu, achando graça.

Roy conhecia Martin havia mais tempo do que conhecia os outros: fazia vinte e cinco anos que o tirara da sarjeta. Martin não era inteligente, mas conhecia seus limites e também tinha plena consciência de suas competências. Filho de um coronel do Exército, produto de uma educação pública prematuramente interrompida, Martin podia iniciar uma conversa a partir do nada e mantê-la *ad infinitum*, exalando empatia e compreensão. Era aquele sujeito que se dava bem com todo mundo e, com seu tom de voz modulado, seus modos encantadores e jeito de falar refinado, era sempre muito digno de confiança, por menor que fosse seu conhecimento no assunto debatido. Era obediente, inabalável, pronto para ser requisitado nas situações mais complicadas.

— Ah, ele chegou! — exclamou Bernie, quando Dave, o protótipo do ex-policial alegrado, aproximava-se com uma bandeja de cerveja, sorrindo ao derramar bebida nos clientes por entre os quais circulava com suas botas de tamanho quarenta e seis. Roy imaginava Dave de uniforme azul-marinho e capacete, o rosto vermelho, rindo. — E o imbecil do Vinny. Por que não veio? O que você disse mesmo?

Todos se viraram para Roy. Com paciência, acima do barulho, ele explicou:

— Vinny está em Sevenoaks, deixando tudo em ordem. — O escritório de Sevenoaks era a base deles havia três meses. — Ele foi o único que não encontrou os... clientes. — Com essa palavra, o grupo caiu no riso. — A chance de eles aparecerem lá é mínima, mas precisamos ter cuidado.

Todos assentiram, sérios.

Na verdade, foi o sobrinho de Vincent, Barry, que embolsou duzentas libras para ir a Sevenoaks de macacão, despregar a plaquinha de metal da porta e apagar todos os vestígios da existência deles. Mas isso fazia parte de outra história, que ainda teria seu saboroso desfecho.

Eles beberam à saúde dos "amigos ausentes", pelo que se referiam a Vinny, e conversaram sobre o novo Range Rover que pretendiam comprar. Jamais falavam de suas vidas pessoais, de esposas, amantes ou filhos, de suas casas. Se lhes perguntassem, eram apenas colegas que de vez em quando se encontravam para beber e dar risada. Roy imaginava que todos morassem perto da M25, mas fora de Londres, aquela terra de ninguém, de cidadezinhas periféricas e zonas industriais com imensas lojas de ferragens e tapetes. Imaginava que tivessem conseguido uma fatia de conforto ao alcance da rodovia: um terreno verde e agradável com uma pequena mansão protegida por muros, com serviço de segurança vinte e quatro horas por dia.

Para Roy, as coisas eram um pouco diferentes. Ele morava sozinho num apartamento simples em Beckenham. Seu dinheiro estava guardado, esperando o passo seguinte. Na verdade, o salto seguinte.

Roy sentiu o lado esquerdo do peito tremer prazerosamente, na altura do mamilo. Era isso que ele vinha esperando com discreta ansiedade. No barulho do *pub*, os outros não notariam seu celular, no silencioso, vibrando no bolso da camisa. Ele deixou o aparelho vibrar até parar. Tomou um gole da cerveja e anunciou:

— Vou ao banheiro, pessoal. Preciso mijar. Pode ser que eu demore. Vocês já conhecem minha bexiga.

Ele se levantou e fingiu passos trôpegos em direção ao banheiro. Uma vez ali dentro, tirou do bolso do casaco um frasco de antisséptico bucal, fez gargarejo e passou um pouco de colônia no rosto, endireitou a gravata e penteou para trás o distinto cabelo branco. Olhou para o espelho e viu um homem vigoroso, enérgico. Sentiu um frêmito. É isso, pensou. Sorriu para si mesmo e deixou o banheiro pela outra porta: a porta que dava para a saída. Ali fora, permitindo-se não mais do que alguns instantes para que os olhos se acomodassem à luz do sol, marchou apressadamente para o banco do outro lado da rua. Havia escolhido aquele lugar minuciosamente.

Foi recebido por um Vincent sorridente, apertou a mão do gerente. Conduziram-no a um escritório. Ele consultou o relógio e explicou que tinha apenas alguns minutos antes da próxima reunião. Políticos, disse, com um sorriso autodepreciativo, erguendo as sobrancelhas. Ministros! Não tem problema, não tem problema, respondeu o gerente. Está tudo pronto, basta o senhor assinar.

Ofereceram-lhe café, educadamente recusado. Dispuseram os documentos à sua frente, e ele os leu com atenção, conferindo os números, embora soubesse que restariam apenas algumas centenas de libras na conta depois dessa transação. Eram necessárias duas pessoas do conselho da empresa para autorizar pagamentos, menos o secretário, Vincent. Isso era inusitado e inconveniente, mas também algo de que Vincent fizera questão, para se certificar de que tudo estivesse nos conformes quando criaram a empresa.

Com cuidado, Vincent assinou: Bryn Jones. Muito bem, garoto! Ele sabia fazer uma cópia excelente, que sem dúvida seria aceita pela agência do banco, ainda naquela manhã.

Roy assinou, e pronto. Apertou a mão do gerente com a fisionomia séria e aparentemente concentrado na reunião importante, agradecendo muito a conveniência de usar a agência de Westminster. Mais uma vez, não era nenhum problema. Roy se despediu do Sr. Jones num tom de voz formal, mas amistoso, o presidente do conselho dirigindo-se a um membro que ele não conhece muito bem. Avançou para a porta com segurança, atravessou a rua e entrou novamente no banheiro, para se desarrumar.

— Onde você se meteu, Roy? — perguntou Bernie quando ele voltou à mesa.

— Essa merda de próstata — resmungou ele. — Está foda.

— Você demorou muito.

— Eu sei. Não desejo isso nem ao meu pior inimigo.

— Engraçado — disse Bryn com sua voz cantada, sugestiva. — Acabei de mijar e não vi você no banheiro.

— Você conferiu todos os reservados?

— Achei que você só estivesse mijando.

— Eu estava, porra! Tente ficar lá em pé para sempre, esperando. O pessoal começa a olhar torto. Além do mais, é melhor descansar as pernas quando se tem que esperar tanto tempo.

Dave estava mexendo no celular.

— Acabei de receber uma ligação do Vinny — informou. — Ele terminou o serviço em Sevenoaks. Disse que está tudo em ordem e falou para a gente tomar uma gelada por ele.

Improviso. Maravilha.

2

HAVIAM SIDO necessários alguns meses para levar o projeto a esse ponto. No *pub*, era com esse pensamento agradável que ele se deleitava, o sorriso à beira da presunção. Se algum dos outros lhe perguntasse por que estava tão satisfeito, ele teria respondido a verdade, dentro do razoável. Um trabalho bem-feito, teria dito.

Mas não lhe perguntaram, e ele finalmente se levantou para ir embora. Seguiu-se o ritual masculino de praxe: vozes elevadas propondo a saideira. Mas ele recusou todas as lisonjas com um sorriso singelo. "Roy é muito introspectivo", diria Bernie quando ele saísse. "Mas é um cara excelente", responderia Dave, pensativo. "Excelente." Martin faria um brinde a isso. Bryn continuaria observando.

Cada um deles havia desempenhado um papel na trama. Martin facilitara o caminho com suas intervenções tranquilas, habilidosas, o *yin* para o *yang* de Bernie, sempre pronto para brigar. Vincent era o homem das finanças. Dave e Bryn haviam proporcionado segurança para a negociação. Roy, evidentemente, fora o chefe, limitando-se a abrir um sorriso plácido nas reuniões, enquanto Bernie e Martin falavam, embora Roy sempre lhes passasse o texto no ensaio da véspera, para que a operação fosse devidamente refinada e tocada no dia seguinte.

Nos mesmos ensaios, Vincent os instruía sobre os termos legais do acordo que se aproximava. Para as partes do plano em que o cumprimento da lei era inviável, a fim de realizar o golpe, ele informava o grupo sobre a possibilidade de detenção, a severidade das penas e precauções necessárias. Repetidamente, enfatizava que o dinheiro investido lhes dava pelo menos a esperança de defesa alegando boa-fé. O dinheiro na conta da empresa era, portanto, uma espécie de seguro. Na realidade, a maior parte da transação era ilícita em algum sentido, embora Roy não se cansasse de lembrar aos colegas que os interlocutores deles provavelmente não acionariam as autoridades. Bryn e Dave, por sua vez, sobretudo espectadores dos trâmites, avaliavam a postura do outro grupo, tentando enxergar além da superfície de camaradagem masculina, manifestando reservas ou suspeitas. Apenas Vincent e o próprio Roy, evidentemente, sabiam que isso não tinha nenhuma importância, embora fosse necessário para que eles cumprissem sua parte. Seria Roy idiota a ponto de se misturar com um bando de oligarcas russos e ex-membros da KGB? De jeito nenhum.

Os "russos" eram um grupo de vagabundos do Leste Europeu muito bem pagos que Roy conhecera quando morou um tempo nos Bálcãs e agora contratava para passar duas semanas em quatro quartos do Savoy, gastando dinheiro fornecido por ele. Bastava apenas que eles reservassem algumas horas do dia para decorar meia dúzia de linhas escritas por Roy. É claro que foi mais complexo do que isso, mas essa era a base. Eles eram homens ardilosos também, em quem jamais se deveria confiar plenamente, homens que tinham um interesse em comum com Roy e sabiam que ele era pelo menos tão astuto quanto eles. Não entravam em conflito com Roy e não havia motivo para que entrassem. Ainda bem que ninguém da equipe de casa sabia russo, ou pelo menos não sabia o suficiente para notar que, quando murmuravam alguma coisa entre si, aqueles homens não falavam a língua. Roy agradecia a velha hostilidade britânica com relação aos estrangeiros. O antagonismo congênito toldava as áreas onde se deveria investir a verdadeira suspeita. Sei lidar com essa gente, ele havia dito aos outros. Tenho experiência.

Para impedir que Bryn fosse diligente demais em sua obrigação com a segurança, Roy lhe sussurrara que os russos eram procurados por sua identidade real e haviam comprado passaportes falsos com cidadania balcânica para a estada em Londres.

Evidentemente, também deixou claro que os russos não podiam chegar nem perto do dinheiro de verdade, o suado investimento feito por Bryn, Martin e Bernie, somando mais de dois milhões de libras, para corresponder às contribuições imaginárias de Vincent e Roy. Era essa a quantia que Roy e Vincent haviam transferido para outra conta pela manhã.

Até agora, tudo bem. O mais complicado havia sido inteirar Vincent sobre o plano mais particular. Desde o início, ele sabia que o contador seria indispensável, mas era necessário realizar com cuidado a transição de Vincent até o conhecimento pleno.

Numa série de comentários esporádicos, Roy havia aos poucos deixado Vincent numa posição de conhecimento quase absoluto. Confidenciou sua desconfiança com relação aos russos, o medo de que eles quisessem espoliar o grupo. Segredou que suas investigações haviam mostrado que ele tinha razão, que isso agora poderia ser usado em benefício deles. Mas ressalvou que apenas eles dois tinham destreza para realizar a empreitada, que isso era lamentável para os rapazes, mas que tudo era justo no amor e na guerra.

— Esse era o plano desde o início, não era? — disse Vincent, por fim. Silêncio. Fisionomia triste. — Esses caras são seus amigos! — Silêncio. Olhar melancólico. — Não é da minha conta. Desde que eu me dê bem. Substancialmente bem.

Isso era exatamente o que Roy desejara ouvir. Ele havia conduzido Vincent a esse ponto, deixando-o pensar por conta própria, deixando--o deduzir. Depois reagiu animado, dizendo a Vincent que sempre havia sido sua intenção envolvê-lo, mas que, por motivos óbvios, era... delicado.

Sim. Vincent entendia. E foi mais ou menos isso. A partilha do dinheiro poderia ser um problema, mas, sabendo que Vincent conhecia melhor do que ninguém todos os detalhes, Roy decidira ser generoso. Em sua opinião, os cinquenta por cento de Vincent eram um investimento.

Ele saiu do *pub*, fez uma rápida avaliação do tumulto na rua e se pôs a caminhar pela margem do rio. O sorriso vago continuava estampado em seu rosto, e havia vigor em seus passos, embora houvesse, ele reconhecia, menos ímpeto do que havia poucos anos antes. Ele estava envelhecendo. Pelas estimativas gerais, seria sem dúvida considerado um homem velho, embora Roy não se definisse pelos padrões normais. Ainda tinha mais energia e determinação do que muitos homens de trinta anos.

Mas agora era uma boa hora de parar e entrar numa nova fase. Isso exigiria que ele abandonasse o conjugado de Beckenham com o aluguel vencido e se mudasse para o apartamento espaçoso que havia arranjado em Surrey. Mais uma vez, Roy Mannion se aposentaria, e ele voltaria a ser Roy Courtnay. Isso tudo era rotina e, com o mínimo de atenção, seria facilmente levado a cabo. Só havia mais um floreio no último ato desse espetáculo teatral para que ele desaparecesse de uma vez por todas, mas isso era simples. Ele diminuiu ligeiramente o passo e olhou para trás antes de subir a escada da Ponte de Westminster.

Parou no meio da ponte, debruçando-se sobre a balaustrada, olhando para Docklands, o atual termômetro do otimismo de Londres. Tony Blair vai nos salvar, pensou. Já não era como antigamente, quando tudo cheirava a desastre. Ele voltou os olhos para Canary Wharf, o símbolo fálico da confiança de Londres, o topo brilhando à luz do sol de verão, e aspirou o fedor salgado e apodrecido do rio antes de seguir andando, descendo a escada com atenção.

Entrou no St. Thomas Hospital pelo lado do rio e avançou pelos muitos corredores, dobrando à esquerda e à direita, depois novamente à direita, atravessando portas, subindo e descendo escadas, segundo o trajeto que havia diligentemente estudado até decorar. Caso Bryn — pois era Bryn que ele acreditava ser mais propenso a isso — chegasse à conclusão de que Roy não era tão digno de confiança assim e tivesse o desplante de segui-lo, ou mandar alguém segui-lo, essa seria uma contramedida adequada. Decerto uma improbabilidade, mas, como Roy sabia muito bem, todo cuidado era pouco. E isso se encaixava à perfeição no desfecho que ele e Vincent haviam arquitetado.

3

ENTRANDO RÁPIDO no táxi, Roy foi conduzido a um dos hotéis sofisticados da Park Lane onde havia feito reserva. No quarto, experimentou um cansaço súbito, sentiu a idade. Teria adorado se deitar na maciez da cama e dormir. Mas não há descanso para os ímpios, e logo ele estava novamente em movimento, dirigindo-se ao hotel vizinho, no qual reservara um quarto no nome da empresa que logo seria descartada.

Esperou por Vincent, fiel como sempre. Exatamente aquilo de que ele precisava. Serviu num copo três dedos de uísque — ele merecia — e acrescentou gelo. O cansaço era extremo, mas era um cansaço bom. Suspirou e ficou observando os pés antes de se levantar, alongando os braços.

Estava quase chegando. O primeiro dia do resto de sua vida. Quantas vezes ele havia dito essas palavras para si mesmo? Mas, dessa vez, era sério. Ele admitia — embora não abertamente — que suas energias estavam diminuindo: no sentido bastante concreto de que ele se mostrava agora menos capaz de realizar o que, cinco anos antes, era simples e no sentido menos palpável, mas também óbvio para ele, de que sua concentração mental já não se mantinha por períodos muito longos. Mas ninguém havia notado, ou pelo menos era o que ele achava.

Agora era hora de parar, no ápice, sem rancor. Ora, ele já tinha mais de setenta anos! Vivera bem, mais do que bem. Agora poderia se aquietar em relativo conforto e deixar o corpo e a mente desacelerarem até o dia inevitável. Nunca teve paciência para aquelas pessoas que se indignam com as inevitabilidades em vez de examinar suas próprias falhas, e ele também não faria isso. Quando confrontado com a mortalidade, não pretendia ser melodramático.

Pelo menos agora, depois desse último golpe, ele enfrentaria a decadência com algum conforto. Curtiria o apartamento imenso. Faria cruzeiros pelo Caribe na primeira classe, onde jantaria com o capitão.

Esbanjaria em tratamentos médicos para compensar os efeitos do envelhecimento, até onde isso fosse possível. Receberia jovens e discretas cortesãs — essa palavra tinha o tom certo —, que seriam bem pagas para esconder a aversão pelo corpo destruído dele quando tentassem colher o que lhe restava de virilidade. Por fim, deixaria a criadagem limpar seu traseiro, alimentá-lo e lhe enxugar a baba. De fato, pensamentos terríveis.

Ele foi interrompido pela chegada de Vincent, com suas já conhecidas batidas hesitantes à porta. Ainda se lembrava de quando ele era apenas um rapazote. A timidez não tinha mudado. Mas também havia outra coisa já naquela época, uma centelha que apenas Roy enxergava por baixo da frágil fachada de contador. Roy abriu a porta.

— Você teve cuidado? — perguntou.

— Claro.

— Aceita uma bebida?

— Não, obrigado. Estou dirigindo.

Vincent não parecia estar satisfeito, nem consigo mesmo nem com o êxito da operação. Estava tenso, agitado. Roy não ficou preocupado, porque esse parecia ser o jeito de Vincent. Na verdade, era o que o tornava bem-sucedido nesse jogo. Poucas pessoas acreditariam que aquele contador de feijão escrupuloso e conservador seria capaz de realizar as trapaças necessárias. Vincent trazia estabilidade monocromática ao tecnicolor das visões de Roy.

— Acabou — disse Vincent.

Acabou mesmo, pensou Roy.

— Não teve nenhum problema?

— Que eu saiba, não. Barry ligou para dizer que tinha concluído o serviço em Sevenoaks e que já estava no trem.

— Foi uma boa ideia você telefonar para Dave no *pub*.

— Achei que daria um toque extra — assentiu Vincent, sem sorrir. — Estou aprendendo com você. Está me contagiando.

Roy soltou uma risada.

— Com relação ao dinheiro, está tudo resolvido?

— O dinheiro entrou — respondeu Vincent. — Já está na conta. Conferi agora à tarde. Só precisamos esperar a poeira baixar antes de fazer a transferência.

— Ótimo.

— E agora?

— Plano A. A menos que haja algum motivo para mudar.

— Não há nenhum. Vamos terminar assim que possível.

— Exatamente.

— E depois?

— Depois penduro as chuteiras. E você continua sua carreira brilhante.

— Não consigo imaginar você se aposentando.

— Mas vou. Acredite. Pretendo aproveitar a vida enquanto posso.

Roy abriu um sorriso.

— Só vendo — respondeu Vincent. — E não vou ver, não é? Talvez você só esteja querendo explorar algo novo sozinho.

— Não — afirmou Roy. — Se eu fosse fazer alguma coisa no futuro, seria com você. Precisaria da sua ajuda. Não. Vou me aposentar mesmo. É sério.

Havia uma firmeza em sua voz que impediu que Vincent continuasse.

— Então até a próxima — disse ele.

Os dois tinham mais algumas pendências para resolver, mas sabiam que seriam poucos os encontros seguintes

Vincent se foi, e Roy ajeitou um pouco a bagunça para matar tempo, antes de partir ele próprio. O hábito e a prudência, palavras que estavam entrando na moda, fizeram com que tivesse a precaução de limpar todas as superfícies, apagando as impressões digitais. Entregou a chave na recepção e retornou ao outro hotel.

4

O PLANO A havia sido acionado. Vincent telefonou para todos os outros membros do grupo, informando que eles deveriam se encontrar, porque tinha acontecido um imprevisto. Todos se mostraram alarmados.

— Não, não há motivo para preocupação — disse ele. — Não é isso. Mas prefiro não falar pelo telefone.

Eles tinham regras para as reuniões de emergência. Ficou combinado que se encontrariam num clube de golfe, um lugar neutro, para não dizer anônimo, próximo à M25, durante o café da manhã. Bernie e Martin levaram tacos de golfe e conseguiram terminar uma partida antes de os outros chegarem. Bryn teve o cuidado de alugar um carro, em vez de usar o próprio. Dave havia reservado a sala de reunião que também fazia às vezes de sala do conselho do clube.

Vincent foi o último a chegar, de terno cinza e gravata preta, com a fisionomia séria que antecede uma má notícia, gerando mau pressentimento nos outros. O burburinho em torno da cafeteira cessou, as colheres paradas no ar.

— Cadê o Roy? — perguntou Bernie, quando Vincent quis começar a reunião.

— Já chego lá — respondeu Vincent, com calma. — Mas, primeiro, algumas informações sobre a transação. Eu queria dizer que está tudo em ordem. Não houve nenhum contratempo, só precisamos esperar o período combinado para acessar a conta e distribuir o dinheiro.

Houve um alívio palpável na sala. Os homens relaxaram os ombros, interrompendo os olhares aflitos que lançavam entre si. Bernie tomou um gole do café.

— E aí? — perguntou Bryn.

— E aí... — respondeu Vincent, sem pressa, fitando o tecido verde sobre a mesa. — E aí que existe um motivo para reunir vocês aqui. Infelizmente, tenho uma má notícia sobre o Roy.

Ele se deteve, para causar maior impressão.

— Descobri isso conversando com a mulher dele, há pouco tempo.

— Com a mulher dele? — surpreendeu-se Dave.

— É. Recebi um telefonema dela há pouco tempo. Ela encontrou o número do meu celular nas coisas do Roy. Conversei com ela algumas vezes nas últimas semanas. Parece que o Roy não vinha se sentindo muito bem. Ela disse que tentou levá-lo ao hospital, mas ele detesta tudo que tenha a ver com a profissão médica. Além do mais, disse que estava ocupado demais. Deve ter sido na época em que estávamos finalizando o negócio.

Eles sabiam o que estava por vir.

— Parece que Roy teve uma suspeita de câncer de próstata aos cinquenta anos. Depois descobriu que estava tudo bem, mas os especialistas avisaram que era preciso continuar monitorando. Por isso a mulher dele fez tanta questão de que procurasse um médico quando começou a sentir a próstata de novo. Mas, enfim. Uma noite, acho que deve ter sido no dia em que terminamos o negócio, ele simplesmente não voltou para casa.

— Ele vinha reclamando da próstata — comentou Dave.

— Sério? — perguntou Vincent. — Enfim, ela telefonou para todos os hospitais de Londres e descobriu que ele estava no St. Thomas. Mas só conseguiu vê-lo quando ele já tinha morrido.

— Tem certeza de que ele não fugiu? — imaginou Bryn.

— Bem — respondeu Vincent, a voz seca —, existe a prova do corpo. A mulher o identificou. Ele não poderia ter fugido depois de ter sido dado como morto. E que sentido faria? Na posição em que estamos, ele teria muito mais a perder do que a ganhar.

— E em que pé ficamos nós? — quis saber Martin.

— Não muda nada — respondeu Vincent. — Quer dizer, só com relação ao que fazer com a parte do Roy. A mulher dele, claro...

Eles consideraram a questão.

— A decisão é nossa — acrescentou Vincent. — Legalmente, o dinheiro continua pertencendo à empresa, não foi pago aos membros. Não há nada no contrato que indique uma obrigação de pagamento de herança em caso de morte. Mas talvez tenhamos a obrigação moral...

Houve uma pausa de reflexão.

— Talvez não — objetou Martin. — Isso poderia complicar as coisas para ela.

— É verdade — assentiu Bryn. — Não teríamos como explicar tudo para ela. Muito menos para os advogados que cuidariam da herança.

— É complicado demais — concordou Bernie.

— Conhecendo Roy, ele deve ter deixado a mulher em boa situação — observou Dave.

Estava decidido.

— Muito bem — respondeu Vincent. — Vamos apenas esperar o tempo combinado para nos reencontrar. Em Londres, sugiro, na agência onde abrimos a conta. São necessárias duas pessoas para autorizar a transferência. Como vocês devem se lembrar, não posso ser uma dessas duas pessoas. Se vocês quiserem, acerto tudo com o banco para daqui a duas semanas. Tenho a lista de suas contas. Avisem se alguma coisa mudar.

Todos concordaram com o plano.

— Roy era um cara bacana — comentou Martin. — Bom colega de trabalho, um homem bem-humorado. Devo muito a ele. Pelo menos ele se foi num momento de alegria.

— Um homem de ouro — concordou Dave. — Nunca deixava os amigos de fora. Vai deixar saudade.

— Ele era incrível — murmurou Bernie, em anuência, a cabeça aparentemente em outro lugar.

Bryn e Vincent não contribuíram no elogio fúnebre. Vincent se mantinha profissional:

— O enterro é na terça-feira. Velório em Leytonstone, cremação em Wanstead, depois uma pequena recepção na casa dele. Ainda não sei os detalhes. A mulher está tentando resolver tudo com a filha. Prometeu me telefonar hoje à noite. Liguem para mim amanhã ou depois, se quiserem prestar homenagem.

Eles responderam que sim, quase em uníssono. Mas Vincent sabia que ninguém ligaria. Diriam a si mesmos que gostariam muito de comparecer, mas que isso misturaria as coisas. Era melhor deixar Roy em paz, deixar a família sofrer sossegada.

Vincent sabia que aquela seria a última vez que veria aqueles homens.

5

ERA NECESSÁRIA uma última reunião entre Roy e Vincent antes que tudo terminasse. Eles se encontrariam em St. Albans, no saguão de um hotel antigo.

Roy contratou uma limusine para levá-lo. O motorista aguardava em frente ao prédio dele, no carro.

Roy estava satisfeito com o novo apartamento, mas ainda não se sentia em casa. Acostumado desde a infância com uma existência itinerante, não chegava a ansiar pela sensação de fazer parte do lugar. Mas desejava uma sensação agradável de familiaridade. Afinal, precisava se habituar a uma vida diferente.

— A aposentadoria está fazendo bem a você — comentou Vincent, depois das saudações.

Vincent não era de fazer elogios. Roy o encarou surpreso, mas logo abriu um sorriso. Os dois se dirigiram a um balcão escuro e opaco com cheiro de cerveja de várias décadas, precisando urgentemente ser lustrado.

Levaram o café, que tinha o mérito inusitado de ser ao mesmo tempo amargo e insípido, a uma mesa de canto. Conversaram rápido. Logo iriam à agência no centro da cidade onde a conta conjunta havia sido aberta e autorizariam a transferência do dinheiro para as próprias contas. Já estava agendado. Roy pediria que o motorista da limusine aguardasse em frente ao banco durante os cinco minutos de trâmites. E então voltaria para Surrey. Minha Londres querida, pensaria. A Londres dele, que o sustentara durante todos aqueles anos, mesmo quando ele estava fora, aguardando-o como uma mulher fiel, mas ainda assim glamorosa. Mesmo antes de conhecê-lo. Na época, ele mal sabia que seu destino seria definido em grande parte nessa bela cidade, com sua reluzente artéria prateada, o Tâmisa.

Enquanto isso, Vincent assinaria e enviaria para as caixas postais de Bernie, Dave, Martin e Bryn as cartas que os dois haviam escrito meses antes, aquelas granadas que explodiriam em suas mesas no café da manhã.

Sinto muito em informá-los, começavam as cartas. Infelizmente, os clientes russos não eram o que diziam... É terrível não termos descoberto isso antes... Recebi a informação de que a Interpol os estaria investigando... Contas monitoradas, segundo minhas fontes... Não queremos ter nenhum envolvimento com a criminalidade nem nada remotamente impróprio... O banco permanecerá fiel com relação ao sigilo profissional... Mas, por ora, seria prudente manter distância da conta conjunta... Precisamos agir com discrição até a poeira baixar... Tomei a liberdade de escrever, em vez de telefonar, porque achei que era a opção mais segura nessas circunstâncias... Também acho que seria prudente jogar fora esta carta... Mas telefonarei daqui a alguns dias para confirmar o recebimento dela... Abraço, V. Ou outras palavras nesse sentido.

Roy e Vincent sabiam o que aconteceria. Por mera formalidade, Vincent telefonaria para eles. Mas as linhas telefônicas teriam sido cortadas, os aparelhos teriam sido queimados, tão logo encerrassem as caixas postais. Todos ficariam aguardando os desdobramentos, a possível sentença de prisão. O importante era evitar prejuízos, não maximizar ganhos ou buscar desforra. Ruminando a perda do dinheiro e a impotência de fazer qualquer coisa, ninguém se preocuparia com os demais. Eles não eram membros do crime organizado, eram apenas um bando de delinquentes chinfrins sem capacidade ou recursos para investigar ou se vingar. Sua competência geral residia apenas em Roy. Podiam desconfiar de que Roy não estivesse morto, mas, mesmo desconfiando, havia pouco que pudessem fazer. Não tinham nenhum contato além dos conhecidos dos clubes de golfe ou do Rotary Club e não podiam chamar a polícia.

Fim desse capítulo, pensou Roy, ao entrar na limusine.

CAPÍTULO 4

Integridade acadêmica

1

— O QUE ACHO difícil é a proximidade — sentencia Stephen.

Gerald contrai os lábios e junta as mãos. Respira fundo ao se preparar para responder, mas pensa duas vezes. Deve estar, imagina Stephen, tentando encontrar palavras mais gentis para o que quer dizer. O que é inusitado em se tratando de Gerald, com todo o seu ascetismo simulado, ainda mais quando ambos sabem, mais ou menos, do coice que ele dará.

— Proximidade. O que exatamente você quer dizer com a palavra "proximidade"? — pergunta Gerald, afinal, com evidente esforço.

Ah, é a cara do Gerald, pensa Stephen: enrolar.

— Ficar tão perto — responde.

— Hum — murmura Gerald, e Stephen vê a impaciência dele crescer. — Eu não precisava de uma definição de dicionário, por mais inexata que seja.

Stephen abre um sorriso triste: não consegue evitar, embora saiba que isso vai irritar ainda mais Gerald.

— Não estou sabendo explicar muito bem, né?

— Não exatamente. Mas continue.

— Estou me referindo ao processo de descobrir tudo sobre ele. O levantamento de dados, os registros, em minúcias. É a primeira vez que participo de um projeto tão grande sobre uma pessoa. Com tanta intensidade e tanto detalhamento, tão de perto.

— Proximidade. É, você falou — responde Gerald.

— A natureza metódica do processo. Dissecar a pessoa, dispor suas partes sob a luz, examiná-las sobre a mesa de aço inoxidável. Parece que nada se encaixa. Parece que não pertencem a ele.

— Mas esse é o trabalho do pesquisador. Você deve saber disso. Não é se basear em deduções, teorias ou verdades consagradas. É recorrer às fontes originais e apresentar um amálgama de fatos que se aproxime mais da verdade.

Stephen vê os olhos incisivos de Gerald, a determinação que poderia ter feito dele um grande empresário ou político ilustre. Stephen reconhece não ter nem um pouco dessa qualidade, uma qualidade que o objeto de sua pesquisa também possui em abundância. Mas insiste.

— O problema é que, quanto mais eu me aproximo, quanto mais detalhes descubro, menos parece que sei.

— Mas essas não são, se me permite dizer, observações rotineiras? — indaga Gerald, aparentemente tentando manter a calma. — A miopia causada pela intimidade, a falta de perspectiva. Não faz parte do nosso trabalho alternar entre o microscópico e o estratégico?

Parte do *meu* trabalho, você quer dizer, pensa Stephen, notando a irritação de Gerald aumentar.

Gerald põe a mão delicadamente em torno da cafeteira, dobrando os longos dedos, e chega à conclusão de que o café ainda está suficientemente quente para uma segunda xícara.

— É claro — observa, enfim, com um sorriso — que isso pode ser apenas um estratagema seu para redirecionar nosso encontro, disfarçando a falta de progresso na pesquisa. — E com um pouco mais de gentileza: — Vamos nos ater ao que você pôs na mesa de exame até agora e ver se conseguimos entender juntar as partes. Afinal, já começamos com bastante material. Que forma terá nosso Frankenstein?

Eles se sentam juntos diante da mesa grande da sala de Gerald, iluminada por lâmpadas estrategicamente dispostas. Uma sala masculina, pensa Stephen, embora decorada com preocupação estética. Gerald gosta de passar a imagem do acadêmico de pensamentos elevados, mas Stephen sabe que ele é meticuloso com as aparências.

Stephen dispõe os papéis com cuidado, transformando-os em pequenas pilhas de cópias de documentos originais, observações impressas, texto datilografado e suas últimas considerações, escritas à mão. As pilhas representam décadas da vida do objeto de estudo, uma existência dissecada em palavras mortas sobre papel barato. Espalhadas pela mesa, formam um retângulo irregular. Mas é no centro que Stephen mantém os olhos fixos, na esperança de juntar as partes. Onde ele está?, pensa. Ele continua escapando.

— Por onde começamos? — pergunta Gerald, com benevolência.

Stephen se irrita um pouco com o tom didático de Gerald, mas, autodepreciativo, responde:

— Acho confuso. Ele parece ser uma pessoa diferente para cada pessoa em cada momento; parece ser várias pessoas diferentes numa única alma.

— Mas não somos todos? Existe alguém que seja o epítome da consistência, da exatidão e da clareza? Não se preocupe com as incoerências. É nas brechas que encontraremos algo oficial. Concentre-se em seguir o homem, capturá-lo na rede da sua mente. É isso que queremos, afinal. O que temos aqui?

Eles analisam juntos os documentos. Stephen sabe que não chegou tão bem preparado quanto poderia. Gerald suspira, fitando a pequena pilha de imagens que Stephen vem tentando decifrar.

— Essa é de quando? — pergunta, pegando uma delas.

— Essa já está confirmada. Ele tinha trinta e poucos anos, não há nada mais específico do que isso — responde Stephen. — Acho que foi em Edimburgo. — Ele pega outra imagem, uma cópia de má qualidade, assim como as demais. — Temos outras que abrangem o período que vai dos vinte aos quarenta anos. A maioria, confirmada. Até onde posso ter certeza, são todas dele. Mas temos essas outras cinco, que ainda preciso conferir. São fotografias da infância e da adolescência.

Stephen avalia as imagens novamente. Para ele, são todas a mesma pessoa. O rosto tem os mesmos traços que mais tarde o definiriam como um homem bonito. Ainda mais admirável: ele vê no menino o mesmo ar de superioridade, o mesmo desdém. Mas precisa tomar cuidado, porque sabe que era a convenção da época produzir fotografias que idealizavam o objeto de estudo e enfatizavam sua seriedade arrogante. Sorrisos inocentes não eram o costume, mesmo em crianças. Ele fita os olhos grosseiramente pixelados sem conseguir extrair dali nenhum sentido.

— Quais são as maiores lacunas? — pergunta Gerald.

— Como esperado, dos vinte e poucos aos trinta anos. Ele passou algum tempo na Holanda e também na França, com o Exército. A situação é complicada nesse período, é difícil acompanhar.

— Tudo bem. Acho que você precisa dar mais estrutura ao material. Quero que você pegue cada década, representada por essas pilhas, e monte uma série de narrativas, cada qual com um resumo e evidentemente notas de rodapé trazendo as referências. Por ora, esqueça comentários, ênfases e conclusões. E não se preocupe com estilo. Quando juntar os fatos, você vai ver o indivíduo inteiro e não vai precisar se basear tanto em palpites.

Stephen aceita a reprimenda, feita secamente, sem compaixão nem raiva. Sabe que o que Gerald está dizendo é verdade: a pesquisa acadêmica exige método investigativo, não brilho intelectual. Pelo menos até que o pesquisador, assim como Gerald, alcance a posição de instruir outras pessoas a entregar os fatos, limitando-se a contribuir com a inspiração.

2

— COMO VOCÊ consegue aturá-lo? — pergunta Stephen, sentado à mesa da cozinha de Betty.

— Não é como você imagina — responde ela, com calma. — Acabou sendo como eu supunha.

— Mas ele é nojento! Como você consegue ficar perto dele?

— Já passei por coisas piores. Você pode não gostar dele. Eu entendo. Mas faço minhas próprias escolhas. Não preciso da sua permissão nem da sua bênção. Respeite minhas decisões.

Ela profere essas palavras não como uma repreensão, mas com a tranquilidade de uma observação cotidiana.

— Desculpe. Mas ele é espaçoso, é desorganizado e fede.

— Ele fede um pouco porque é velho. Fede por causa da idade, o cheiro que vem dos ossos. Morremos de velhice de dentro para fora, apodrecendo aos poucos. Não é algo que ele possa evitar.

— Você não fede.

— Imagino que eu deva entender isso como um elogio. Sou mulher. E talvez as mulheres sejam diferentes dos homens em alguns aspectos, por mais que eu deteste generalizações. Estou farejando uma pontinha de ciúme?

Stephen sente o rosto arder. Não pode negar.

— Mas não ficamos ou deixamos de ficar com a pessoa por causa do cheiro dela.

— Por que não? — pergunta Stephen. — Por que não? É um excelente critério.

— Essa não é uma observação tão absurda assim — responde ela, com um sorriso. — Mas existem outros fatores. E preciso fazer algumas concessões, se pretendo continuar.

— Mas vale a pena? Quer dizer, ficar com ele? Você já sabe o suficiente sobre ele.

— Podemos conversar sobre isso, mas você não vai me convencer — avisa ela, com delicadeza.

— Minha maior preocupação é você. É isso mesmo que você quer? Como você pode ter certeza de que está segura? Ele é esquentado e ainda é bastante forte para a idade.

— É, sim. Mas sei me virar. Tenho uma ideia muito clara sobre o que ele quer dessa relação, e as necessidades dele servirão de freio para os impulsos violentos. Acho que ele tem controle sobre esses impulsos. E respondendo a sua pergunta: é o que eu quero. Preciso disso.

— Desculpe. Eu me preocupo com você.

— Eu sei — responde ela, carinhosamente. — Então o melhor a fazer é aceitar minha vontade e ser simpático com Roy. Não precisa bajular, basta ser simpático. Isso não deve ser problema para você, que é um rapaz tão doce.

— Vou tentar — promete ele.

— É o Gerald, não é?

— Como assim?

— O Gerald está sendo difícil? Botando muita pressão?

— O de sempre. Você conhece o Gerald. E precisamos mesmo progredir.

— Posso ajudar de alguma maneira?

— Acho que não. Mas obrigado.

— Ainda não estou caduca, Stephen. E sei muito bem como a cabeça do Gerald funciona.

— Não é, não. Respeito muito sua proficiência acadêmica. E sei que Gerald também respeita. Seu parecer é muito importante, evidentemente. Mas você não precisa se preocupar com o Gerald. Acho que não adiantaria intervir.

— Imagino que seja o problema de sempre dele: abster-se da exatidão, da atenção aos detalhes, da comprovação.

— Mais ou menos.

— Em certo sentido, Gerald tem razão. Mas ele decompõe o objeto de estudo. Foi a mesma coisa quando estava preparando a tese. Acho que a coisa mais importante para o pesquisador é ter um bom coração. Era o que eu dizia aos meus alunos, inclusive ao Gerald. Objetividade é fundamental, é claro. Mas se começamos um projeto com intenção perniciosa, ou mesmo com indiferença, por motivos totalmente egoístas, enlouquecemos. Por trás de sua verborragia, Gerald também acredita nisso. Enfatiza o distanciamento exatamente por ser tão obcecado ele próprio. Assim como você, ele tem bom coração.

3

— QUAL É O problema? — pergunta Roy a Stephen, que mantém os olhos fixos no para-brisa quando o carro se aproxima da estrada. Embora não se mostre exatamente cordial, Roy não ostenta o desdém agressivo de costume. Talvez Betty tenha tido uma conversinha com ele também. — Você está com cara de quem teve um dia horrível.

À sugestão de Betty, Stephen decidiu fazer um passeio com Roy, que precisa ir a uma loja de jardinagem. No vago currículo que Roy entregou verbalmente a Betty, havia a menção obscura a uma antiga posição cuidando de um horto. Ele professa pelo menos conhecimento botânico, e Betty quer revitalizar o pequeno jardim que há nos fundos do chalé. Roy abraçou o projeto com satisfação, mas fez questão de que Betty não o acompanhasse na missão da compra. Enquanto ele realiza o trabalho de maneira profissional, ela pode ficar em casa, limpando e passando. Mas ele precisava de um motorista, e foi aí que entrou Stephen.

— Não exatamente — responde Stephen, no tom de voz mais apaziguador possível, enquanto se mantém concentrado na direção. — Coisas normais de trabalho.

— Você leva isso a sério demais.

— É importante para mim.

— No fim das contas, é só trabalho. Seu chefe está tirando seu couro?

— Meu orientador — corrigiu Stephen. — Mais ou menos. Quer dizer, não. O Gerald é sempre assim. É só uma fase complicada.

— Parece que ele é uma pessoa complicada. Já conheci muitas. Está precisando de rédea. Me conte sobre esse homem que você está estudando. Qual é mesmo o nome dele?

— John Graham de Claverhouse, visconde de Dundee. Ele nasceu em 1648 e é um personagem-chave das primeiras rebeliões jacobitas.

— Rebeliões jacobitas? O que é isso?

— A revolta contra Guilherme III, príncipe de Orange, e o protestantismo. E também a luta para restituir o trono à Casa de Stuart. O interessante é como ele aparece no folclore popular. Ele era conhecido como Bonnie Dundee para os jacobitas, mas os presbiterianos o chamavam de Bloody Clavers, porque ele exigia represálias sangrentas à comunidade. Teve grande influência em 1715 e 1745.

— E o que teve nesse período?

Stephen nota que Roy parece simular interesse com bastante eficiência.

— As duas rebeliões jacobitas, de 1715 e 1745. Ambas suprimidas pelos ingleses. Graham morreu antes, em 1689, numa batalha que seu Exército ganhou. Essa vitória e Graham foram determinantes para as rebeliões posteriores. Mas a morte de Graham também causou uma divisão nelas.

— Qual é o objetivo desse trabalho? — pergunta Roy. — Qual é o propósito?

— Na verdade, são três coisas. Entender como Graham definiu as rebeliões. Entender por que a mitologia e a demonologia perduraram. E, por fim, saber como era de fato Graham por trás disso tudo. O que o motivava. Quais foram os fatos. Se ele era um líder carismático ou um criminoso violento.

— O mito e o homem?

— Exatamente. Esse é o tema central. Por exemplo, na época havia a lenda de que Graham teria feito pacto com o diabo e era imune a balas de chumbo. De acordo com essa lenda, ele morreu porque um botão de prata, de seu próprio uniforme, penetrou seu coração. Essa é apenas uma das lendas, embora talvez a questão mais importante seja que, se ele tivesse sobrevivido, a rebelião de 1715 teria sido bastante diferente, com a presença e a experiência dele. Poderia resultar numa Inglaterra bastante diferente.

Stephen fica surpreso ao ver como sua explicação é fluente. Muito mais fluente do que sua pesquisa. Talvez ele tenha salvação, afinal.

— Então por que esse Gerald está tirando seu couro? Parece que você sabe do que está falando.

— São aspectos técnicos. Ele quer que eu acelere a validação das fontes e comece a criar a estrutura. Na verdade, está tudo bem.

— E o que você ganha com isso?

— Com sorte, a publicação de um trabalho que faça diferença, por menor que seja. Com mais sorte ainda, uma nova perspectiva histórica sobre o período.

— Mas aonde você pode chegar com isso?

— Ah, a lugar nenhum, embora faça parte do meu doutorado. Qualquer trabalho publicado sai com o nome do Gerald como meu orientador.

— Que canalhice! Se você quer meu conselho, ponha seus interesses em primeiro lugar. Não deixe esse Gerald roubar sua glória.

— Meu mundo não funciona assim. Os acadêmicos se conhecem, operam na base da reputação. Se eu fizer um bom trabalho, tenho mais chance de conseguir uma posição acadêmica melhor.

— Melhor ficar esperto. A vida não é ensaio. Você tem que aproveitar e agarrar tudo o que puder.

Eles chegam à loja de jardinagem. Stephen contorna o carro às pressas para ajudar Roy a saltar do veículo, mas Roy não quer saber de ajuda. Depois de saltar sozinho, fica encarando Stephen. Mas o pacto de cordialidade deles, tácito e frágil, se sustenta, e Roy abre um sorriso forçado.

Stephen empurra o carrinho enquanto Roy examina as plantas com cuidado, lendo os rótulos, sentindo a textura das folhas, enfiando os dedos na terra. Eles avançam juntos, Roy fazendo suas avaliações enquanto Stephen aguarda a conversa, que não vem.

Por fim, mantendo o tom de voz neutro, Roy diz:

— Por que você não vai se sentar e me deixa terminar aqui? Eu me viro sozinho. Estou vendo que você está entediado, e você tem tanta serventia para mim quanto uma garrafa térmica.

Stephen entra na loja e se põe a contemplar moluscicidas incompreensivelmente misturados, mangueiras multicoloridas e luzes de jardim enquanto Roy dá prosseguimento a sua missão, examinando as plantas com zelo antes de selecionar alguma, levando-a ao carrinho, que já se enche, e avançando para a bancada seguinte. Só chamará Stephen quando for hora de empurrar o carrinho abarrotado para o caixa e botar as compras no carro.

CAPÍTULO 5

Berlin Alexanderplatz

1

— UMA VIAGEM! — exclama Betty.

— Ah, sim — responde Roy, animado. — Seria bom tomar um pouco de sol nas costas. Espanha. Portugal.

— Não — objeta ela. — Preciso de alguma coisa que estimule meu cérebro. Pensei num grande centro urbano. E a viagem é por minha conta, faço questão.

— Isso veremos — ressalva Roy, não de todo convincente. — Então Nova York. A Grande Maçã. Aqueles museus todos. Um espetáculo na Broadway.

Ela ri.

— Posso ter algum dinheirinho, mas meu orçamento não dá para tanto. Principalmente se quisermos viajar com estilo.

— Barcelona, então.

— Eu estava imaginando a Europa Central. Praga, Budapeste, talvez Viena.

— Tudo bem.

Não é o que ele escolheria, mas a cavalo dado... E a viagem vai prepará-lo para o verão. Há inclusive a chance de ter um pouco de sol de primavera. Ela navega pela internet enquanto ele lê o jornal, emitindo respostas monossilábicas para as sugestões entusiasmadas dela.

No fim, fica decretado que será Berlim. Ele contrapropõe Roma, Veneza ou mesmo Bruges. Mas será Berlim. A cidade do Reich milenar, da Noite dos Cristais, de Frederico II da Prússia, do Checkpoint Charlie e do Portão de Brandemburgo. Lá haverá história suficiente para durar uma eternidade.

2

NUMA MANHÃ ENSOLARADA de primavera, eles saem do hotel ultramoderno para o meio daquilo tudo. A Unter den Linden se estende em direção ao Portão de Brandemburgo, aonde eles chegarão se conseguirem ignorar a enxurrada de vendedores ambulantes e mendigos que os abordam desesperadamente em diversas variações de alemão. Apesar da idade, Roy ainda intimida, e basta um olhar para afastá-los. Ele abraça Betty, ela sorri.

— Está tudo aqui — diz ele, abrindo o outro braço.

É a Berlim como se imagina, construída em escala heroica para transmitir o otimismo nacional do fim do século XIX: ampla, masculina, assustadora, em pedra cinza. A rua, entretanto, está rasgada no meio, porque estão trazendo o metrô a esta parte do que era outrora Berlim Oriental. A cidade está se reerguendo, o horizonte é dominado por guindastes. Um novo paradigma da confiança alemã se constrói aqui, o novo tecnocrático junto ao antigo imperial.

Eles passam três horas no Museu Histórico Alemão, o que não é exatamente como Roy havia imaginado: Betty admirando cada obra com interesse exagerado enquanto ele a acompanha com mal disfarçado tédio, ao qual ela se mostra alheia. Bem, ela era acadêmica, reflete ele, consultando o relógio. E daqui a pouco ele vai poder se sentar e tomar uma boa cerveja.

Mas não. Depois do almoço — uma salsicha gordurosa com mostarda de cor forte, comprada em barraquinha (uma surpresa para Roy, considerando o refinamento de Betty) —, eles partem novamente. Tomam o metrô e um ônibus até Charlottenburg para ver o palácio e caminhar um pouco em Tiergarten sob as castanheiras, espiando casas protegidas por sofisticados sistemas de segurança, enfileiradas em elegantes ruas largas.

— Fico imaginando como deve ter sido morar aqui no século XIX — comenta ela — ou no começo do século XX. Nos anos trinta. A decadência, a diversão obrigatória, as festas resplandecentes. Aquela riqueza toda, o otimismo. Mal sabiam eles o que estava por vir.

— Ah, sim — responde Roy, ao mesmo tempo entediado e zombeteiro.

Ele está surpreso com a energia dela, com o viço de seus olhos. Considera-se em forma para a idade, mas se dá conta de que os membros estão moídos, não vê a hora de chegar à privacidade do quarto de hotel para tirar um cochilo. E também não sente esse entusiasmo todo. Teve uma vida suficientemente longa e emocionante para saber como era e não necessita de nada para lembrá-lo. Já começa a se arrepender de ter concordado com essa viagem.

— Ah, meu Deus — murmura Betty, e a atenção dele se volta para o presente. — Você está entediado. Cansado. Será que exageramos?

— Talvez um pouco — responde ele, com um sorriso tolerante.

— Então vamos voltar para o hotel.

Ela chama o táxi, e ele fecha os olhos ao som do rádio, enquanto o motorista vocifera contra os idiotas que enchem as ruas, acelerando e freando bruscamente. É tudo culpa da reunificação da Europa, diz, essa gente vinda do Leste. Roy se sente frágil, ouve o coração batendo. Quase consegue se imaginar em outra época.

Ele tira afinal seu cochilo, mas não há tempo para um jantar tranquilo, porque Betty jogou charme para o funcionário do hotel e conseguiu ingressos para a Filarmônica de Berlim. Roy se senta com evidente mau humor no teatro luxuoso, mal suportando a cacofonia do evento: a pompa da orquestra e seu maestro empertigado, os espectadores gordos de terno Hugo Boss, e suas esposas magras e elegantes, cobertas de joias. A sutileza exagerada dos trechos mais calmos da música e o golpe impetuoso dos crescendos se transformam numa única melodia dissonante em seus ouvidos.

À porta do hotel, ele diz:

— Acho que vou dar uma volta antes de dormir. Tirei aquele cochilo à tarde e, se não tomar um pouco de ar fresco, acho que não vou conseguir pregar o olho.

— Tudo bem — assente Betty. — Sei exatamente como é perder o sono. Você quer companhia?

— Ah, não — responde ele, talvez um pouco rápido demais. — Não precisa. Não demoro. Vá se deitar.

Os dois se despedem, e ela sobe para seu quarto.

Quatro horas depois, ele se deita aliviado debaixo do edredom de seu próprio quarto. A essa altura, já deveria saber que não dá mais para tentar nada disso, diz a si mesmo, em parte achando graça, em parte com uma ponta de autocomiseração. Gastou quinhentas libras à toa. Sabe onde ficam as partes ruins da cidade e, para animar a viagem, retornou às ruas próximas à Kurfürstendamm. Ali os negócios antigos haviam morrido, cedendo lugar aos novos. Tudo a mesma coisa. Depois de um showzinho que, no tempo dele, teria sido chamado de "exótico", ele se pegou num quarto de hotel fétido com uma mulher às duas horas da manhã, incapaz de consumar o ato. Mais cedo, ela havia se mostrado hesitante, mas, à insistência dele, respondeu afinal "Tudo bem, vovô", conduzindo-o ao quarto e amarrando-o como ele havia pedido. Não era de surpreender que ele não conseguisse, porque fazia dez anos desde a última vez, mas imaginou que haveria um novo *frisson*, a ilusão da excitação. Sentiu, no entanto, apenas cansaço.

Foi um leve susto — o que em outros tempos teria sido uma diversão — o fato de que a mulher era, na verdade, homem. Isso ficou evidente apenas depois da falha dele.

— Achei que você soubesse, vovô.

Mas a essa altura Roy adormeceu, descobrindo ao acordar, dolorido, enjoado e com a boca seca, que a carteira estava vazia. Felizmente, ele estava desamarrado.

Dez anos antes, isso não lhe teria acontecido. Pelo menos ele teve a ideia de deixar a maior parte do dinheiro, todos os cartões e outros objetos de valor no cofre do hotel e esconder a chave debaixo da sola ortopédica do sapato, mas era preciso admitir que havia perdido a astúcia. Vestiu a calça e saiu dali o mais rápido que os ossos artríticos permitiam.

Por sorte, conseguiu chamar um táxi em frente à loja de departamentos DaDeWe, e o motorista o considerou um homem de respeito suficiente. O carro avançou pelas ruas escuras e, apesar da experiência ruim, Roy sentiu uma ponta de prazer. Estava vivendo, ou quase vivendo, de novo. Havia a possibilidade de um pequeno inconveniente à porta do hotel, mas ele conseguiu convencer o porteiro noturno a lhe emprestar o dinheiro da corrida, alegando, com razoável credibilidade, distração senil.

3

FAZ UM DIA inusitadamente quente em Berlim para abril. Betty e Roy estão sentados no terraço de um restaurante na Hackescher Markt, outrora uma animada feira perto da Alexanderplatz, agora um animado centro gastronômico. Andaram pelo Hackescher Höfe, outrora um labirinto de prédios cinzentos debruçados sobre pátios com lojinhas esquálidas, agora um centro comercial sofisticado, colorido, com lojas descoladas e áreas verdes. Ali Betty comprou presentes para levar à Inglaterra. Roy não sentiu necessidade.

Betty toma um Riesling extremamente seco, enquanto Roy bebe com avidez cerveja Pilsen num copo tão grande que é quase uma jarra. Ele examina os restos do joelho de porco, em busca de possíveis resquícios de carne. Rosada, com o osso branco, a peça parece o resultado final de uma autópsia. Ele a desmantela, mas precisa se contentar com algumas tiras de gordura e o que resta do chucrute, tamanha é a eficácia de sua investida. Está revigorado, animado pelo álcool.

— Toda essa história! — exclama Betty, e Roy percebe que se espera que ele responda.

— Ah, sim — diz, surpreso de ver que ela continua com os olhos iluminados, incisivos. Ele, por sua vez, sente-se oprimido, como se estivesse soterrado por todos aqueles monumentos. — De fato.

— Tanto sofrimento, evidentemente — acrescenta ela, como se lesse seu pensamento.

— De fato — repete ele.

Ele não precisa de uma longa exegese sobre a República de Weimar, o Terceiro Reich ou a Guerra Fria, sobre os quais ela leu à tarde.

— *Dort wo man Bücher verbrennt, verbrennt man auch am Ende Menschen* — declama ela. — Foi o que Heinrich Heine escreveu em 1821.

— Ah, sim — responde ele.

— Achei que você não falasse alemão.

Pego na mentira, ele resolve admitir a desatenção com um sorriso insolentemente envergonhado.

— "Onde se queimam livros, acaba-se queimando pessoas" — traduz ela, sem tremor na voz.

— De fato. E quando ele escreveu isso?

— Em 1821.

— Muito interessante.

Na opinião dele, isso não é assunto de férias. Mas imediatamente a alegria dela retorna.

— Você gosta dos alemães? — pergunta, entusiasmada.

— Ah, sim — responde ele.

— Por quê?

Essa é uma pergunta mais difícil. Ele achou que os dois estavam apenas conversando, não participando de um debate.

— Ah, não sei. Eles são muito eficientes, veja bem. O hotel é imaculado. E o serviço é excelente. Não seria nada mau termos um pouco dessa eficiência na Inglaterra.

Os dois permanecem em silêncio por alguns instantes. Betty consulta o cardápio antes de chamar o garçom e pedir café num alemão surpreendentemente bom. Roy não quer. Como ela bem sabe, café depois da hora do almoço o faz perder o sono. Não que isso fosse um problema hoje, depois dos apertos da noite passada.

— Você gostou daqui? — insiste ela.

— Ah, sim — responde ele, imediatamente. — Muito.

— Porque você me pareceu tão entediado em alguns momentos.

— Ah, não — protesta ele. — Só um pouco cansado. Não aguento seu ritmo. De vez em quando, preciso de um tempinho para recarregar as energias.

Ele se detém antes de arriscar:

— Já você está simplesmente radiante, querida.

— Obrigada — responde ela. — Acho essa cidade tão vibrante! É meio absurdo, considerando todas as coisas terríveis que aconteceram aqui, mas ela me parece tão viva! É como se existisse uma força vital aqui. Ela me lembra a jovem Betty.

— Hum — murmura ele. — Mas, como você mesma disse, existem muitos segredos guardados aqui.

— Ah, eu sei. Mas não podemos culpar o lugar pela desumanidade das pessoas que já estiveram nele. Ou podemos?

— Não sei — admite Roy.

Está tranquilo em meio ao tumulto. Os aquecedores do ambiente foram ligados, afastando o frio. Mantas fornecidas pelo restaurante esperam dobradas no encosto das cadeiras, para o caso de isso não ser suficiente. Uma australiana toca no violão versões acústicas de sucessos do *pop*. Os transeuntes jogam moedas no estojo do violão. Betty contempla a praça de pedra, com um sorriso que exala satisfação. Roy chega à conclusão de que agora talvez seja o momento.

— Venho botando em ordem minhas finanças — começa, avizinhando o assunto.

Ela parece sair de seu devaneio.

— O quê? Aqui?

— Não, não. Antes de virmos. Eu estava tentando botar em ordem algumas coisas.

— E aí?

— É um pesadelo para nós, aposentados.

— O que é um pesadelo?

Ele pensa: Ela está sendo deliberadamente obtusa? Mas mantém a calma.

— A recessão — afirma. — Ela atingiu em cheio os aposentados.

— Imagino que sim — responde ela, como se nunca tivesse pensado nisso.

— É. Baixa taxa de juros. Inflação alta. Dificuldade para os investimentos.

— Tenho minha aposentadoria, que me basta, mesmo não sendo muito generosa. E minhas economias. Além de alguns fundos fiduciários que meu marido criou. O restante deixo na poupança.

— Nossa, querida...

— O que foi, Roy?

— Não queria me intrometer, mas já me intrometendo... — Ele a encara, ansioso. — Quer dizer que você tem uma quantia razoável de dinheiro?

— Ah, vivo com conforto. Mas dinheiro não me interessa. Viver me interessa — explica ela, com alegria.

— Está certa! Mas, vou lhe falar, encontrar um lugar seguro para investir e que dê bom retorno é extremamente difícil.

Ele balança a cabeça em desalento.

— Você tem dinheiro guardado? — pergunta ela.

— Um pouco — assente ele. — Sem dúvida menos do que você. Mas vou ter mais quando vender meu apartamento. — Ele se detém antes de prosseguir. — As pessoas não gostam de falar de dinheiro. É tabu. Mas é tão importante!

— Como o sexo — considera ela.

— O quê?

— Como o sexo. É muito importante, mas as pessoas não falam sobre o tema abertamente.

— Ah, entendi. De fato. Mas a questão...

— Sim?

— Eu tenho um conhecido. Contador, gente boa. O milagreiro, é como o chamo. Há anos ele cuida dos meus investimentos.

Betty não diz nada, apenas o encara, perplexa.

— É, acho que você o mencionou — responde, afinal.

— O nome dele é Vincent. É o melhor no que faz. Posso colocar vocês dois em contato para tratar das suas finanças.

CAPÍTULO 6

Setembro de 1973
Vivendo em pecado

1

ELES ESTAVAM vivendo no pecado. Foram "juntados", como dizia ela, com seu sotaque do norte. Parecia que, inexorável e inexplicavelmente, ele estava começando a sossegar. A mulher era um espetáculo, sem dúvida. O Kenny do *pub* tinha soltado um "delícia" ao ser apresentado a ela, quatro meses antes.

Ela era de Manchester, ou Liverpool, ou Leeds. Um desses lugares. Estagiária do Ministério, foi alocada por seis meses no escritório secundário onde ele tinha uma posição subalterna. Os dois se conheceram na cozinha medonha do prédio, com a geladeira cheia de mofo e um fedor de leite azedo, a pia de aço inoxidável coberta de limo. Ela estava procurando uma xícara que não estivesse imunda a ponto de oferecer risco de saúde, e ele ofereceu sua própria xícara reserva, além de uma colher de chá reluzente que foi buscar em sua mesa. Ela era estonteante, por isso ele quis agradar, mostrando-se um oásis de humanidade — e asseio — naquele deserto de anonimato.

Explicou para ela como funcionava a hierarquia. Ele era subalterno, um escriturário soterrado por uma pilha de ordens e documentos, não muito diferente de um amanuense dickensiano. Ela, por sua vez, era gestora, fadada ao sucesso, ou pelo menos ao sucesso permitido pelo Ministério da Educação e da Ciência do Reino Unido.

E assim a coisa progrediu. Depois do almoço, houve jantares e sessões de cinema. A idade de Roy — ele era vinte anos mais velho — parecia não ter importância. A bem da verdade, parecia ser uma vantagem. Ela achava as pessoas de sua própria idade muito imaturas. Por fim, eles foram para a cama, o que foi bastante satisfatório. Maureen era cheia de vida, uma prova exuberante de que o mundo estava finalmente se livrando da culpa da guerra, imaculada de perdas, culpas e privações.

Ele logo descobriu que ela se considerava radical. Tendo horror a Edward Heath e seu domínio de iatismo e órgão de igreja, Maureen era integrante fervorosa de uma obscura organização política trotskista. Isso não o desanimou: ela podia ser membro de um clube que lutasse por segurança nas estradas, desde que continuasse gemendo daquele jeito quando estivesse nua. Na verdade, sua dedicação política em prol do bem o divertia, embora ele tomasse o cuidado de esconder o riso. Às vezes, precisava concordar com o feminismo dela, mas isso não chegava a comprometer o relacionamento do casal. Ele apenas evitava falar sobre assuntos contemporâneos, temendo que sua visão de mundo, menos igualitária, ficasse evidente.

A ideia de morar junto cresceu aos poucos. A decisão foi, pelo menos em parte, uma questão prática. Nenhum deles era exatamente rico, com o salário medíocre de funcionários públicos. E agora passavam cada vez mais tempo juntos. Ele se pegou fazendo cálculos que empurravam seu destino ao dela. Embora os dois não trabalhassem no mesmo escritório, sabia que Maureen era inteligente e respeitada. Quando retornasse ao escritório central, ela teria a possibilidade de chegar longe. Seu radicalismo era um trunfo nesse lugar, mas depois precisaria atenuá-lo um pouco. Ele poderia aconselhá-la: ela parecia enxergar na natureza prática dele uma espécie de sabedoria.

A convivência foi um ponto significativo nesse processo. Deu a ele a chance de avaliar se a vida com Maureen era uma opção no longo prazo. Ele jamais havia morado com outra pessoa, desde que ficara adulto. Não contava a época que passou no Exército depois da guerra. Estava desacostumado às concessões, banais e importantes, e ficou frustrado por não poder levar a vida livremente. Se o sexo e a promessa de segurança financeira eram compensações suficientes, ele ainda não sabia. Mas os dois continuaram se deixando levar pela correnteza, embora a direção do rio fosse óbvia para ambos.

O tempo disponível para fazer escolhas era finito. Maureen se mantinha distante do convencional, mas ainda lhe restavam alguns princípios, e morar junto sem estar casado estava apenas começando a ser considerado algo normal. Ela poderia se contentar em ficar com ele sem se casar, mas, em algum momento, exigiria que ele tivesse algum contato com seus pais, de quem ela continuava próxima. Até agora, Roy conseguira evitar a temida viagem de trem para o gelo do norte, com seus mineiros toscos, seus copos de cerveja preta, suas mulheres gordas usando lenço de cabeça para varrer o chão de casa, suas cidadezinhas desertas e campos ainda mais desertos. Não sentia a menor vontade de conhecer a família de Maureen. Sabia que o pai e a mãe dela tinham conhecimento de sua existência, duvidava que soubessem sua idade e tinha quase certeza de que nem desconfiavam de que a filha e ele dividiam casa e cama.

A principal conclusão sobre essa vida nova era que era chata. Ele já não tinha liberdade para chegar em casa à noite e se sentar de frente para a televisão de cueca, com uma ou duas garrafas de Bass, e comer peixe e fritas no guardanapo. Não podia gastar tranquilamente o salário nas casas de aposta ou passar a maior parte do sábado enfiado no Arsenal e depois cair bêbado na cama. Era preciso esconder as revistas obscenas com cuidado. Não podia levar mulheres para casa.

Havia algumas brechas. Maureen tinha reunião pelo menos duas vezes por semana, e Roy podia então sair para se encontrar com Kenny e os amigos no *pub*. Mas agora a cerveja ali tinha um gosto medíocre e sem graça, e passou a frequentar cada vez mais o West End, procurando confusão, mesmo nas noites em que Maureen não tinha suas reuniões humanitárias.

2

ELE ESTAVA chegando a uma opinião definitiva sobre essa versão da felicidade doméstica. Não demorou muito para que ela se tornasse sua única opinião. As ambiguidades diminuíram, até desaparecerem. Ele queria fugir da estagnação daquele trabalho horroroso. Ao contrário de Maureen, não tinha nenhum prazer em ajudar a determinar a vida — escolar, pelo menos — das novas gerações do país. Era indiferente a essas ideias grandiosas. Em seu empreguinho modesto, ele não influenciava nada, mesmo se quisesse. E não queria. Que absurdo, resmungava para si mesmo enquanto fingia se entregar às fantasias juvenis dela. Maureen acabaria aprendendo, mas não rápido o suficiente para ele.

Ele estava procurando uma oportunidade de trabalho e rapidamente a encontrou no bairro que já estava acostumado a considerar seu parque de diversões. O Soho continuava sendo um lugar sujo, escuro, perigoso, um verdadeiro submundo a poucos metros do esplendor da Regent Street. Ali os gângsteres ainda dominavam, proporcionando prazer a um segmento da população, afronta a outro e sofrimento a quem intervinha. As tristes prostitutas cuja data de validade vencera e que haviam sido expulsas de seus apartamentos sórdidos pelos antigos cafetões eram prova disso, injetando heroína enquanto tentavam caçar nas ruas: duas libras por uma trepada nas escadas de algum prédio.

Foi no beco que havia entre duas boates que, às duas horas da manhã, ele deparou com Martin White, caído sobre o próprio vômito, inanimado. Conhecera White como porteiro de uma das boates. Aparentemente, seu jeito refinado havia ofendido algum cliente gângster, e agora Martin estava abandonado, sem casa, entregando-se ao álcool. Mas Roy tinha um papel importante para ele em seus planos. Deu-lhe três libras, pediu que alugasse um quarto para passar a noite numa das muitas pocilgas da região e que estivesse em determinada lanchonete às quatro horas da tarde seguinte.

Foi nesse encontro que Roy convenceu Martin.

— É nossa hora — bradou. — As coisas estão mudando aqui, o comércio sexual está se tornando respeitável. Precisamos aproveitar a atual conjuntura.

Martin se mostrou hesitante. Roy cravou nele os olhos azuis.

— Você quer participar ou não? Posso encontrar milhares de caras como você na sarjeta, se não quiser. É seu dia de sorte. Mas você pode voltar para a merda do seu beco, se preferir.

Não era verdade. Roy queria Martin por sua elegância, seu perfil aristocrático — ao menos quando estava limpo —, pelas conexões que ele próprio não tinha. Os dois fumaram, beberam café com leite e decidiram mudar sua vida.

— Conheço uma lojinha na Berwick Street que está fechando — disse Roy. — Acho que consigo o dinheiro do aluguel.

— Tenho uns amigos de Bruxelas com contatos nos lugares certos — respondeu Martin. — Eles poderiam nos mandar material da Suécia e Dinamarca. Revistas e filmes bastante explícitos. Não precisaríamos recorrer aos intermediários de costume. Também arranjo maconha. E comprimidos.

Eles decidiram que abririam a loja de maneira agressiva, tirando o sexo da marginalidade e transformando-o num produto de massa. À margem, poderiam vender narcóticos, para atrair a clientela mais jovem e rica. O caminho já havia sido razoavelmente aberto por aqueles homens extravagantes de calça boca de sino e bigode farto que criaram os próprios astros na constelação noturna.

— Mas o mercado está em ascensão — observou Roy. — Está florescendo. É nossa hora.

3

SETEMBRO VIROU OUTUBRO, e a névoa se instalou em Londres. Roy tirou alguns dias de folga alegando doença e, valendo-se de suas economias, guardadas numa conta do Lyons Bank, tentou convencer o gerente do banco a lhe conceder empréstimo para abrir um negócio.

— Soho — murmurou o sr. Price, hesitante. — Não é um bairro muito agradável.

O sr. Price usava óculos de gerente de banco. E tinha bigode de gerente de banco.

— Pois é — assentiu Roy, a avidez estampada no rosto. — Mas está crescendo. Melhor ir atrás antes que os preços subam demais.

— Hum... Não sei se seria interessante para o banco se envolver numa área ou num negócio que corra o risco de ser considerado indecoroso.

— Ah, não, de jeito nenhum! — exclamou Roy. — Eu também não desejaria isso. Estou tentando montar um negócio totalmente legal. Gostaria que o banco compreendesse isso.

— Sei — respondeu o sr. Price, contraindo a boca, cético. — Fale mais do negócio.

Roy havia decidido tomar um pouco de liberdade com a verdade. Ninguém precisava ficar assustado.

— O que estou tentando fazer é criar algo novo — afirmou. — Transformar uma lojinha sórdida num negócio que tenha raízes na comunidade. E, evidentemente, ganhar dinheiro com isso.

O sr. Price o avaliou.

— O que exatamente o senhor pretende vender no local?

Roy abriu um sorriso.

— Várias coisas. Venderemos livros, exibiremos filmes de vanguarda, teremos um espaço para que os clientes possam tomar café e conversar.

— Uma espécie de livraria moderna, então?

As palavras saíram com dificuldade.

— Exatamente. Como o senhor sabe, a região tem uma longa tradição literária. E, em meio à decadência e ao sexo, ainda há muita gente dessa estirpe. Intelectuais com dinheiro para gastar. E, evidentemente, a loja atrairia pessoas de toda a cidade. Tem uma localização maravilhosa, central, perto do metrô.

— E o imóvel?

— Está um pouco avariado. O atual inquilino está quase se aposentando. Não vê a hora de passar o ponto. Consegui um bom acordo quanto ao aluguel, mas o tempo é curto. Não é necessária muita coisa para ajeitar o lugar e deixá-lo apresentável. Meu sócio tem contato com fornecedores e já está falando com eles. Estamos bem otimistas.

— Imagino — respondeu o sr. Price. — O senhor deve saber que esse não é exatamente um momento propício para começar qualquer negócio. Por isso os bancos estão avaliando novos investimentos com muita cautela.

— Ah, sim — concordou Roy. — E com razão.

— O senhor não me parece o tipo de pessoa que teria uma clientela boêmia...

— Se o senhor quer saber se eu me atrelaria a um bando de *hippies* cabeludos e egomaníacos, a resposta é definitivamente não. Mas não me importaria de tirar dinheiro deles. Essa é a melhor parte! Você vê essas porcarias que eles chamam de "negócio", essas cooperativas, essas mulheres bem-intencionadas e seus vestidinhos coloridos, e não sabe se deve rir ou chorar. Mas eu saberia fazer um negócio dar certo.

— Entendo. Eu, pessoalmente, não aprovaria, nem pensar. A questão não é bem o senhor como cliente potencial ou seu tino empreendedor... — Ele abre um sorriso para Roy. — Mas seu público-alvo. Ele é muito instável, na minha opinião, além de moralmente questionável.

— É verdade — concordou Roy, retribuindo o sorriso. — Só que...

— Mas — continuou o sr. Price, estendendo a mão para interrompê-lo — estou disposto a encaminhar sua proposta à sede. Acho que eles têm a mente mais aberta do que eu. Muito boa sorte.

4

NO TRABALHO, ele usou tesoura, cola, máquina de escrever e uma carta antiga do banco para criar uma colagem que ficaria aceitável quando passasse pela fotocopiadora no canto da sala, assiduamente vigiada pelo chefe dos escriturários. Esperou o intervalo do almoço e, com as mãos suadas, fez a réplica. A primeira tentativa ficou razoável, mas ele fez mais duas, por via das dúvidas. De volta a sua mesa, a falsificação da assinatura do sr. Price ficou trêmula demais para seu gosto e foi um alento ter outra cópia.

Era um subterfúgio lamentável, mas necessário. As engrenagens do Lyons Bank eram lentas demais. Ele tinha certeza de que receberia o empréstimo, mas precisava assinar o contrato de aluguel imediatamente. Não havia como fazer isso senão criando uma carta que confirmava haver dinheiro suficiente em sua conta e assinando um cheque que, ele esperava, não fosse descontado logo. Depois seriam necessários outros cheques para as despesas e a ligeira reforma do imóvel. Mas não para a compra de mercadoria: naquele negócio, era dinheiro vivo que os fornecedores de Martin exigiriam para entregar os produtos. Roy, no entanto, tinha algumas ideias sobre como conseguir esse dinheiro em espécie.

Deixou o escritório às quatro horas, alegando estar passando mal. Imaginava que também necessitaria do dia seguinte de folga. Mas só precisaria daquele trabalho por mais pouco tempo. Logo estaria livre dos corredores de linóleo cinza e entregue aos holofotes do mundo real.

5

ERA A HORA certa para uma de suas brigas periódicas. Ela sabia começar a discussão do nada, ele sempre achou. Pois bem, agora era bastante conveniente. Na verdade, era imprescindível. Não seria necessário muito esforço para elevá-la às proporções de uma guerra nuclear.

O que haveria de ser dessa vez? O estado do banheiro? A preguiça dele? Martin aparecer o tempo todo e ficar olhando os seios dela? Em retrospecto, ele não conseguia entender como os dois haviam se juntado nem por que continuavam juntos. Para começar, ela era muito mais jovem do que ele, o que era evidente para qualquer pessoa que os visse. Mais jovem não apenas em idade. Maureen era ingênua, infinitamente entusiasmada com o futuro. Se Roy em algum momento teve essas qualidades, elas haviam sido arrancadas dele muitos anos antes. Estava além do otimismo: não via sentido em tal conceito.

Talvez ela tivesse sido atraída pela força dele. Talvez precisasse de uma figura paterna, depois de trocar o norte primitivo por Londres. Talvez apenas o achasse sexualmente irresistível. Poderia ser qualquer uma das alternativas. Ele não ligava. O relacionamento havia perdido a graça e a serventia. Na verdade, seus interesses agora apontavam numa direção totalmente diversa. Outrora, havia ali para ele sexo à mão com uma mulher bonita, alguém que preparava sua comida e cuidava da casa (não que ela fizesse essas duas coisas muito bem), além do possível benefício material de ser bancado por ela no futuro. Mas, quando abriram a conta conjunta, ele não imaginava que ela falasse tanto. Suportou sua voz com extrema paciência.

Mas não por muito mais tempo. Agora era preciso se livrar dela, tirando disso a melhor vantagem possível.

Foi trabalhoso quando aconteceu. Estavam sentados na sala, depois do jantar, com o som da televisão alto para abafar a barulheira do casal jovem do apartamento vizinho, com seus Stones, ou Bowie, ou o que quer que fosse. Roy desconfiava de que fossem viciados: muito magros e brancos, com cabelo escorrido idêntico, sorrisos pálidos e olheiras fundas de virar noites ouvindo *rock*.

O prédio onde moravam havia sido dividido às pressas nos anos sessenta. Com o descascamento da pintura, o desbotamento da madeira, o remendo do concreto e o vandalismo das divisões improvisadas em apartamentos, mal se podia imaginar que outrora houvesse sido a confortável casa de um mercador do século XIX.

Eles ocupavam um terço do térreo. Abaixo deles, no indesejável apartamento do subsolo, com sua escuridão e umidade, morava o tranquilo casal de imigrantes antilhanos que, imaginava Roy, sustentava-se relativamente bem: ele, motorista de ônibus, ela, faxineira de uma escola. Do outro lado do corredor, moravam os viciados, jovens e ingênuos, destinados à morte prematura. E, acima deles, morava um velho esquálido, supostamente viúvo, com sua boina e camisa gola padre, o rosto sempre com uma parte da barba por fazer, onde o barbeador não cumprira sua função, que ficava radiante quando os encontrava nas dependências comuns. Roy não sabia quem ocupava os dois outros apartamentos. O prédio era gelado, barulhento, deprimente. Ele tinha certeza de que, em algum lugar, existia uma vida melhor.

Ela desligou a televisão. Dava para ouvir as batidas e o grito desafinado pela parede.

— Você não se interessa por nada, não é? — perguntou ela. Quando passava sermão, a voz dela ganhava um tom agudo que feria os ouvidos dele. — Muito menos pela sua profissão.

— Depende do que você quer dizer — respondeu ele. — Faço meu trabalho.

— Mas é só isso, não é? Um trabalho.

— Todo trabalho é só um trabalho. A gente faz o serviço e ganha dinheiro. Fim.

— Você nunca pensa que estamos fazendo algo mais importante, maior do que isso?

Ele encolheu os ombros antes de responder com firmeza:

— É importante para mim. Paga a porra das minhas contas. Bota comida na mesa.

— Você não sente vontade de se dedicar a nada?

— Me dedicar? O que isso quer dizer? E por que eu deveria? Além de trabalhar para ganhar meu sustento?

— Porque podemos mudar o mundo se quisermos.

Ele a encarou, atônito.

— Mudar o mundo? E por que eu quereria fazer isso? Supondo que essa ideia idiota tenha algum fundamento. O mundo é assim. A gente simplesmente embarca nele e tira proveito do que der.

— Você não se interessa por nada, não é? — repetiu ela.

— Isso é para as outras pessoas. Eu recebo ordens, que cumpro. Sou pago. Se não faço o que mandam, sou demitido. Simples assim.

Ouviu-se um baque surdo vindo do apartamento superior. Talvez uma mala tivesse caído no chão. Ou um corpo.

— Só quero tocar a vida. Não quero ficar confabulando. Não quero mudar o mundo.

Ele cuspiu as últimas palavras com um fio de saliva, que ficou pendurado no queixo. Limpou-o com a manga da camisa.

Ela se manteve em silêncio, perplexa. Era como se de repente não tivesse mais forças ou vontade para argumentar.

— Não sei o que dizer.

— Então não diga nada — respondeu ele, de pronto.

— Vamos dar um basta a essa conversa? — propôs ela.

Apesar da rispidez da pergunta, ele sabia que, para ela, aquilo significava uma proposta de trégua, por mais incômodo que fosse. Era cedo, pensou ele. Normalmente os dois chegavam a esse ponto muito depois, exaustos, frustrados um com o outro. Talvez o tom de voz dele tivesse despertado nela algum instinto subconsciente. Mas ele não desistiria. Ah, não.

— Já cansei dessas suas ilusões de merda — vociferou. — "Quero um mundo melhor, onde o amor prospere e todos possam sorrir..." Por que não faz um desejo ao Papai Noel e cala a porra da boca?

Ela ficou visivelmente alarmada. Não era assim que a banda costumava tocar. Essas não eram as regras do jogo.

— Então você sabe o que pode fazer — murmurou.

— Sei — respondeu ele, decidido.

Os olhos dela se contraíram, e ele teve certeza de vê-la se encolher.

Ele não tinha orgulho daquilo. Aconteceu quando ele estava num momento vulnerável, voltando do *pub* numa noite especialmente escura, de muito vento. Ela desatou a falar sobre alguma coisa da qual ele já não se lembrava. Por isso ele deu um soco nela, rápido, forte, na têmpora. Um susto. Não foi suficiente para derrubá-la nem causar grandes estragos, mas sem dúvida ela ficou tonta. A cabeça pendeu por um instante. Mas teve o efeito desejado: a animosidade virou medo e depois, graças a Deus, obediência. Havia sido espontâneo, mas ele conheceu sua eficácia.

Não sentiu vergonha. Na ocasião, o ato, embora não exatamente desejável ou elegante, foi justificável. Até mesmo necessário, ele agora pensava. Viu novamente aquele brilho nos olhos dela.

— Por que não vai passar uns dias com sua mãe? — perguntou, e era mais uma ordem discreta do que uma sugestão conciliatória.

Quando ela olhou para ele, o medo se transformou em resignação.

— É, acho que vou — respondeu.

Ele continuava a encarando.

6

RÁPIDO, RÁPIDO, RÁPIDO. Era hora de agir. Pegando seus pertences, apagando todos os seus vestígios, ele saiu às pressas do apartamento, já tendo aprendido o suficiente sobre brincar de casinha. Limpou a conta conjunta, deixando algum dinheiro em sua própria conta, mas mantendo à mão a maior parte. Os dois tinham aberto a conta conjunta por insistência de Maureen, para economizar e pagar a hipoteca de uma casa. Ele agora podia esquecer o radicalismo dela e sua eterna oposição ao sistema. Podia esquecer aquela ideia de família feliz. Foi um prazer rasgar a caderneta.

Pediu demissão do Ministério numa carta breve, escrita com uma caneta desgastada, em papel encardido. Dane-se o aviso prévio, pensou. Dane-se o salário do último mês. Eles que me processem.

A loja era agora sua casa. Era pequena, mas habitável: não havia nem água quente nem aquecedor, e ele precisava dormir no quartinho dos fundos, sem janela, num sofá puído que tinha manchas repulsivas e cheiro ruim. Mas ele já havia passado por coisas bem piores na vida. O empréstimo fora negado, portanto havia o temor de futuros problemas de fluxo de caixa. Mas por enquanto ele estava conseguindo se virar, usando o dinheiro da conta conjunta e alegando ao proprietário inépcia do banco. A venda das primeiras mercadorias os salvaria. O importante era que ele se sentia novamente vivo, já não se sentia um zumbi escravo do salário. Soltou uma risada: Maureen sempre falava da dignidade do trabalho. Não havia dignidade nenhuma, pensou ele. Trabalho era subjugação, e toda subjugação era humilhante.

Martin havia ligado para seus contatos. Valia o custo, uma enxurrada de moedas de dez centavos para satisfazer o apetite insaciável do telefone da esquina. A primeira encomenda chegaria em poucos dias, embora os detalhes ainda não estivessem acertados. Enquanto isso, eles reformavam a lojinha, cobrindo as janelas com jornal antes.

Arrancaram o carpete antigo, pintaram de branco as paredes escuras com cheiro de tabaco e passaram verniz no balcão carcomido. Com relação às mercadorias, os contatos de Martin na Bélgica, na Holanda e na Escandinávia eram fundamentais. Roy entrava com o conhecimento administrativo e o capital.

Ele estava pensando em se levantar do sofá para fazer uma xícara de chá quando ouviu batidas insistentes à porta da loja. Afastou a manta cinza surrada e, sem pressa, calçou os sapatos, correu os dedos pelo cabelo, botou a camisa para dentro da calça e se pôs a caminhar em direção ao barulho, que persistia. Havia um rapaz baixinho, vestido elegantemente, do outro lado da porta de vidro. Ele lançava um olhar impaciente para Roy, que o avaliou de cima a baixo, assimilando o paletó risca de giz, de lapela larga, a calça boca de sino, as botas Chelsea, o bigode ralo, o cabelo armado com brilhantina e o ar petulante. Conhecia o tipo: ganancioso e afobado. Sem dúvida haveria uma proposta, e Roy teria de ouvi-la: alguma oferta especial de pornografia de baixa qualidade ou bebida forte. Ora, ele ouviria com educação.

— Sr. Mannion? — indagou o rapaz, entusiasmado.

Roy havia tomado a precaução de usar o nome para o negócio.

— Quem gostaria de saber? — perguntou Roy.

— Meu nome é Smith. John Smith. Acredite, é realmente meu nome. — O rapaz soltou uma risada pelo nome manjado. — É um fardo que carrego comigo. Ninguém acredita. Mas é verdade. John Smith. Quer ver minha carteira de motorista?

Roy não mostrou interesse. Podia ser uma carteira falsa.

— Por que eu deveria? O que você quer?

— O senhor é novo aqui, não é? Eu e meus sócios conhecíamos o Archie. Um ótimo sujeito. Maravilhoso. Da velha guarda. Conhecia suas obrigações cívicas, fazia sua parte. Não, sr. M. Só pensei em passar na sua loja para lhe dar as boas-vindas, em nome do comércio local.

Na verdade, talvez eu já tenha visto o senhor antes. E o senhor talvez já tenha me visto antes.

— Acho que não. Onde fica sua loja?

— Ah, meu negócio é por toda parte. Não paro quieto. Eu e meus sócios saímos oferecendo serviços a nossos clientes. E espero sinceramente que em breve o senhor seja um deles.

John Smith abriu um sorriso largo, que Roy não retribuiu. Estava entediado. Não ia engolir aquele suborno colegial.

— Que tipo de serviços?

John Smith se mantinha inabalavelmente animado. Abriu mais um sorriso e disse:

— Sr. M., o senhor é comerciante. Imaginei que teria uma ideia.

— Talvez sim, talvez não. Diga.

— Todo tipo de coisas. Somos empreendedores. Podemos ajudá-lo com mercadorias: comida, bebida, revistas. Ouvi dizer que o senhor vai abrir uma espécie de livraria.

— Você está bem informado. Como ficou sabendo disso?

John Smith ignorou a pergunta.

— Até funcionárias. Temos meninas bastante apresentáveis. Se for de seu interesse, claro. Também temos bom relacionamento com a polícia do bairro. Podemos apresentá-lo, facilitar sua vida. Qualquer coisa.

— Obrigado, mas acho que não estamos precisando de nada — respondeu Roy.

— Um de nossos serviços mais requisitados é a segurança. Protegemos grande parte do comércio da região. Quando a pessoa está começando o negócio, é terrível ser vítima de um roubo, por exemplo. Podemos garantir que isso não aconteça.

— Não estou interessado, obrigado.

— Ao passo que, se a pessoa não se valer das medidas de segurança certas, pode acontecer qualquer coisa por aqui. E também temos interesse em estabelecer parceria. Sociedade, por assim dizer. Ou até mesmo em assumir seu negócio por um preço justo, se tiver futuro.

— Dá o fora, cara. Ou vai levar um tabefe.

O rapaz continuou sorrindo.

— Não precisa ficar assim, Sr. M. Não queremos começar mal. Não queremos nenhum mal-entendido. O senhor provavelmente vai precisar de ajuda em algum momento.

— Não preciso de você e seus coleguinhas me subornando.

— Minha nossa! — exclamou Smith. — O senhor é realmente esquentado. Um conselho: isso não é bom para a relação com os clientes nem no que diz respeito ao espírito de comunidade. Todos queremos viver em paz. Não queremos nada que prejudique a harmonia do bairro. É terrível para os negócios. Sobretudo para quem atrapalha. Sugiro que o senhor pense um pouco. Voltarei amanhã, para discutirmos os detalhes.

— Se você voltar aqui, vai levar uma surra.

— Evidentemente, não nos entendemos. Talvez se um dos meus sócios vier...

— Vai apanhar também. Agora dê o fora daqui e não volte.

— O senhor está cometendo um grande erro.

— Você vai aparecer aqui com seus amiguinhos? Vai não, né? Estou me cagando de medo.

7

— PROBLEMA — anunciou Martin, alguns dias depois. — Problemão.

Ele estava arfante ao entrar na loja.

— Calma, Martin — pediu Roy. — Agora conte ao tio Roy o que aconteceu.

— Um cara chamado John Smith veio aqui algum dia desses?

— E daí se tiver vindo? Dou conta dele.

— O problema não é ele. É quem ele representa. Ele é só o sujeito que vem preparar o terreno.

— É uma ganguezinha amadora. Basta enfrentar.

— Você não está entendendo. Eles são uma tradição aqui. São donos da maior parte dos imóveis e mantêm os outros proprietários no cabresto. Até deixam a pessoa tocar seu negócio, mas desde que ela cumpra suas obrigações.

— Você está fazendo tempestade em copo d'água. São as dificuldades iniciais de qualquer empreendimento. Vai ficar tudo bem.

— Não vai, não. Eles me deram uma dura. Os figurões, não John Smith. Eles não gostam de você. Não tem muito que a gente possa fazer a esse respeito.

— Tudo bem — assentiu Roy. — Quanto?

— Já passou desse ponto.

— E aí? Vai ter guerra aqui na Wardour Street? Não é do interesse deles.

— Não, não é.

— Qual é a proposta?

— Eles ofereceram um acordo. Não querem confusão.

— Isso é bom. Qual é a porra da proposta, Martin?

— Que a gente deixe a chave da loja sobre o balcão e saia de Londres hoje.

— E se não obedecermos?

— Não especificaram o que fariam. Mas tem mais.

— Sempre tem.

— Eles sabem da nossa encomenda. Imagino que tenham ficado sabendo pelo outro lado. Informaram à polícia quando e aonde ela chegaria. A mercadoria está retida em Folkestone.

— E devemos acreditar nisso?

— Eles me descreveram exatamente como ela chegaria. Meu contato no porto disse que o lugar está cheio de policiais e funcionários da alfândega. Os chefes de John Smith vão nos dar trinta minutos, pelos quais precisei implorar, antes de telefonar novamente para a polícia e informar qual era o destino da encomenda.

Roy levou alguns segundos para processar essas informações, então disse:

— Tudo bem, vamos!

Em silêncio, os dois pegaram os pertences de Roy. Com uma toalha molhada, ele limpou todos os lugares que imaginava poder ter tocado. Tirou a chave da loja do chaveiro e a deixou sobre o balcão.

Os dois fecharam a porta e se dirigiram às pressas para a estação de metrô, com a gola do casaco levantada.

— E agora? — perguntou Roy, quando eles finalmente se sentaram num bar da Ealing Broadway.

— Tenho algumas ideias. O que deu em você, Roy?

— Nunca ninguém mandou em mim. Muito menos um vagabundo daqueles.

— Aquele vagabundo é sobrinho de um dos figurões. Muito respeitado. É nosso fim aqui.

— E agora?

— Novos ares — respondeu Martin com um sorriso, terminando a cerveja.

8

ROY DETESTAVA estar errado quando Martin, o idiota do Martin, tinha razão. Mas estava: passando por precaução na Berwick Street, confirmou que a loja de seus sonhos e esperanças estava queimada. Se aquilo não fosse um plano intrincado de Martin para roubar suas economias, plano cujo passo seguinte ele logo testemunharia, era simplesmente verdade. Não, não, Martin não tinha astúcia para grandes maquinações. Ah, não.

Roy voltou ao hotel de Paddington e aguardou. O quarto, debaixo do beiral, era tão barato quanto nojento, mas ele não queria gastar mais do que o necessário antes de recomeçar a vida direito. Estava entediado.

O quarto não tinha televisão, por isso ele leu de ponta a ponta o jornal que havia comprado durante a incursão ao Soho. Cochilou um pouco à tarde.

Era ainda pior depender de Martin. Por enquanto, Martin estava no comando, resolvendo os trâmites da viagem, conseguindo passaportes com um contato do East End. Roy não tinha escolha senão confiar nele: havia sacado todo o dinheiro do banco, mas não se atrevia a seguir sozinho. Não tinha ideias, não tinha contatos. Nos encontros dos dois, toda noite, com seu jeito tranquilo, Martin deixava Roy cada vez mais indignado. Em algum momento de sua vida profissional juntos, Martin pagaria por isso.

Hoje eles supostamente partiriam. Para as fotografias a serem usadas nos passaportes falsos que Roy julgara prudente providenciar, caso a polícia os prendesse quando tentassem deixar o país, ambos cortaram curto o cabelo que antes batia no ombro, além de raspar o bigode. Martin foi buscar os passaportes no East End. Veremos, pensou Roy, veremos se o jovem sr. White vai aparecer.

Mas ele de fato apareceu, e Roy sentiu um ódio tão irracional que era impossível conter. Martin o reduzira a isto: impotência e dependência de um idiota em geral inofensivo e, na maior parte das vezes, útil. Roy disfarçava o despeito com a mesma eficiência com que Martin escondia a recém-descoberta superioridade, alegremente solícito.

Era uma noite importante, não apenas para eles. No centro de Londres, uma multidão se dirigia ao Wembley para assistir à partida em que Inglaterra se qualificaria para a Copa do Mundo do ano seguinte, na Alemanha. Justiça seja feita, Martin pensou em tudo. Enquanto a maior parte da polícia tentava controlar a multidão, e alguns membros mais preguiçosos da corporação viam Brian Clough comentar o jogo pela televisão, eles avançaram contra o fluxo.

Quando deixaram para trás o metrô e a estação abarrotada de Victoria, as coisas ficaram mais fáceis. Encontraram um vagão vazio no trem que os levaria até a balsa, mas tiveram de suportar uma longa espera, porque a British Railway não conseguia liberar os trens pontualmente. O vagão começou a encher: um estudante alemão distraído, que bateu no joelho dele com a mochila pontuda; duas italianas feias falando alto; três garotos holandeses sorridentes, barulhentos. Logo o vagão estava cheio, e Roy conteve a raiva fingindo que dormia. Não havia nada de glamoroso naquela viagem. Não era o que ele havia imaginado para si.

Por fim, o trem partiu, com quarenta e cinco minutos de atraso. Parou um pouco antes da estação de Dover, despertando-o do sono profundo em que havia caído, e esperou quase vinte minutos, aparentemente sem razão, antes de avançar novamente.

Eles aguardaram os outros passageiros saltarem antes de pegar as malas e seguir para o controle de passaporte. Roy lembrou que o dinheiro estava guardado no fundo da mala. A ideia, de que, se ele fosse detido e seus pertences fossem vasculhados, tudo estaria acabado, era estranha e familiarmente tranquilizadora. Ele já havia passado por isso. Os únicos fatores em jogo naquele momento eram sua postura e sorte, boa ou má.

Martin e Roy se separaram, e ele foi para trás de um grupo de adolescentes ingleses, evidentemente em excursão. Avaliou os adultos mal-ajambrados que tomavam conta dos adolescentes e afrouxou a gravata, bagunçou o cabelo, adotou uma fisionomia cansada. Afinal, o passaporte novo informava que era professor. Foi muito rápido depois que esperou os vinte e seis adultos e adolescentes passarem, avançando no encalço deles. O oficial o encarou, entediado, examinou rapidamente o passaporte e o devolveu. Simples assim. E ele sentiu o prazer tomar conta de seu corpo.

Quando estava embarcando na balsa, sob as luzes do cais, o radinho de um marinheiro anunciou que a Inglaterra havia, afinal, perdido para a Polônia e não participaria da Copa do Mundo de 1974. A Inglaterra, minha Inglaterra, pensou ele, olhando para Dover. Vai ser bom passar um tempo longe de você.

Os dois estavam tomando a terceira cerveja no bar quando Roy puxou o assunto dos planos para o futuro. A balsa avançava pelo mar agitado, copos vazios dançavam nas mesas vizinhas. Eles eram praticamente as únicas pessoas na penumbra do lugar. Martin estava pálido, apagou o cigarro, mas o estômago de Roy era mais resistente.

— Qual é o próximo passo, Martin? — perguntou ele.

— Ainda não pensei nisso — resmungou Martin. — A prioridade era fugir antes que a polícia nos achasse.

— É verdade — assentiu Roy, com calma. Ele aguardou alguns instantes. — Mas precisamos de um plano — acrescentou, abrindo um sorriso animador.

— Pensei em encontrarmos um hotelzinho barato em Paris.

Roy suspirou, quase imperceptivelmente, mas nem tanto.

— Para começar, está bom. Mas e depois? — Martin o encarou, o olhar vazio.

— Você não tem contatos em Bruxelas? — insistiu Roy, erguendo a sobrancelha.

— Tenho.

— Contatos que trabalham com vários produtos?

— Sim, mas...

— Mas o quê?

— Precisaríamos de capital.

— Acho que posso conseguir dinheiro. Seria uma pena desperdiçar esses lindos passaportes novos.

— Se você está cogitando voltar para a Inglaterra...

— Não falei isso. Mas, se seus amigos precisarem de ajuda para trazer mercadorias da Escandinávia ou da África do Norte, quem melhor para ajudá-los do que dois respeitáveis empresários ingleses? Tenho certeza de que poderíamos fazer isso. Você não acha? Desde que o preço seja justo. E, com o tempo, nos estabelecermos no setor de importação e exportação.

— Passando a perna neles? Não vão gostar.

— Você está se precipitando, Martin. Não foi isso que eu disse. Vamos apenas mostrar serviço agora e ver aonde isso nos leva. Ou você tem uma ideia melhor?

— Não.

— Pois bem. Marque um encontro, que eu me preocupo com o dinheiro. Que tal? De acordo?

— De acordo.

— Ótimo — disse Roy. — Excelente. Isso merece um brinde.

Ele se permitiu um sorriso imaginário. Elaborara uma medida de segurança.

CAPÍTULO 7

Paraíso doméstico

1

ELES SÃO poupados da presença de Roy neste fim de semana. Irritado depois de uma noite maldormida, Roy foi para seu próprio apartamento resolver algumas coisas. Ou pelo menos foi o que disse. Pretende botar todos os seus pertences num galpão e vender o imóvel. É sua última chance de ganhar algum dinheiro, alegou. Considerando a atual situação do mercado imobiliário.

— É por isso que vou consultar Vincent — explicou Roy durante o café da manhã. — Precisamos nos cuidar. Já vi muita coisa nesta vida. Não chegamos a esta idade sem ter história para contar, não é mesmo?

Não é uma pergunta, e Betty já ouviu essa ladainha, apesar da relutância dele em falar sobre o passado e da esporádica e contraditória insistência de que levou uma vida enfadonha. Ele poderia ao menos fazer o esforço de ser consistente. Evidentemente, acha que ela é tola.

Ele continua:

— Talvez eu tenha visto mais do que você. Fico feliz que tenha levado uma vida confortável, fico mesmo. Você não gostaria de ver algumas coisas que vi. Mas, por outro lado, aprendi que devemos preservar o que nos é importante. Precisamos proteger o que nos esforçamos para conquistar. Nossos bens, a família. Você deve querer que o futuro do Michael, o futuro do Stephen e da Emma estejam garantidos quando você... Sejamos realistas, estamos numa idade em que a qualquer momento...

Ela abre um sorriso para Roy. Era como se ele estivesse lendo a previsão do tempo no jornal.

— Se um dia você quiser se encontrar com Vincent...

Mas agora ele se foi para resolver o que quer que seja, e ela tem espaço para respirar.

Stephen está com ela. A proposta de levar Roy em casa foi rispidamente recusada.

— Está tudo bem. Aceitaria uma carona até a estação, depois é tranquilo: faço baldeação em Reading, pego um táxi em Paddington e pronto. Provavelmente só volto amanhã. Tenho muita coisa para resolver.

O ambiente melhora sem ele, o que a esta altura não é surpresa. Há uma elegância descontraída nos movimentos de Stephen e Betty. Ele mói os grãos de café na bancada da cozinha, enquanto ela lava a salsa. Quando ela se vira para cortar as ervas, ele se dirige ao armário para pegar a cafeteira. Stephen joga a água fervente, e Betty pega a lata de biscoitos. Os dois terminam a coreografia muda caminhando juntos para a sala, acomodando-se para assistir ao jornal do sábado, ela em sua poltrona de encosto reto, e ele, esparramado no sofá.

As ervas estão secando sobre o papel toalha, para a omelete que ela fará para o almoço, daqui a uma hora. Depois os dois talvez deem um passeio de carro pelo campo, antes de ele se sentar para checar os *e-mails* e resolver outras pendências à mesa da cozinha. Ela talvez tire um cochilo na poltrona ou simplesmente ouça Bach com os olhos fechados. Eles combinaram de pedir comida indiana à noite. Roy detesta comida apimentada. Por isso será perfeito.

2

VINCENT ABRE A BOCA, mas não diz nada. Parece estar criando coragem. Por fim, pergunta:

— Por que você está fazendo isso, Roy? Não tem necessidade. Já está bem de vida. Não precisa de dinheiro.

A esta altura, não faz mal se abrir um pouco. Talvez seja bom explicar as coisas, pelo menos para Vincent, seu único legatário, por assim dizer.

— Dinheiro nunca é demais — responde ele. — E, além disso, é o que sei fazer. Faço porque posso, porque sou bom nisso. E essa gente. Essa gente idiota, complacente. Eles não sabem o que é sofrer. Ficam enredados em suas vidinhas tranquilas e aconchegantes. Precisam de uma sacudida.

Ele poderia acrescentar: É uma fraqueza, uma compulsão. A elaboração minuciosa da mentira e seus intrincados alicerces mantêm o fluxo de adrenalina. Em outra vida, ele aprendeu a não mostrar alegria tendo êxito com a mentira, a engolir a vontade de exagerar apenas pela emoção de se superar. Basta uma grande mentira — aprendeu com a experiência —, basta a alegria que corre por dentro. Não se pode ignorar o fim do jogo. Mas, para Roy, não é daí que vem o sentimento de dever cumprido. É da execução, do ato de enganar. Só que Vincent não entenderia. É um homem triste.

— São até pessoas bacanas — trata de emendar Roy. — Daquele tipo lá deles. Privilegiados, presunçosos, modestos. Você vai conhecê-los. Provavelmente vai gostar dela. Eu gosto.

— E nem isso o impede? — questiona Vincent, surpreso.

— Por que impediria? É uma lição importante para ela. Embora numa idade já bastante avançada. Gosto dela, mas só a conheço porque ela se deixou mostrar. Na minha época, precisei... lidar com... muita gente que também era bacana.

Fazer isso, porém, não é crucial. Ele poderia viver com o que sobrou, embora o dinheiro tenha encurtado bastante nos últimos anos. Mas é isso que lhe dá satisfação, e, apesar de gostar dela, também sente desprezo. Sem falar da família horrorosa dela, meu Deus!

Eles se voltam para o assunto em questão, depois da tentativa um tanto canhestra de Roy se abrir. Não, pensando bem, a pessoa se abrir não é uma boa ideia. Não alivia a alma. Gera perguntas e abala a certeza à qual já chegamos. Em sua idade, ele não precisa desse tipo de transtorno.

Vincent será convocado quando Roy conseguir convencer Betty de que ela precisa de seus conselhos. Isso exigirá firmeza, embora ele já venha preparando o terreno. Por um instante, imagina quem Betty desejará que esteja presente: com sorte, o inexperiente Stephen; com um pouco menos de sorte, o filho, Michael. No fim, ambos serão contornáveis. Roy toma o cuidado de aconselhar Vincent sobre como se apresentar, a postura, a roupa que deve usar. Vincent não leva a mal: sabe que Roy é detalhista e que, em geral, tem razão.

Os dois recapitulam o roteiro básico. É apenas um esboço, porque eles precisarão improvisar consideravelmente, inclusive respondendo às perguntas que Betty fizer. Roy reforça as principais instruções, os limites que não se podem ultrapassar. Há áreas complicadas, que eles precisam repassar algumas vezes, sobretudo quando a questão é persuadir Betty a fazer o investimento com Roy. Vincent e ele poderiam criar contas separadas, mas isso envolveria mais técnica do que eles gostariam, além de expor toda a empreitada a um risco maior do que o aceitável.

Por fim, tratam das questões de tecnologia da informação. As contas já foram criadas e Roy já testou o acesso *on-line* no *tablet* que mantém escondido em seu quarto, na casa de Betty. Roy explica que, quando chegar a hora, para garantir verossimilhança, deseja que ambos transfiram o dinheiro para a conta conjunta, no obscuro banco estrangeiro. Vincent teme que isso seja complicado, mas sabe que, como sempre, Roy quer se superar. Enfatiza que é importante que Roy transfira o dinheiro dali assim que possível. O fim estará próximo, e ele precisará estabelecer os planos seguintes com antecedência, estando pronto para executá-los de imediato.

Pode ser que eles não tenham oportunidade de conversar muito até que a engrenagem esteja em movimento. Dali em diante, as chances de se encontrarem serão pequenas, por isso é importante que os dois estejam muito alinhados quanto ao plano geral e as contingências, caso as coisas tomem um rumo inesperado. Com Betty, Roy manterá a imagem de completa transparência, sem levantar nenhuma dúvida. É um terreno conhecido para ambos, que já enfrentaram adversários muito mais formidáveis. Eles se despedem com um aperto de mãos, e Roy se dirige à estação. Não será nenhum problema. Ah, não.

3

— ACHO — diz ele — que lhe devo um pedido de desculpa.

— Por quê? — surpreende-se Betty.

— Andei pensando. Enquanto estava em Londres. Você me contou tudo sobre sua vida, sua família, e eu fui meio...

— Reticente?

— No mínimo. Ao contrário de você, há pouca coisa de interessante. Não posso dizer que tenho orgulho da minha vida. E não gosto de me abrir. Fui ensinado a não me meter na vida dos outros. Mas realmente preciso me abrir mais com você. Quer dizer, se vamos mesmo tomar o passo seguinte.

— Como assim?

— Se, como você sugeriu, eu vender mesmo meu apartamento e vier morar definitivamente com você.

— Achei que você já estivesse morando definitivamente comigo. E não sabia que tinha sido minha sugestão — acrescenta ela, com alguma petulância.

— Vender o apartamento vai formalizar o ato. Além de nos proporcionar dinheiro para um belo futuro juntos.

— Sem dúvida.

— Quero que você saiba de uma coisa. Nunca menti para você. Só...

— Sonegou informação?

Ele faz uma careta.

— Ah, não. Não gosto dessa expressão. Talvez eu não tenha sido tão aberto quanto poderia.

— Eu falei brincando, Roy.

— Ah, sim. Claro. Enfim, este sou eu. É uma história curta e enfadonha. Não há nada para alarmá-la. Uma boa cura para a insônia. Para começar, venho de Dorset. Preciso dizer que fui meio que a ovelha negra da família. Meu pai era pastor, assim como o pai dele. Como filho mais velho, esperavam que eu seguisse seus passos. Estudei numa escola particular, depois fiz teologia em Cambridge. Mas a guerra interveio. E, além disso, eu era, e ainda sou, muito aventureiro. Fiz questão de me alistar assim que pude, mas infelizmente nunca consegui servir na linha de frente. Por causa das exigências dos treinamentos, do caos da época e também porque a guerra já estava, na verdade, acabando. Apenas os soldados mais experientes participaram do golpe de misericórdia. Nós, os novatos, ficamos na reserva. Nunca superei essa mágoa. Atuei no que chamam de inteligência militar. Mas acho que servi a meu país da melhor maneira que podia. Fiz parte de um pequeno grupo enviado à Alemanha para investigar incidentes e tentar localizar criminosos de guerra foragidos. Tivemos algum êxito. Isso me ensinou muito sobre a vida, embora eu não deseje a ninguém algumas daquelas experiências.

— Por exemplo?

— Ah — murmura ele, em desalento. — Coisas sobre as quais não falo com ninguém.

— Nem comigo?

— Muito menos com você, querida. Coisas que você não deve jamais saber. Coisas que me mudaram como homem e fizeram de mim o que sou hoje.

Ele a encara com tristeza, e ela acredita ver lágrimas se formando no canto dos olhos marejados. Mas talvez esteja enganada.

— Segui vivendo. Não abandonei o Exército imediatamente, embora pudesse ter voltado a estudar e me tornado pastor em Dorset. Acabei, mais tarde, tendo a oportunidade de servir na linha de frente, na Coreia. Àquela altura, já era capitão. Também foi uma época difícil. O inverno lá é cruel. Eu tinha perdido contato com a família. Sempre vi a vida de forma muito diferente dos meus pais. Com menos timidez, confesso. Mas me arrependo profundamente de não ter me esforçado. Nunca tive coragem de procurar reatar nossos laços.

— Você poderia fazer isso agora — sugere ela. — Eu poderia ajudá-lo.

Ele balança a cabeça.

— Não. Todos já se foram. Estão mortos, com certeza. Tem as gerações posteriores, imagino, mas a última coisa que elas desejam é um parente distante, há muito tempo esquecido, surgindo do nada.

— Não sei...

— Não — corta ele, resoluto. — Enfim, deixei o Exército em 1953 e passei um tempo sem norte. Tive alguns empregos. Quando dei por mim, estava com quase trinta anos, era hora de fazer alguma coisa da vida. Estava morando em Londres, e cheguei à conclusão de que precisava ir para o interior. Por isso me mudei para a Ânglia Oriental, perto de Norwich, e foi quando conheci Mary. Ela era uma moça simples, de origem humilde. Eu tinha perdido qualquer interesse em prestígio e posição social. Estava mais interessado em formar família, me estabelecer. Por isso, com um pequeno terreno, dei início a um horto. Aprendi tudo sozinho. Lia avidamente de madrugada, depois passava o dia seguinte botando em prática o aprendizado. E logo tivemos Robert. Aquele teria sido o dia mais feliz da minha vida se o parto não tivesse sido tão difícil. A partir daí, há pouca coisa para contar. Consolidei meu negócio e, para ser sincero, passei a maior parte do tempo fazendo isso. É lamentável, mas negligenciei Mary e Robert com o crescimento do horto. Quer dizer, isso até ela adoecer. Foram anos terríveis, ela ficando cada vez pior. Era o começo dos anos setenta. Robert já tinha seus quinze anos. Nós dois nos afastamos, pelo menos em parte por causa do sofrimento que não conseguíamos dividir um com o outro. E por fim, quando fez dezenove anos, ele se foi. Isso quase acabou comigo.

Ele faz uma pausa.

— E o que você fez? — pergunta ela, com tato.

— Vendi tudo. Decidi que precisava recomeçar. Voltei para Londres. Entrei para o ramo imobiliário. E para o setor de investimentos. Começava a época de crescimento econômico. Foi um erro. Acabei me misturando com as pessoas erradas. Ficava bêbado toda noite, meus sócios me roubavam a torto e a direito. Praticamente acabei com a minha vida. Por fim, em 1985, tomei vergonha na cara, peguei o que me restava e voltei para Norfolk. Consegui comprar um pequeno horto, de um conhecido meu que estava se aposentando, e assim me sustentei até me aposentar. No fim das contas, deu certo, consegui viver com relativo conforto. E essa é mais ou menos a história toda. Até você aparecer.

— E o Robert?

— Foi viajar pelo mundo, e não tivemos nenhum contato até 1995. Foi quando recebi uma carta dele, da Austrália. Não sei como ele me encontrou. Provavelmente pela internet. Ainda não o vi desde que ele se foi, e é muito raro nos falarmos. Ele nunca vem à Inglaterra.

— Você gostaria de vê-lo?

— Não — responde Roy. — Temos muito pouco em comum. Sou bastante rígido no que se refere a valores morais. Não aceito o estilo de vida dele e duvido de que conseguiria aceitá-lo. É melhor deixar como está. Mas, enfim, é isso. Achei que seria justo, agora que estamos entrando nessa nova fase da nossa vida...

— O que precisava fazer, talvez — observa ela, com um sorriso.

— Pois é. Achei que você precisava me conhecer melhor. Infelizmente, minhas experiências me deixaram taciturno. Não há muito que eu possa fazer a respeito disso. Aprendi a desconfiar das pessoas... Não de você, é claro. Não gosto de falar de mim mesmo, e isso não vai mudar. Mas se você tiver alguma pergunta...

— Não — responde ela, distraída.

CAPÍTULO 8

Março de 1963
Afogado

1

GEADA DURA, muito, muito dura. Assim como nos últimos três meses. Tão frio que era difícil pensar. Sobretudo numa manhã de domingo, quando nos arrancam do nosso canto, do nosso refúgio confortável, para isso. Ele tremia, ansiando voltar para a cama.

Cerração. Uma cerração congelante no horizonte. Não tinha vento. A neve tomava conta do chão, acumulada de semanas antes, acumulada como a memória. As estradas haviam sido limpas diversas vezes, mas já estavam outra vez cobertas de gelo preto.

Ele se recostou na porta do caminhão, os dedos dormentes, trêmulos ao acender o cigarro. Estava sozinho, esperando Bob. O sr. Cole já havia ido embora, levando o motorista do caminhão. Aquilo era algo que exigiria as habilidades de Bob, e o sr. Cole não teve paciência para esperar.

— Você vai ficar bem, não vai, Roy? — perguntou. — É melhor eu levar o motorista à cidade. O coitado demorou uma hora para chegar à casa de Forsyth e conseguir nos telefonar.

O coitado provavelmente estava agora aconchegado junto ao forno da sra. Cole, tomando chá. Muito melhor do que a situação de Roy.

Eles haviam levado quarenta e cinco minutos para encontrar o veículo na estrada de King's Lynn, um trecho ermo pelo qual, num dia como aquele, ninguém passaria. Quando o caminhão enguiçou, o motorista simplesmente saiu andando à procura de sinais de vida, sem reparar na localização. A cerração era quase impenetrável, e o sr. Cole avançara lentamente pela estrada de Essenham, o motorista desconfortavelmente sentado no banco traseiro, dando coordenadas vagas. Não sabia onde estava o veículo.

Por fim o encontraram na estrada principal. O motorista dizia ter freado diante de um trecho de gelo e derrapado até parar, avariando o motor. Não conseguiu ligá-lo. Sem dúvida, era algo simples como carburador afogado, mas o sr. Cole fez questão de que Roy esperasse Bob. Claramente porque poderia cobrar mais.

Maldito Norfolk, pensou Roy. Havia cinco anos, ele era um respeitado faz-tudo no lugar. Gostava de trabalhar na loja de jardinagem durante o verão, mas isso era sazonal. O sr. Brown era mesquinho demais para mantê-lo empregado durante o ano todo. Por isso, quando chegava outubro, ele era obrigado a procurar o que quer que houvesse à disposição. Em geral, a oficina do Cole era a única possibilidade, o que mais ou menos lhe dava dinheiro suficiente para cerveja e cigarro. Mas estava longe de ser uma realização. Era sobrevivência.

Um calafrio percorreu seu corpo. Onde estava Bob, o alegre Bob, quinze anos mais novo do que ele, com otimismo de sobra e casamento marcado? Bob, o mecânico qualificado, que tinha de fato perspectiva, sobretudo quando o velho Cole decidisse vender a oficina e se aposentar. Cole gostava de Bob. Mas sempre olhava com desconfiança para Roy, como se ele tivesse cometido alguma infração de que Cole não se lembrasse muito bem. Na verdade, Roy andava na linha desde que havia chegado ali.

Tentou novamente acender o cigarro, dessa vez conseguindo. Aspirou a fumaça e ouviu o estalido que não passava de um sussurro. Afastou o cigarro da boca e ficou observando-o por um instante, tirando o tabaco da ponta com os dedos dormentes. O cigarro lhe dava pelo menos a ideia de calor.

Silêncio. Em condições ideais, isso era o melhor desse lugar. Estar ali no meio do nada, na cerração de inverno, era um mundo à parte. Um mundo de silêncio e isolamento. Era como se ele tivesse morrido e sua alma tivesse se libertado. Não que ele tivesse muitas amarras, mas agora se sentia completamente livre. Achou isso mais instigante do que preocupante: sem rede de segurança, mas também sem limitações.

2

EM ESSÊNCIA, Bob era um bom rapaz. Cresceu em sua cidadezinha distante, jamais a deixou.

Tinha uma namorada, Sheila, que também cresceu ali. Bob sempre dizia que eles estavam destinados a ficar juntos, desde o primeiro dia do maternal. As famílias, achando bonito, tramaram a lenda; e assim acabou sendo. Eles estavam noivos e se casariam no verão, Sheila já terminara o enxoval.

Bob tinha energia, entusiasmo e, a bem da verdade, conseguia enxergar um mundo além daquele. Essa era uma característica que Roy incentivava, geralmente nas conversas que os dois travavam no *pub*. Invariavelmente, Roy depois precisaria levar Bob à casa da família, batendo à porta com um sorriso torto, para desgosto do pai.

Velocidade e cavalos eram a paixão de Bob. Ele era baixo e atlético como o pai e outrora havia nutrido a esperança de se tornar jóquei. O pai proibiu, porque vinte anos antes havia sido ele próprio um jóquei promissor, num haras de prestígio próximo a Newmarket, mas quebrou a perna numa queda e levou muitos anos para reconstruir a vida.

Não queria que o filho passasse pelo mesmo sofrimento. Mas Bob não tirava a ideia da cabeça e, sempre que podia, frequentava as corridas de Newmarket e Doncaster.

Estava sempre trançando pelo seu mundinho com a moto Triumph, que comprou depois de alguns anos economizando e que mantinha em condições impecáveis. A moto também se perderia na vida de casado, provavelmente trocada por um Austin A35 ou um Anglia no ano seguinte. Mas, enquanto isso não acontecia, ele andava em alta velocidade pelas estradas retas da planície, apagando a monocromia insípida do horizonte com as rajadas de vento e o rugido do motor.

3

ERA O BARULHO da moto de Bob que ele estava ouvindo no ar parado? Não, era uma ilusão provocada pelo nevoeiro ou por sua ansiedade.

Ele entrou novamente na cabine do caminhão, na esperança de um átimo de calor, batendo a porta com um estalo.

Cinco anos. Às vezes parecia uma vida inteira na penumbra daquela planície sufocante, úmida e isolada.

Fitou as mãos calejadas, endurecidas pelo trabalho manual. Fisicamente, estava mais do que apto para aquilo, mas a questão não era essa. Não deveria ser assim. Roy não deveria ser coadjuvante na vida, fazendo o trabalho braçal que mantinha as pessoas bem-sucedidas em suas posições. As coisas precisavam mudar logo.

Ele ouvia apenas o ruído de sua mão raspando o queixo áspero. Às cinco horas da manhã, tivera somente alguns minutos para vestir a calça e a camisa, calçar as botas e pegar a gravata e o suéter mais grosso que poderia usar debaixo da jaqueta e do sobretudo. Teria adorado beber um pouco de chá quente e doce. Expirou, observando o ar formar uma nuvem no para-brisa do veículo, antes de se dissolver em condensação. Na falta do que fazer, vasculhou o interior da cabine, investigando as faturas presas na prancheta, lendo por alto o *Daily Sketch* antigo, encontrando um saco cheio de jujubas no porta-luvas. Havia uma manta cinza, imunda, embolada debaixo do banco do carona. Ele pegou a manivela no espaço reservado aos pés do carona, mas novamente disse a si mesmo que aguardasse Bob e sua caixinha mágica.

4

ERA RELATIVAMENTE fácil tirar Bob do sério. Fazer referência a seu jeito matuto, soltar a piadinha e imediatamente se calar, rir dele.

Mas havia uma espécie de propósito nessas provocações. Bob queria e precisava ver mais da vida antes de entrar na prisão do casamento. Enfeitiçado, ouvia Roy lhe falar sobre suas aventuras na Europa central pós-guerra, perseguindo nazistas, ou suas viagens posteriores pelo mundo, voltando para o Raffles Hotel a tempo de ver o sol nascer sobre Cingapura. A maior parte dos relatos era apenas próxima à verdade, ou nem isso, mas eles acendiam dentro de Bob alguma coisa que se assemelhava à imaginação.

Na verdade, Roy desprezava todos, inclusive Bob, que, embora gostasse dele, era apenas a pessoa mais suportável entre aqueles broncos. A ideia de sossegar por um tempo foi tolerável e surpreendente no início, mas depois de cinco anos, Jesus! Agora era hora de voltar para algum lugar onde as coisas aconteçam.

Ele estava aguardando o momento certo. Por enquanto se distraía semeando em Bob a ambição e o desejo de viajar e irritando o pai dele, que mais de uma vez repreendeu Roy por suas ideias de grandeza. Roy o ignorava, não exatamente rindo na cara dele. Não exatamente.

Irritar o sr. Mannion, porém, não chegava a ser uma diversão: era algo que estava abaixo de suas aspirações. Ele queria voltar para o mundo dos *smokings* e dos trajes de caça, das conversas sussurradas, regadas a vinho do Porto e charuto, onde tudo era perfeito, das mulheres glamorosas, ávidas para aliviar com sexo o tédio e o desprezo que sentiam pelos maridos.

Sob sua tutela, Bob mostrou sinais legítimos de rebeldia, que se estendia para além das conversas de bar. Brigou com o pai, dizendo que preferia tentar a sorte em Londres. Foi ao barbeiro de King's Lynn e saiu com um topete espetacular, do qual cuidava com extremo cuidado. Começou a usar jaqueta de couro. E seguia correndo com sua Triumph, as peças de aço inoxidável reluzindo.

5

POR FIM, ele escutou o barulho distante da moto.

Aguçou os ouvidos para ter certeza. O barulho aumentava.

Logo Bob estaria com as mãos nas entranhas do veículo, um cirurgião empolgado agindo às pressas, sorrindo durante o trabalho, o cigarro Woodbine entre os lábios. Depois limparia num pano os dedos sujos de graxa e entraria na cabine, para ligar o motor.

Agora já tinha certeza de que era realmente a moto de Bob, não se tratava apenas de um barulhinho irritante a distância, mas do estrondo do escapamento aberto. Roy se dirigiu à frente do caminhão, abriu o capô. Levaria o veículo de volta à oficina, enquanto Bob o acompanharia na moto. Era cedo para uma cerveja, mas talvez a sra. Langley, proprietária da casa onde Roy morava, preparasse um café da manhã para eles. Assim como a maioria das mulheres, ela gostava do jovem e insolente Bob.

Ele decerto estava congelando na moto. Era uma das primeiras vezes no ano que Bob a usava. Quando é que o calor voltaria ao país?

O barulho do veículo se aproximando aumentou. A interrupção do silêncio era bem-vinda: as coisas começavam a se movimentar.

Mas então o mundo parou novamente.

Ainda diante do capô do caminhão, Roy teve uma sensação de iminência. Mais tarde, avaliaria que o barulho da moto estava alto e próximo demais, mas na hora não teve tempo de considerar isso.

Do outro lado do caminhão, onde Roy não conseguia ver, o motor guinchou, acelerando, sem tração. Houve um baque alto, e Roy sentiu o caminhão tremer com o impacto. Ouviu o barulho de metal se arrastando no asfalto e viu a moto, uma fera contorcida, surgir de baixo do caminhão, deslizando alguns metros na estrada, até parar.

O silêncio opressor retornou. Roy ainda estava com a mão no capô, mantendo-o aberto. Não havia sinal de Bob.

Foi preciso presença de espírito para Roy soltar o capô, que se fechou com um ruído, ecoado na cerração. Por um instante, permaneceu completamente imóvel, até tossir, apenas para fazer barulho, para ouvir o som oco da tosse, talvez para confirmar sua própria existência.

Um pressentimento estranho, neutro, que não era exatamente medo, tomou conta dele. Hesitante, balbuciou:

— Bob?

Então recuperou a voz e gritou mais alto. Mas não obteve resposta. Foram necessários mais alguns instantes para fazer os músculos da perna reagir e iniciar a longa caminhada até o outro lado do caminhão.

Bob havia sido empalado pela travessa de ferro do chassi do caminhão. Estava preso a ela na altura do abdômen, a ponta dos pés tocando o chão, em posição sentada, os braços estendidos, como se ainda estivesse pilotando a moto.

Deve ter sido uma morte horrível. Ele ficou imaginando a que velocidade Bob estaria dirigindo: imprudentes cem, cento e dez, cento e vinte quilômetros por hora? Que idiota! O sangue já havia parado de escorrer, derramado na estrada coberta de gelo num desenho circular quase simétrico. Dava para ver o trajeto da moto debaixo do caminhão.

6

ELE AGORA já não sentia frio. Só sentia o entorpecimento, físico e mental. O silêncio absoluto retornara. A cerração se mantinha pesada, branca.

Ele exigiu que o cérebro se pusesse a trabalhar. A primeira conclusão a que chegou foi estranha. Aquele acontecimento terrível deveria ter uma reação automática correspondente. Ele deveria, é claro, fazer o que pudesse por Bob, mas será que havia algum sentido em se preocupar com os restos mortais dele? Decerto deveria vomitar com aquela cena monstruosa. Deveria começar a lamentar a morte do amigo, como esperado. Talvez não se ajoelhando, mas propondo um brinde no *pub*, à noite. Deveria procurar imediatamente a polícia, para que ela tomasse as devidas providências.

Mas nada disso aconteceu. Ele observou Bob com indiferença, sentindo a formação de um suspiro que conseguiu conter. Meio inconveniente, aquilo. Ou talvez não.

De uma hora para outra, Bob havia deixado de ser um amigo para se tornar um enigma, algo que exigiria uma série de desafios práticos que incluíam perigo e oportunidades. O que ele precisava fazer para simular compaixão caso alguém passasse ali, embora as chances fossem mínimas? Como chegaria à delegacia mais próxima? O que diria aos pais de Bob?

Ou então...

Não demorou muito para que a alternativa se formasse na mente de Roy. Pegar ou largar? Como sempre, a primeira opção foi sua escolha imediata. Ele compreendeu, tanto racional quanto intuitivamente, que os dias seguintes exigiriam certo jogo de cintura. Também precisava elaborar maneiras de explicar tudo, até onde isso fosse possível, tendo em mente a possibilidade de que os aspectos práticos o frustrassem. Aplicou a lógica, pura e simples, lembrando a si mesmo que era nessas circunstâncias que ele melhor se saía. Agiria com calma, controlando a ansiedade, dando um passo de cada vez. O tempo era imprescindível.

Roy avaliou o local, caminhando alguns metros em todas as direções. Era possível, embora arriscado.

Retornou ao caminhão, olhou novamente o que restava de Bob Mannion. Que horror! Que horror! As medidas seguintes seriam muito desagradáveis, mas não tinha outro jeito. Ele pegou a manta na cabine. Sem dúvida, o motorista daria falta dela. Paciência.

O torso de Bob continuava preso ao chassi. Agora era como se ele estivesse encostado no porta-malas, bêbado, procurando apoio. Roy estendeu a manta debaixo dos pés dele. Segurou-o na altura das costelas e, respirando fundo, puxou-o para trás. Bob pesava pouco, por isso havia menos problemas de ordem prática do que conceitual no que fazia. Por fim Bob se soltou, com um ruído de sucção, e Roy o deitou na manta, tomando o cuidado de não olhar demais. Com a ponta da manta, limpou a travessa do chassi. Depois esvaziou os bolsos de Bob, tentando não se sujar. Não conseguiu deixar de ver o rosto dele: Bob parecia feliz, estava quase angelical. Teria ficado contente de saber que o topete se manteve intacto. Pelo menos Roy podia imaginar que ele estivesse em paz, que não havia sofrido.

Essa parte, pelo menos, terminara. Meu Deus, começou a chover! Era a última coisa que Roy precisava. A trilha sonora de fundo já não era o silêncio mortal, mas o barulho da chuva no gelo. Escorria água por seu pescoço. Ele tremia.

Paralelo à estrada, havia um canal de drenagem, um dos muitos criados a partir do século XVII para desviar água daquelas terras, tornando-as cultiváveis. O canal daria sem dúvida no rio Great Ouse, antes de desaguar no Mar do Norte. Era antigo, estava abandonado, aparentemente entupido de mato. Era evidente que não tivera nenhuma manutenção havia muitos anos. Mas era aquilo ou nada. Ele não esperava que o corpo de Bob chegasse ao mar.

Avançando pela beira íngreme da vala, Roy alcançou a água. A superfície estava sólida. Ele calculou que ali, na parte mais estreita, o canal tivesse em torno de dois metros de largura. Isso teria de bastar.

Segurando-se no fino galho de uma árvore que se erguia da margem num ângulo de quarenta e cinco graus, tocou o calcanhar da bota na superfície congelada. Encontrou resistência. Tentou novamente, com mais força, quebrando-a afinal. O líquido escuro cobriu seu tornozelo, e ele escorregou um pouco. Recuperou o equilíbrio, tirou o pé da água, buscou a manivela na cabine do caminhão e se pôs a aumentar a abertura, onde pretendia largar o corpo de Bob. Era uma solução precária, ele sabia, mas era a única saída.

Com ambas as mãos, arrastou a manta até a beira da vala e a posicionou cuidadosamente antes de puxar um lado. O corpo de Bob rolou pela margem e caiu na água.

A superfície se acalmou, e o corpo subiu um pouco, boiando. Roy via claramente o rombo nas costas de Bob, suas mãos e seus pés. Desceu a margem. Não havia nada que pudesse usar como peso para afundar mais o corpo. Era algo que deveria ter considerado antes de jogá-lo na água. Fez o que pôde, empurrando-o para o lado do canal que ficava menos visível da estrada e cobrindo-o com mato congelado, que arrancou da margem.

O resultado não era profissional, mas, com um pouco de sorte, talvez bastasse. O corpo só seria encontrado numa busca muito meticulosa, o que era pouco provável que acontecesse se ele fizesse tudo direitinho nos próximos dias. De qualquer modo, a sorte fora lançada, e ele não devia se preocupar. Fez o melhor que pôde. Soprou as mãos, tentando aquecê-las, enquanto se dirigia ao caminhão. Era hora de tomar a decisão seguinte.

Chegou à conclusão de que precisava se livrar da moto. Não podia correr o risco de tentar ligá-la para levar de volta à cidade. Jamais passaria por Bob Mannion, com ou sem moto. Se ele conseguisse, porém, ligar o motor do caminhão, teria tempo de realizar o plano que já despontava em sua mente. Senão, precisaria caminhar vários quilômetros até a casa mais próxima e então improvisar.

Dirigiu-se à moto, sentindo o cheiro forte de gasolina. Endireitou-a e tentou dar partida, sem êxito. Só havia um jeito. O canal onde ele havia jogado o corpo de Bob era estreito demais para esconder a moto sem jogar nada em cima. Ele avançou pela estrada, procurando um trecho em que o canal fosse mais largo. Cerca de oitocentos metros adiante, no cruzamento seguinte, o canal dava num conduto perpendicular mais largo, que já tinha alguma correnteza.

Roy sabia que o tempo estava passando, tempo que jamais seria recuperado, sabia da exposição a que ficaria sujeito na fase seguinte. Deteve-se, falando consigo mesmo no silêncio, o hálito se perdendo na cerração. Entrar em pânico nunca adianta. Arriscar é viver.

Ele retornou para pegar a moto. Jogando o peso do corpo contra os guidões, fez força para empurrar. As botas escorregavam no gelo, ele se inclinou mais para a frente, arfante, conseguindo primeiro um breve movimento, depois ganhando velocidade. Em pouco tempo, o caminhão desapareceu atrás dele, como se jamais tivesse existido, como se nada daquilo tivesse acontecido. Mas tinha nas mãos evidência contrária. Seguiu empurrando deliberadamente alheio, os ombros e as coxas doendo com o esforço, até alcançar o trecho desejado. Estava determinado a alcançar o ponto perfeito, embora isso fosse arbitrário. Um ou dois metros não fariam diferença. Mas, para ele, fariam.

Chovia mais forte, ele estava cada vez mais molhado. Ali o canal era muito mais largo e profundo. A água já começava a correr novamente, pouco a pouco. O degelo sobrevinha, rápido.

Roy levou a moto até a margem íngreme e a empurrou com força. Ela desceu arranhando e atingiu a água em alta velocidade. A roda dianteira afundou, a moto deu uma cambalhota. A maior parte do veículo desapareceu, mas ambas as rodas se projetavam para fora da água.

Ele suspirou. Não havia alternativa. Irritado, tirou as botas, as meias e a calça, e desceu até a beira da água. Ela estava terrivelmente fria, mas só precisava de alguns passos para alcançar a moto. A água lhe batia acima do joelho. Ele empurrou com força, e logo o veículo estava completamente na horizontal, agora invisível. Era o melhor que podia ficar.

Voltou para a estrada, pegou a roupa e as botas e se pôs a correr em direção ao caminhão, volta e meia deslizando no gelo escuro. Usando as partes da manta que não estavam sujas com o sangue de Bob, limpou-se o melhor que pôde. Vestiu a roupa, calçou as botas e se sentou na escada da cabine por um instante, tremendo violentamente. Mas era questão de sobrevivência, e ele precisava agir.

Localizou a manivela do caminhão e a equipou, depois de conferir se o câmbio estava em ponto morto. Girou a manivela duas vezes para preparar o motor antes de entrar na cabine. O veículo tinha cabo de afogador, que ele puxou até a metade. Não tinha certeza do que fazia, e sabia que aquela fera poderia muito bem se rebelar, lançando a manivela na direção contrária e quebrando seu braço. A alternativa era a longa caminhada no frio, com a roupa molhada.

A hora era essa. Apesar do frio, tirou o casaco e o gorro para permitir o melhor ataque possível e se inclinou cuidadosamente antes de segurar a manivela, girando-a com o máximo de força que tinha. Nada. Tentou pela segunda vez. Novamente, nada. Na terceira tentativa, o veículo pareceu tremer, como se tivesse acontecido alguma coisa, embora Roy não soubesse o quê. Na quarta, o motor começou a soltar um ruído engasgado. Roy entrou na cabine. Pisou no acelerador, insuflando vida ao motor, diminuindo o controle do afogador. O engasgo foi desaparecendo aos poucos, o motor ganhou força. Por fim, ele chegou à conclusão de que podia tirar o pé do acelerador. E o motor se manteve estável. Ele comemorou. O plano continuava de pé.

Jogou a manta imunda na vala onde se encontrava o corpo de Bob e pegou a manivela antes de retornar à cabine, pisando na embreagem e engatando a primeira marcha. Então pisou no acelerador e soltou devagar a embreagem. Os pneus se puseram a deslizar, mas logo encontraram tração. Com cuidado, ele fez o retorno para voltar à cidade. A manobra não foi simples. Por causa do frio que entorpecia seu corpo e também em razão do estado de alerta, foi difícil encontrar a destreza necessária para manusear o acelerador e a embreagem. Mas ele conseguiu afinal. Alcançando uma velocidade moderada, dirigiu--se a Essenham.

Sim, o motor estava afogado. Era só isso.

7

O SR. COLE e os caminhoneiros estavam tomando chá na oficina.

— Consertaram? — perguntou o sr. Cole naquela fala arrastada do interior. — Foi o Bob?

— Bob não apareceu. Consegui consertar sozinho.

— Onde está o Bob?

— Nem imagino — respondeu Roy. — Fiquei um tempão esperando. Até desistir. Você tem certeza de que foram à casa dele?

— É claro. Minha mulher foi. Disse que o acordaria.

— Ele ainda deve estar dormindo. Mas, de qualquer jeito, está tudo resolvido.

— Você está congelando. Está tremendo. Todo molhado.

— É, está fazendo frio lá fora, caso você não tenha notado. E faz uma hora que está chovendo.

— Então começou o degelo?

— Talvez. Enfim, vou para casa, tomar um banho quente.

O caminhoneiro resmungou algo sem mostrar muita gratidão quando Roy lhe entregou a chave. Ele sentiu prazer imaginando a indignação do homem quando descobrisse que sua manta havia desaparecido.

Não foi direto para casa. Se lhe perguntassem, diria que passou na casa de Bob para ver se ele ainda estava dormindo. Como sempre, a porta dos fundos estava destrancada. Ele a abriu e chamou:

— Alguém em casa?

Não houve resposta. Extremamente devota, a família Mannion decerto estava na igreja. Ele já imaginava isso e, consultando o relógio da cozinha, calculou que teria vinte minutos. O calor do cômodo e o cheiro de carne assando eram uma tentação, mas, depois de anunciar sua chegada e aquecer um pouco as mãos no fogo, Roy se pôs a subir a escada.

Era como se Bob tivesse acabado de se levantar. Os cobertores estavam desarrumados na cama. O lençol embolado e o travesseiro amassado contra a parede eram uma evidência da noite de sono interrompida, a colcha cor-de-rosa jogada no chão. O quarto estava frio, mas o cheiro dele permanecia ali, da loção pós-barba que usava todos os dias, para a alegria do sr. Cole, em meio a um misto indefinível de ferormônios e suor masculino. Havia roupas espalhadas pelo chão e, sobre o tampo de vidro da penteadeira incongruentemente feminina, uma pilha de jornais velhos e moedas. Bob Mannion não era uma pessoa organizada.

Roy pegou uma mala surrada de cima do guarda-roupa, ciente de que esse talvez fosse o momento mais perigoso de todos. Encheu a mala com algumas roupas de Bob, escolhidas aleatoriamente. No fundo do armário, encontrou uma caixa de sapatos velha. Dentro, havia várias cartas, que ele leu por alto, sem interesse. A maioria, que ele descartou, era de Sheila. Guardou no bolso do paletó todas as correspondências do banco, além de um talão de cheques. Guardados nele também já estavam a chave e a carteira de Bob, contendo quatro libras e sua habilitação de motorista.

Agora vinha a parte difícil. Ele procurou papel entre os pertences de Bob e acabou encontrando um caderno. Conhecia bem a letra dele, das faturas e recibos preenchidos com extrema concentração na oficina. Felizmente, Bob não escrevia bem. Roy diria que, no máximo, era semianalfabeto. Em vez de arriscar a letra cursiva, sempre escrevia em letra de fôrma, que era relativamente fácil de imitar. Roy manteve o bilhete curto:

DESCULPA. FUI TRABALHA NO HARAS DO SR. HURST. NÃO TIVE CORAGE DE FALA PRA VOCÊS NEM PRA SHEILA. POR FAVOR AVISA ELA. PRECISO FAZER ISSO. NÃO VEM ATRAZ DE MIM. DESCUPA DE NOVO. SEU FILHO ROBERT MANNION

Isso bastaria. Roy não conhecia nenhum haras do sr. Hurst, mas não tinha importância. Isso impossibilitaria a investigação caso o sr. Mannion decidisse procurar o filho, como certamente aconteceria.

Roy arrumou a cama, empilhou no chão as roupas que haviam sobrado e deixou a chave de Bob sobre o bilhete, que ele largou na penteadeira.

Depois de esconder a mala na garagem, seria hora de tomar aquele banho quente e dormir.

8

O DEGELO estava começando, a temperatura já chegava aos quinze graus. Era uma sensação estranha ter sobrevivido àquele inverno e retomado a vida.

Roy não retornou ao local onde deixou o corpo de Bob. Mas se preocupava. O degelo provocara a cheia dos rios e canais. Ele temia o dia em que o corpo apareceria em algum lugar. Ficava esperando batidas à porta de casa. Não teria nenhuma explicação a oferecer nesse caso, mas achava que a repetida alegação de ignorância absoluta talvez o salvasse. Se a polícia o interrogasse, seria tentador oferecer algum detalhe que a fizesse acreditar que Bob fora atacado por algum desconhecido: vozes estranhas ouvidas de onde aguardava, junto ao caminhão, por exemplo. Mas sabia que isso seria imprudente.

Como imaginara, o sr. Mannion lhe perguntou sobre o estado de espírito de Bob antes do desaparecimento.

— Você acha que Bob estava agindo de maneira estranha?

— Não, nada fora do normal... Embora seja estranho que ele não tenha aparecido na manhã do domingo. Sempre contávamos com a presença dele.

— Ele conversou com você sobre ter vontade de trabalhar num haras?

— É, eu sabia que ele adorava cavalo. Na verdade, ele vivia falando disso, mas eu não me interessava muito.

— Ele alguma vez falou que gostaria de trabalhar para um homem chamado Hurst?

— Hurst? Não, não lembro. O nome não me diz nada. Mas ele falava de Cheltenham. Achava que era um sonho impossível. Mas aquilo me entrava por um ouvido e saía pelo outro.

— Ele estava hesitante com relação ao casamento?

— Agora que você está falando, ele chegou mesmo a comentar que o casamento parecia uma corda no pescoço. Vocês já pensaram em ir à polícia?

Ele sabia que precisava esperar, deixar passar os minutos, as horas, os dias. Depois de três semanas, tirou folga e, alegando que precisava visitar uma tia em Weston-super-Mare, fez a longa viagem de trem até Londres, dali seguindo para Cheltenham. Encontrou uma pensão, onde se mostrou extremamente educado, e alugou um quarto para duas noites, pagando antecipado. Durante o café da manhã, disse à dona da pensão que era de Londres e estava cogitando aceitar um trabalho na Câmara.

— A senhora se incomodaria de receber minha correspondência até eu me mudar em definitivo?

— Claro que não, sr. Mannion — respondeu ela.

— Não precisa me encaminhar nada. Voltarei regularmente para pegar as cartas. Não vai ter nada urgente.

Ele abriu uma conta no Lyons Bank, em Cheltenham, no nome de Robert Mannion, fornecendo o endereço da pensão. Mostrou ao funcionário a habilitação de motorista e o talão de cheques de Bob como provas de identidade, além das cartas e extratos que havia pegado no quarto dele. No Martins Bank, na mesma rua, novamente usando o nome Mannion, disse que estava se mudando para Cheltenham para trabalhar com cavalos e pediu que sua conta fosse transferida para a agência local.

Em Essenham, o paradeiro de Bob Mannion seguia desconhecido. Quando encontrou Roy no *pub* naquela semana, o sr. Mannion lhe confidenciou que a esposa chorava toda noite. O sr. Mannion agora passava mais tempo no *pub* do que nunca.

— Pelo menos recebemos um cartão-postal hoje de manhã. De Cheltenham. É um alívio. Pelo menos ele está vivo.

— Se eu fosse o senhor, entraria em contato com a polícia mesmo assim — sugeriu Roy.

— Não. Ele não quer ficar aqui. A mãe é que está sofrendo muito.

Quase quatro meses depois da morte de Bob, Roy estava finalmente pronto para agir. O verão chegara, os dias pareciam infinitos. O céu estava inimaginavelmente grande, as nuvens que passavam não ameaçavam chuva. Ele avisou ao sr. Cole que tentaria a sorte em Londres, pagou o aluguel da casa, fez a mala, recém-comprada numa loja de departamentos em King's Lynn, e tomou o trem noturno para a estação de Liverpool Street.

Depois de alugar um quarto no sul de Londres, fez uma última visita a Cheltenham, como Robert Mannion, para transferir o que restava na conta de Bob no Martins Bank para a nova conta no Lyons Bank. Pediu que transferissem essa conta para a agência de Clapham. E, com uma fisionomia de profunda mágoa, informou à dona da pensão na qual se hospedaria que, infelizmente, não conseguira a posição na Câmara.

Agora ele podia começar do zero.

CAPÍTULO 9

Homens e mulheres

1

BOB MANNION. Que estranho lembrar-se dele agora. Roy não consegue recordar nenhum sentimento de tristeza. Foi tudo uma conveniência, motivo para reações imediatas. Mesmo hoje, ele fica impressionado com sua capacidade de coordenar os pensamentos e agir logicamente. E aquele inverno... O mais frio em duzentos anos. Muita gente achava que não chegaria ao fim. Para Bob, não chegou.

Roy agora sente, senão pena, uma espécie de melancolia com relação à morte de Bob, embora saiba que, morto, Bob lhe garantiu a fuga do interior. Ao se mudar para Londres, ele mergulhou na cidade e pouco tempo depois na conta que abrira em nome de Robert Mannion com o dinheiro de Bob, às vezes passando até mesmo pelo sr. R. Mannion, ou então Roy Mannion, quando lhe convinha.

Com o passar dos anos, ocorreu o acréscimo natural do documento de identidade, a evidência corrente de que ele era, sem dúvida, o sr. Mannion. A existência de uma *persona* alternativa, amparada por documentos oficiais, foi muito útil. Às vezes o difícil era manter a personalidade oscilante que era Roy Courtnay. É possível, embora improvável, que daqui a pouco tempo precise desenterrar Mannion para uma última jogada. Quer dizer, depende de como as coisas se desenrolarem com Betty e da diligência de sua família.

Remorso? Roy chegou a sentir algumas vezes, sobretudo quando ele e Vincent precisaram enganar Martin, Bernie, Dave e Bryn. Ainda mais o coitado do Martin. Porém não muito. Ladrão que rouba ladrão, e tal.

Mas Bob Mannion... Sério. O que despertou essa lembrança? A estranha química do cérebro.

Para sua surpresa, está chorando. O reflexo no espelho confirma. Ele observa o rosto comprido, cansado: os olhos, outrora ardentes, agora apenas pesarosos; as lágrimas escorrendo na face encovada. Deixa o barbeador na pia e se apoia na beira com ambas as mãos.

Bob era como todos os outros que ele deixou para trás, diz a si mesmo. Pensar neles, para Roy, é perda de tempo e energia. Para Roy, já estão mortos.

Maureen hoje é famosa. Outrora funcionária júnior no Ministério da Educação e da Ciência do Reino Unido, agora tem uma posição de destaque na Câmara dos Lordes, defensora petulante dos pobres e demais minorias. Fica fácil quando a pessoa tem tantos privilégios. Talvez ele devesse ter investido nela um pouco mais. Mas, na época, foi inevitável. Para Roy, ela também está morta, como Bob. E está morta desde o dia em que ele deixou a espelunca de Clapham.

Aquelas irmãs, tantos anos atrás! Também elas mereciam uma lição. E receberam. As mais velhas tinham zombado da matutice dele. A mais nova o humilhou. Todas aprenderam.

O filho do lorde Stanbrook, Rupert, que ele um dia pegou no colo, é agora conde e tem um filho *playboy* envolvido em vários escândalos. O pai de Rupert, Charles, morreu há muito tempo.

Ele não acompanha nada. Ficou sabendo de algumas coisas pela imprensa, o resto inventou. Não importa. Estão todos mortos. Pelo menos para ele. E ninguém merece luto. Talvez Bob. Ele era um bom rapaz, assim como Vincent, mas de um jeito diferente, impressionável do jeito certo, maleável. E não se pode negar que, em morte, Bob foi extraordinariamente útil.

— Porra! — grita ele. Ainda há fogo em seus olhos. — Porra!

O que ele está fazendo? Falando sozinho como um velhinho gagá aposentado. Controle-se! Pelo menos ele ainda sabe quando não está batendo bem. Talvez chegue a hora em que não se dê conta disso. Antes morto do que caduco. Mas ele sabe que não está caduco. Não esquece. Lembra tudo. Seu problema não é demência. É firmeza de propósito. O que ele teme perder é a vontade de lutar.

— Porra — repete, dessa vez mais baixo, fitando o rosto no espelho com antipatia.

Não gosta do que vê.

— Roy? — chama Betty, lá embaixo.

— Oi?

— Ouvi um grito. Está tudo bem?

— Tudo bem, querida — responde ele, com calma. — Estou me barbeando, acho que me cortei. Já não tenho a habilidade de antes. Mas está tudo bem. Desculpe.

2

ELE AGORA a chama de "querida" com mais frequência. Na verdade, com frequência demais. No início, era ocasional, hesitante. Agora é quase automático, sobretudo quando a trata com condescendência. O que não é raro.

Ela não sabe se isso faz parte do processo deliberado de se inserir na vida dela de maneira ainda mais evidente ou se é inconsciente. Será que ela deveria temer um pedido de casamento? A ideia de ele tentando se ajoelhar quase basta para que ela queira telefonar para o serviço de emergência.

Porém chega à conclusão de que é algo inofensivo e até doce, do seu jeito — como se "doce" fosse um adjetivo que se pudesse usar para descrevê-lo. E ela continua feliz por ele estar aqui.

Os dois almoçaram sanduíche. Ela acendeu a lareira. Estão sentados na sala: ela, com um livro; ele, com as mãos no colo, entediado.

— O que você realmente pensa sobre as mulheres? — pergunta ela, na falta de coisa melhor para falar.

Roy sente o desânimo dominá-lo. Mais uma dessas discussões intermináveis que surgem do nada, não levam a lugar nenhum e parecem ter o único objetivo de humilhá-lo! Já não bastou o que ele viveu com Maureen? Mas é melhor não brigar.

Homens e mulheres, pensa ele. Duas espécies totalmente diferentes.

— Como assim, querida? — pergunta, educado, mas com o olhar feroz.

Parece que ela não se deixará intimidar.

— Acho que nossa geração está acostumada a uma relação diferente entre os sexos.

Dai-me paciência, pensa ele. Mas mantém a postura.

— Ah, não sei — responde, considerando a pergunta suficientemente legítima. — Não sou especialista no assunto.

— Mas não precisamos ser especialistas.

— É, não. Não falei nesse sentido. Conheci poucas mulheres na vida.

Ele espera que o sorriso provocante encerre a questão.

— E aí? — insiste Betty.

— E aí que... sempre me dei bem com as mulheres. Sempre concordei com elas. Muitos homens não concordam. Gosto das mulheres. Principalmente de você.

— Certo, mas e no geral? As diferenças entre homens e mulheres?

Ele pensa: Elas falam muito.

— Eu poderia fazer a mesma pergunta a você. O que acha dos homens?

— É justo. Acho que hoje os homens estão mais inseguros do que nunca. Apesar de haver muitos absolutamente seguros de si. Bem mais do que deveriam, diga-se de passagem. Mas...

Ele se limita a ouvi-la.

— ... no geral os homens parecem mais... frágeis. E mais rancorosos. Acho que é natural. Porque nos "libertamos". Embora eu não me sinta exatamente livre — prossegue ela. — Antes, nossos papéis eram claramente definidos. Mas, duas guerras depois, tudo isso mudou.

História, pensa ele. Mais história. Ela está me dando aula, meu Deus! Mas ele presta atenção, educadamente.

— Acho que é de esperar que os homens se sintam ameaçados. Não que as mulheres estejam em vantagem sobre eles.

— Hum — murmura ele.

— Vemos mais extremismo. Pouca autoconfiança, muita agressividade. Sinais de insegurança, ambos.

— Faz sentido — assente ele. — Embora nunca tenha me sentido inseguro.

— Mas isso é você. Você aprendeu a comandar. Simplesmente porque é homem. Foi condicionado a não pensar diferente.

E isso me economizou bastante tempo, pensa ele.

Ela continua:

— O que estou dizendo é que os homens já não sabem o que devem ser.

— Muitos são fracos. Na realidade, somos bastante transparentes. Não complicamos o simples, não ocultamos nossas emoções. Não me leve a mal, não sou contra os direitos das mulheres. Mas o homem que não tem certeza de sua "identidade" está fazendo drama. Acho que somos o que somos, e aceitar isso é tudo que podemos fazer. Pensar demais pode trazer todo tipo de sofrimento.

Falar também.

— E as mulheres? Como somos nós?

— Por onde começar? — considera ele, sorrindo. — Incríveis. Maravilhosas. Complicadas. Frustrantes. Incompreensíveis.

Ela não responde. Ele sabe que está falando a coisa errada, mas não consegue encontrar a coisa certa.

— O que quero dizer — arrisca — é que acho essencial um pouco de mistério entre os homens e as mulheres. Se eu soubesse de tudo, seria um homem muito mais infeliz.

— Mas eu achei que você soubesse de tudo — observa ela, com um sorriso.

Ótimo. Talvez estejamos retornando a terra firme.

— Ah, não — objeta ele. — Claro que não. Hoje todo mundo quer ter uma resposta pronta para tudo. Eu, não. Se apenas vivêssemos a vida, se fizéssemos aquilo em que somos bons e pensássemos menos, acho que seríamos mais felizes.

— Então a ignorância é uma virtude?

— Ah, não. Claro que não. Mas...

— Você ainda não respondeu a minha pergunta. Sobre as mulheres. Sobre mim.

Ele arrisca outro sorriso tímido.

— Betty, só tenho respeito por você. Você conquistou tanta coisa na vida. Me bota no chinelo.

É uma torrente irrefreável, descabida. Roy não se preocupa com a coerência em sua fala: as palavras apenas preenchem as lacunas. Mal chega a cogitar se as frases são compreensíveis, ou convincentes, que dirá se de fato acredita naquela bobagem. Apenas faz parte do jogo, pensa. Homens e mulheres.

Roy dirige a ela um olhar de puro veneno, ocultado pelo sorriso afetuoso. Ela é tola demais para enxergar isso, pensa ele.

Ele nem imagina que posso ver claramente, pensa ela. De certo modo, gosta de constranger Roy. Ele não consegue sustentar uma discussão. Tem razão quando diz que ela é mais inteligente do que ele, portanto existe um toque de crueldade em suas provocações. Mas é bom vê-lo se atrapalhar, disfarçar o nervosismo, perder o controle. Ele não para de falar. É uma pequena vingança, talvez imprudente. Ela desconfia de que mais tarde terá de se acertar com ele dizendo o que ele quer ouvir.

3

ELE ESTÁ NO BANHEIRO, em apuros. As cólicas voltaram tão subitamente que precisou subir correndo a escada, tirando às pressas a calça e a cueca, sentando-se no vaso com um suspiro de alívio momentâneo por não ter havido nenhum acidente no percurso. Uma série de pontadas dolorosas e alarmantes castiga seu abdômen, imediatamente seguida do vômito de um líquido tóxico, durante o qual ele sente que o corpo se degenera. Fica espantado com a força explosiva da ação. Inclina-se para a frente, os músculos retesados no esforço vão de recuperar o controle. O cheiro — enxofre e entranhas decompostas — é indescritível. Quase sufocante.

Ele simplesmente deixa acontecer. Não tem escolha. É involuntário — como se houvesse rompido uma válvula e ele estivesse eliminando a podridão do corpo — e ao mesmo tempo exige um esforço descomunal. Os órgãos e reflexos não são mais seus para governar. E isso vem acontecendo da forma mais diplomática possível, mas sua voz já não tem valor algum. Teme tanto o momento presente quanto o futuro próximo, do qual isso talvez seja um prenúncio. O que mais teme é a perda de controle. Não é a dor, não é a falta de dignidade. Solta um gemido.

Quando finalmente termina, está exausto, vazio. Permanece sentado durante um tempo para se recuperar, vacilante, ofegante, aflito, o corpo quente, a mente acelerada. Depois de se limpar o melhor que consegue e suspender a calça com a mão trêmula, os suspensórios soltos, a camisa para fora da calça, dirige-se ao quarto usando a mão livre para se apoiar na parede. Por fim, desaba na cama, que solta um rangido alto. Ainda exaurido, com o esfíncter ardendo, encara o teto e se obriga a pensar.

De certo modo, Betty tem sido uma decepção. Muito ingênua, fácil de enganar. Não representa um desafio. Foi tudo fácil demais, sem adrenalina. Mas tudo bem. A diversão é um objetivo secundário nessa empreitada. Mais importante é o fato de ela ser, para usar uma expressão em voga, "montada no dinheiro". As cartas do gestor de investimentos dela, que ele lê à vontade quando ela não está em casa, são a prova disso. E, se a ingenuidade de Betty significa menos desafio, talvez isso não seja ruim. Se os últimos tempos lhe mostraram alguma coisa, é que ficamos menos ágeis em todos os sentidos ao envelhecer. Quando essa aventura terminar, ele vai parar mesmo. Um pensamento triste, mas não tem jeito.

Do andar inferior, ela chama:

— Você está bem, Roy?

— Estou, sim — responde ele, a voz fraca.

Ela sobe a escada, entra no quarto.

— Ah, meu Deus! — exclama ao vê-lo esparramado na cama. Ele está vermelho, agitado. — Você não parece estar bem.

— Estou, sim — repete ele, com um sorriso tranquilizador. — Alguma coisa que comi me fez mal. Mas estou bem.

Ela se senta na beira da cama.

— Tem certeza? — pergunta, a testa franzida de um jeito particularmente atraente.

Ah, se eles tivessem se conhecido na juventude dela! E na dele.

— Estou bem, sim, querida, obrigado — diz ele, o adorável sorriso intacto.

Acaricia a mão dela.

— Andei pensando, Roy...

— Sim?

— Talvez fosse interessante rever meus investimentos. Mas não sei por onde começar.

Ele fica imediatamente alerta. Com dificuldade, apoia-se no cotovelo.

— Certamente já deve ter alguém cuidando dos seus investimentos, não?

— Tem uma empresa...

— Empresa? Ah...

— O que foi?

— Imagino que eles ganhem uma comissão enorme para fazer pouquíssima coisa. Deve receber muita correspondência deles. Conhece alguém pelo nome? Já falou com alguém dessa empresa?

— Não. O dinheiro foi investido há muito tempo, eu não saberia quem procurar. Pelas cartas, eles me parecem ótimos.

— Não duvido. Devem ser muito bons no que fazem. Mas...

— Acho que falta, não sei, um toque pessoal.

— Hum.

Ele aguarda. É ela que precisa dizer, não ele.

— Eu estava pensando...

— O quê? — pergunta ele, mas não rápido demais.

— Você comentou que conhece alguém...

— O Vincent?

— Isso. Seu amigo.

— Ah, tenho Vincent mais como um dos profissionais mais geniais que já conheci do que como amigo. Mas confiaria minha vida a ele.

— Você acha que ele poderia conversar comigo sobre meus investimentos?

— Ah, sim. Claro. Sem compromisso. Se eu falar com ele, tenho certeza de que ele ficaria feliz em conversar com você.

Fácil. Muito mais fácil do que ele havia antecipado. A dor de barriga parece ter melhorado um pouco.

CAPÍTULO 10

Agosto de 1957
Nunca foi tão bom

1

ELES TERIAM de sair rápido e discretamente. Isso exigiria a distribuição de alguns milhares de francos entre as pessoas que os ajudariam: do gerente do hotel ao ascensorista, inclusive os funcionários da recepção. Roy organizou o dinheiro em pilhas sobre a mesa, calculando a taxa de câmbio.

Fizeram as malas com pressa, de qualquer jeito. Ele telefonou para a recepção. Quando transferiram a chamada para o gerente, num murmúrio, disse:

— Estamos prontos.

— Estou pensando — respondeu o gerente — se deveria mesmo chamar a polícia. Preciso levar em consideração a reputação do hotel.

Ele não tinha tempo para contar até dez, por isso contou até três.

— É nisso que estou pensando também, Claude — respondeu, a voz ao mesmo tempo carregada de simpatia e arrependimento. — É exatamente por isso que precisamos agir juntos.

— Mas se depois a polícia descobrir que ajudei na fuga de um criminoso...

— Lorde Stanbrook não é um criminoso — afirmou Roy, irritado. — Já expliquei isso a você. Foi um mal-entendido. Uma situação que fugiu ao controle. Estou tentando contorná-la da melhor maneira possível.

— Hum. Mas sou eu que vou precisar lidar com as consequências se a polícia começar a fazer perguntas difíceis.

— Não vai ter nenhuma consequência para você. Nenhuma pergunta difícil. Você vai apenas dizer que não faz ideia de onde está o lorde.

— Falar é fácil. Mas sou eu que estou arriscando o nome do hotel. Sozinho.

— Ah, não. De jeito nenhum. Ambos estamos tentando preservar a reputação de George V. O que seria pior do que a detenção de um membro da aristocracia inglesa nas dependências do hotel? O que sua clientela acharia? Mas entendo seu lado. Estou pedindo muito de você. Tem apenas a minha palavra como garantia. Pensando bem, talvez o valor combinado seja modesto demais.

Com isso, foi fácil terminar a conversa. Roy acrescentou algumas notas à pilha mais alta que havia sobre a mesa. O patrão estava sentado na cama. Pela porta aberta, Roy via que ele mantinha a cabeça entre as mãos.

Aproximou-se, tocando seu ombro.

— Está tudo bem, Charles. Estamos quase prontos. Cinco minutos.

— Algum problema? — perguntou Stanbrook.

— Não. O gerente queria mais dinheiro, só isso. É normal. Não vai ter nenhum problema.

Ele passou as coordenadas ao criado. O rapaz deveria esperar duas horas antes de ir a Orly no carro que ele havia solicitado. Deveria levar a bagagem do patrão.

O criado permaneceu no quarto. Roy conduziu Stanbrook ao elevador. Cada um levava uma mala, apenas de fachada. O gerente já estava no elevador, com o ascensorista.

— O senhor está indo embora muito cedo — disse o gerente, dirigindo-se a Roy.

Stanbrook se mantinha no fundo do elevador, fitando o espelho, aturdido.

— Quero concluir logo as formalidades de Orly. Evitar qualquer mal-entendido.

O elevador se abriu no subsolo: a base miserável que sustenta a carapaça reluzente. O fim da ilusão de requinte não importava nas circunstâncias. O gerente os conduziu por corredores compridos, iluminados por lâmpadas nuas penduradas no teto mal engessado.

Na entrada do prédio, Roy olhou rapidamente para os lados antes de empurrar Charles para dentro do carro. Não confiava no gerente.

Quando o motorista arrancou, fazendo a transmissão gemer como uma criança relutante, foi possível avaliar a situação.

Ainda bem que, na noite anterior, ele percebeu o que estava acontecendo antes de a situação fugir ao controle. Ainda bem que disseram a todos que estavam hospedados no Crillon.

Ainda bem que ele tomara a precaução de trazer o passaporte civil de Charles. Conferiu novamente se o documento estava no bolso interno do paletó, com seu próprio passaporte. Havia uma pasta em seu colo, com o restante dos documentos e o dinheiro. Charles parecia estar segurando as pontas. Pela janela do carro, mantinha os olhos perdidos no horizonte, mas pelo menos as lágrimas haviam parado.

Eles seguiram para Orly, a luz do sol batendo nas janelas. Através do assoalho corroído do Citroën antigo, Roy via o asfalto sob os pés.

Agora era a hora. Com seu francês sofrível, disse ao motorista que eles tinham mudado de ideia e informou o novo destino. Agitou um maço de notas diante do homem e pediu que ele os levasse a Calais, avisando que, se chegassem a tempo da balsa das três horas, a quantia dobraria. Era absurdo: o dinheiro era suficiente para comprar aquela lata velha e ainda um tanque cheio de gasolina. O motorista resmungou qualquer coisa com uma fisionomia azeda que Roy considerou ser anuência. Por via das dúvidas, lembrou ao motorista que conhecia aquelas ruas e saberia caso ele tomasse um caminho estranho. Era blefe, claro. O motorista resmungou outra vez. Mas bastou um olhar de esguelha para arrancar dele um pedido de desculpa aceitável, senão entusiasmado.

Roy se virou para trás. Charles havia adormecido, perdido e vulnerável. O coitado devia estar exausto. Roy, por sua vez, precisava se manter alerta enquanto o carro avançava pelo norte da França, o cheiro de couro quente e suor masculino cada vez mais forte. Olhava impacientemente para a esquerda e para a direita, a planura ininterrupta cortada pela *route nationale*. Seriam trezentos quilômetros de estrada. O motorista precisava se esforçar se quisesse conseguir.

Em Calais, eles saltaram no porto. O motorista fizera por merecer o bônus e se foi. Roy sentiu o cheiro de sal e pensou na Inglaterra, em segurança. Eles fumaram enquanto Roy observava a movimentação do local, procurando alguma atividade suspeita que sugerisse sua possível detenção. Satisfeito, dirigiu-se ao balcão, abriu um sorriso radiante e comprou com a atendente bonita duas passagens individuais, sem vaga para automóvel. Devia ser raro ver passageiros a pé comprando passagens no porto. Eles seriam notados, mas era um risco que precisavam correr. Não deveria ser um problema, considerando a cordialidade que ele empregara.

Eles esperaram até o último instante para se dirigir à balsa, correndo pelo pátio de concreto, submetendo-se ao rápido controle de passaporte. Roy temia um controle rígido aqui, só para irritar os ingleses, mas bastou mais um pouco de charme, um sorriso gentil e o uso de mais francês do que ele havia gastado com o funcionário do trem para elogiar a maravilhosa capital francesa, a eficiente rede ferroviária e os cidadãos simpáticos.

Charles Stanbrook falou apenas quando desembarcaram em Dover, pela primeira vez desde que havia saído do George V.

— Onde está a porra do carro? — perguntou.

— Eu não podia telefonar do hotel. O gerente ouviria.

— Como vamos voltar?

— De trem, como todo mundo. A bilheteria fica ali.

— Merda — resmungou Charles antes de retornar ao silêncio.

Ele permitiu que Roy o conduzisse pelo cotovelo.

Em Victoria, os dois tomaram um táxi para casa. Quando cruzaram o vão da porta, Roy fez a transição de praxe, deixando de comandar Charles, o pupilo indisciplinado, para se tornar o fiel empregado de lorde Stanbrook.

2

ELE GOSTAVA do trabalho. Havia conseguido se restabelecer cerca de dez anos antes, quando o emprego apareceu. Ou melhor, quando caiu em seu colo.

Depois do incidente de 1946, ele havia passado um tempo fazendo trabalho burocrático no Exército. Não foi enviado para sua unidade original, que estava sendo dissolvida, de qualquer forma. A bem da verdade, não sabiam o que fazer dele. Primeiro, ficou numa base em Bruxelas, trabalhando no que mais tarde seria conhecido como o Tratado de Bruxelas. Uma pecinha ínfima num maquinário gigantesco, tropeçando num mar de palavras. Nem um pouco sua praia. Ah, não. Depois foi enviado para Viena, onde preencheu faturas de transporte de encomendas para a força de ocupação britânica.

Foi ali que conheceu o major Stanbrook, do Corpo de Inteligência. A simpatia foi mútua, e logo Stanbrook roubou Roy para sua equipe. Quando decidiu aceitar a posição na Câmara dos Lordes, Stanbrook pediu que Roy se tornasse seu assessor extraoficial. Roy agarrou a oportunidade.

* * *

Nos dias que se seguiram ao retorno da França, lorde Stanbrook recuperou seu entusiasmo característico. Quase imediatamente, Roy voltou a Paris para desfazer os mal-entendidos que haviam gerado. Claude, do George V, foi mais amável agora que já não contemplava o fim de sua carreira. Contornara bem o problema com a polícia, manifestando condoída ignorância, e informou a Roy o nome do inspetor que cuidava do caso.

Na delegacia, Roy foi muito bem recebido. Monsieur l'Inspecteur ficou intrigado ao saber o que acontecera de fato, intrigado ao saber que a verdade diferia bastante do que ele ouvira de diversos funcionários do clube e da própria vítima. Roy explicou as lamentáveis circunstâncias da briga e o subsequente acidente que resultara nos dois braços quebrados do homem, frisando que qualquer alegação contra o lorde seria tanto infundada quanto maliciosa. Desde então, o próprio homem admitira ter interpretado mal as intenções de lorde Stanbrook em relação à jovem que o acompanhava. O inspetor meneou a cabeça, em desalento.

— Meu patrão é um homem rico — disse Roy. — Ministro, um pilar da sociedade britânica, um homem de integridade irrepreensível. Sem dúvida entrará com uma ação se essas acusações sem fundamento forem adiante.

Ele entregou ao inspetor o cartão de visita do escritório de advocacia da rue de l'Échelle ao qual já participara o caso. E se ofereceu para pagar um café ao inspetor, ou algo mais forte.

Eles ficaram no balcão do bar, fumando cigarros americanos que Roy tivera a ideia de botar na mala antes de sair de Londres, cada qual com um café expresso e um copinho de *marc*. Roy virou seu copo, e o detetive o acompanhou. Pediram mais uma dose.

— O negócio — observou — é que muita gente fica querendo achar problema. Qualquer problema. Parece que houve um colapso moral desde a guerra que nossos países enfrentaram tão bravamente lado a lado. Já não se preza a honestidade. O que importa é sair ileso.

O inspetor assentiu. Não se esperava dele que respondesse.

— O lorde Stanbrook é... Bem, ele não gostaria de ser descrito como herói. Mas é um homem corajoso que continua servindo ao país. Seria uma lástima se a reputação dele fosse manchada por um canalha. Imagino que seu país também não desejaria algo do tipo.

Ele se deteve. Não sabia se já dissera o suficiente e se podiam terminar o encontro. Precisava pegar o trem. Ambos sabiam que a conversa era uma formalidade. O acordo fora selado quando o policial aceitou o convite para beber. Mas, como sempre, era preciso manter a mentira. Por mais um tempinho, evidentemente.

— Tenho certeza de que nenhum policial de Paris gostaria de ser cúmplice de uma extorsão. Muito menos você, Jacques. Posso chamá-lo de Jacques?

O homem inclinou a cabeça. Roy detectou uma ponta de sorriso.

— Assim fico tranquilo. Meu trabalho está feito. Não preciso mais sair em defesa da inocência do meu patrão. Confio plenamente em você. Mas, se alguma coisa inesperada acontecer, você sabe como me encontrar.

Com isso, ele pôs o chapéu, deixou sobre o balcão uma gorjeta generosa para o *barman*, apertou a mão do policial e saiu do bar, deixando para trás, debaixo do jornal que havia comprado no caminho, um envelope recheado. Chegou à estação dez minutos antes da hora.

3

Quando eles estavam na casa de Londres ou na casa de veraneio, as regras eram diferentes de quando estavam, como dizia lorde Stanbrook, na farra.

Informalidade estava fora de questão. O patrão de Roy era "o lorde", em vez de Charles, e o devido respeito era obrigatório. Tampouco Roy desejaria que fosse diferente. Era menos complicado. Havia momentos de estranheza, sobretudo quando Stanbrook exigia a presença de Roy nos jantares da Burnsford, mas essas ocasiões eram raras. Em geral, os convidados sabiam os motivos para a presença de Roy e sua permanência com o patrão. Para Roy, era necessário ter cuidado com as palavras e ações, o que já fazia parte de seu repertório profissional. Era relativamente fácil circular entre aquelas pessoas.

Esse era um dos fins de semanas mais descontraídos. Sem convidados políticos. Eles teriam um jantar informal na sexta-feira, os convidados chegando de acordo com o horário em que conseguiam fugir dos rigores de Londres. A Burnsford House ficava na anônima região central da Inglaterra, ao sul de Birmingham, a leste das afetações aristocráticas de Stratford, mas longe das cidades industriais da região centro-leste. A feia Northampton era a cidade mais próxima, mas os visitantes que vinham de trem eram pegos em Daventry.

Depois de trazer para a casa um visconde irritado e sua mulher, depois de lhes mostrar o quarto onde ficariam hospedados, Roy se pôs a fumar no gabinete. O grupo dessa semana era pequeno. Seriam dez pessoas à mesa: lorde Stanbrook e a resignada esposa; a filha, Francesca; o visconde Wexford e a mulher, Margaret; Joachim von Hessenthal, um conde alemão que Stanbrook conhecia havia muito tempo; Oliver Wright, secretário particular do secretário de Relações Exteriores; o próprio Roy; Sir Thomas e sua mulher, Sylvia. Sylvia. Ele suspirou.

Roy estava ali para completar o grupo, porque Lady Stanbrook não gostava de números ímpares à mesa. Pelo menos essa era a história oficial. Por via das dúvidas, se um dos convidados não aparecia, ele se retirava. Mas sua presença à mesa não tinha nada a ver com números.

O jantar a rigor seria apenas no sábado. Portanto ele tinha algum tempo. Wexford e a mulher já haviam chegado, von Hessenthal estava vindo com seu próprio motorista, e Roy evitaria a qualquer custo estar presente para receber o casal Banks. Sobrava o sr. Wright. Roy consultou o relógio, vendo que ainda restavam alguns minutos para desfrutar um cigarro e uma xícara de chá antes de sair para a estação.

* * *

— Fiquei sabendo que você vai jantar conosco — comentou Wright.

Os limpadores do para-brisa marcavam o tempo da viagem de volta para casa.

— Vou, sim, senhor — respondeu Roy. — Jantar informal, hoje. Amanhã, formal.

— Ótimo.

Oliver Wright era um rapaz pensativo, anguloso, magro a ponto de aparentar desnutrição. Nos círculos políticos, era tido como gênio, um jovem promissor. Wright estava sentado ao lado de Roy, no banco do passageiro, as mãos brancas se retorcendo no colo, como se estivesse apreensivo com a condução de Roy, o carro avançando por entre poças de água, acelerando nas curvas da estrada. Franziu a testa.

— Qual é exatamente seu papel na casa? — perguntou. — Quer dizer... Se não for abuso da minha parte.

— De jeito nenhum, senhor — respondeu Roy. — Sou assessor do lorde Stanbrook em assuntos profissionais. Um factótum, poderíamos dizer.

— Você cuida do patrimônio dele?

— Ah, não. Tenho muito pouco a ver com o patrimônio propriamente dito. Fica além do meu campo de atuação. Lorde Stanbrook tem muitos negócios. Organizo a agenda dele e me certifico de que nada seja esquecido. E o acompanho nas viagens de trabalho.

— Um mediador.

— Se o senhor prefere chamar assim... É óbvio que lorde Stanbrook utiliza um termo um pouquinho diferente.

— É claro. Você já conheceu esse von Hessenthal?

— Não. Sei que lorde Stanbrook o conhece desde antes da guerra. Os dois eram militares, evidentemente, e se conheceram em 1930. Mas duvido que von Hessenthal considere uma coincidência agradável o fato de lorde Stanbrook ser o major para o qual ele entregou as armas em 1945.

— E quem mais estará presente?

— A filha do lorde Stanbrook, Francesca. E também lorde Wexford e sir Thomas Banks, com as esposas. O senhor conhece sir Thomas?

Wright fitou Roy como se farejasse uma insinuação na pergunta. Roy manteve os olhos na estrada e acelerou na curva, o suficiente para o carro derrapar, assustando Wright, mas mantendo-se sob controle.

— Conheço — respondeu Wright. — Já nos encontramos em reuniões governamentais.

— Isso me faz lembrar que Lorde Stanbrook me pediu que enfatizasse que esse é um fim de semana informal. Descontraído. Não é um fim de semana de trabalho. Ele quer que todo mundo se sinta à vontade. Sem discussão sobre política ou questões do governo. Sem etiqueta.

— Entendi — respondeu Wright.

Roy sorriu pela primeira vez durante a viagem.

4

DO OUTRO lado da mesa, Sylvia olhou para ele com o que julgava ser um desejo devidamente camuflado. Sua habilidade em reconhecer discrição e subterfúgio, resultado da experiência, era infalível.

Ele era bonito, simplesmente bonito. Era a única maneira como saberia descrevê-lo. Alto, despojado, lânguido, mas também musculoso, atlético, com um cabelo loiro elegante que ele volta e meia afastava da testa. E aqueles olhos: azuis, profundos e oniscientes; o desdém à mostra. Era intimidador. Poderia passar tranquilamente por um atleta condecorado da Oxford, capitão do time de rúgbi inglês ou capitão de uma operação especial de guerra. Mas jamais seria confundido com alguém da classe dela: tirando o sotaque quase indefinível, ele tinha uma dureza maior. O homem a excitava e assustava em igual medida.

"Casamento de fachada." Até então era algo de que Sylvia nunca ouvira falar, mas a ordinária da Gertrude fez questão de lançar a indireta, depois de aprender a expressão numa viagem recente a Nova

York. Até onde Sylvia sabia, a expressão ainda não chegara à sociedade inglesa, mas isso não impediu que Gertrude a usasse durante um chá.

O casamento de Sylvia não foi arranjado, mas calculado. A questão foi objeto de muita discussão, em sussurros e termos obscuros, entre os pais, até a mãe comentar que Tommy Banks seria um bom partido. Sylvia concordou, como era esperado, e a partir dali aconteceu tudo de maneira previsível, aparentemente sem seu envolvimento. Mas Sylvia sabia o tipo de casamento em que estava se metendo.

Roy lançou um olhar discreto para Sylvia. Teve a impressão de que ela o estava encarando, mas talvez fosse apenas um produto do excesso de prudência da parte dele. Aquele era um acordo tácito que satisfazia a todas as partes relativamente bem. E "relativamente bem" era o método inglês. Ele duvidava que o arrogante conde alemão tivesse alguma noção das delicadas forças em jogo.

Ela era de fato linda, com a graça de sua estirpe, o rosto magro, oval, os olhos grandes e o nariz pequenino emoldurados pelo cabelo preso num coque da moda, que mostrava melhor o pescoço delicioso, cuja pele ele encheria de beijos. Tinha seios fartos e era esguia, quase magra.

Sylvia lhe havia confidenciado a fantasia de permanecer casada enquanto planejava uma vida futura com ele, mantendo algo próximo à respeitabilidade. Ele sabia que era absurdo: no fim, ela se ateria às normas sociais e, de qualquer forma, ele já adivinhava a velha esclerosada que ela se tornaria. Enquanto durasse, os dois se restringiriam àqueles encontros furtivos: em fins de semana como aquele; durante a semana, na casa que ela dividia com sir Thomas; em ocasiões esporádicas, nos hoteizinhos discretos de cidades próximas a Londres. Isso convinha a ele muito mais do que as complicações do que se poderia chamar de "relação".

Depois do jantar, os homens levaram suas taças de vinho do Porto e charutos para a biblioteca. O conde discorria sobre suas propriedades na Alta Saxônia, na parte oriental da Alemanha.

— A Alemanha está muito incivilizada — comentou. — A ralé tomou conta. No leste, criaram o Estado socialista. Estado! Na verdade, são os bolcheviques que governam. É um experimento que não vai dar certo. Mas no oeste é ainda pior, com o milagre econômico. Uma gentinha indigna está prosperando à custa dos antigos valores. No fim das contas, essas pessoas são tão inaceitáveis quanto as pessoas que as antecederam.

— Você tem dificuldade de visitar suas terras no lado oriental? — quis saber Wright.

— Ainda não — respondeu von Hessenthal. — Tenho boa relação com as autoridades de lá, apesar dos dogmas deles. Preciso fazer as devidas contribuições e cultivar amizade com os homens do partido, mas funciona. Só não posso garantir que seja para sempre. A divisa está sendo reforçada, e de vez em quando há rumores de que as autoridades estão querendo regularizar a situação das minhas propriedades. "Regularizar" é a palavra que eles usam. Eu diria "roubar". Por sorte, tenho dinheiro e terras longe do domínio deles.

— Você mora em Londres? — perguntou Wright.

— Moro. Também tenho terras na Baviera. Mas a Alemanha hoje está muito empobrecida. É desagradável. Tanto no leste quanto no oeste. — Ele encolheu os ombros, para dar alguma dramaticidade à fala, e acrescentou: — Desculpe a indelicadeza, Charles, mas posso fazer uma pergunta?

— Claro — respondeu Stanbrook.

— Parece que você convidou um funcionário para o jantar.

— Courtnay? Ora...

— Preciso dizer que me deixa muito pouco à vontade conversar nessas circunstâncias — observou ele, olhando para Roy com uma aversão que não tentava esconder.

Não é comigo que você deveria estar preocupado, pensou Roy. É com pessoas como Oliver Wright, que agora está se coçando para tirar vantagem de você. Mas ele apenas abriu um sorriso.

— Bem — disse Stanbrook —, Courtnay ocupa uma posição muito diferente de qualquer outra pessoa que trabalha para mim. Eu...

— Não, senhor — interrompeu-o Roy. — Por favor. Eu já estava me recolhendo, de qualquer maneira. Boa noite, cavalheiros.

Ele se levantou da poltrona de couro, apagou o cigarro e, ainda sorrindo, deixou a biblioteca. Pela visão periférica, notou o conde acompanhando seu caminhar tranquilo com evidente animosidade.

Não se deixou abalar pelos comentários de von Hessenthal. Preferia mesmo não participar daquelas conversas empoladas, o tédio da inevitável sinuca que se seguiria. Foi para o quarto e se preparou para Sylvia.

Ela já estava esperando. Ele foi violento, como ela gostava, prendendo seus braços delgados enquanto investia contra a carne macia sem se importar com seu bem-estar. Haveria oportunidade para abraços românticos mais tarde, embora não houvesse lugar para o amor. Ela soltou um gemido exultante e logo estava tudo terminado.

Dali a pouco tempo, sir Thomas e Oliver Wright estariam no quarto ao lado. Às quatro horas, Roy precisaria voltar para seu próprio quarto, e o mesmo valia para Wright. As portas do banheiro que interligava os cômodos seriam destrancadas e, quando chegassem as bandejas do café da manhã, a felicidade conjugal estaria restabelecida. Ninguém na casa se deixava enganar, à possível exceção do alemão nojento e seu criado, mas isso satisfazia ao código de conduta.

Embora ela sussurrasse algo em seu ouvido, deitada em seus braços, ele não ouvia, apenas mantinha o olhar vazio no teto. Desprezo essas pessoas, pensava. Desprezo você.

5

NA MANHÃ SEGUINTE, ele preferiu não se juntar ao grupo e tomou o café da manhã na cozinha, com o criado de von Hessenthal. Ficou sabendo que Ernst Maier fora designado para a equipe do conde havia pouquíssimo tempo. O café da manhã foi arrastado, porque Roy teve de ouvir o homenzinho entediante, com um terno malfeito, contar a história de sua vida num inglês decente, mas com sotaque medonho.

Na esperança de se livrar de Maier, anunciou que sairia para passear no jardim. Maier disse que o acompanharia.

— As coisas estão mudando na Alemanha — comentou. — Assim como estão mudando no mundo inteiro. O Ocidente hoje tem o capitalismo, mas no futuro estaremos todos juntos sob um governo socialista.

— Uma ideia e tanto para o criado de um conde — observou Roy.

— Eu não me descreveria como criado. E duvido que o conde também me descreveria assim. Sou mais um assessor-executivo. O conde age segundo o protocolo. Em casa, jamais se refere a si mesmo como conde. É apenas Hessenthal, às vezes camarada Hessenthal. Aqui, fala de suas propriedades como se elas ainda existissem. Na verdade, estão sendo transformadas em fazendas coletivas. Ele está tentando desesperadamente garantir algum tipo de compensação. Minha função é acordá-lo para a realidade. E mantê-lo longe de espertinhos como o Sr. Wright. Estou tentando fazer isso com delicadeza. Não sou cruel. Alguns camaradas dizem que sou sensível. — Maier se deteve, virou-se para Roy. — Precisamos prever o futuro e tomar as devidas providências. Imagino que você já tenha feito isso.

Que homenzinho intrigante! Roy se pôs a caminhar novamente.

— Sem dúvida, o momento atual faz com que tenhamos de tomar providências inusitadas. Criar alianças inusitadas. Sei que o conde, ou camarada Hessenthal, está tentando se adaptar.

— Está. E precisa se esforçar mais. Todos precisamos.

Eles caminharam em silêncio durante alguns instantes pelo jardim de rosas, sem que Maier dispensasse atenção alguma à estimada coleção de Lady Stanbrook. Estavam já a boa distância da casa, caminhando pelo bosquete quase nos limites da propriedade.

— Assim como você, evidentemente.

Roy demorou alguns segundos para entender que Maier estava retomando a conversa de onde havia parado.

— Como você disse, todos precisamos nos adaptar às novas circunstâncias. Mas sou muito versátil. Sei me virar.

Ele abriu um sorriso.

— Imagino — respondeu Maier, como se duvidasse. — Mas talvez precise se adaptar novamente no futuro.

— A um novo Estado socialista? Duvido. Acho que poucas pessoas na Inglaterra têm sua visão de mundo.

— Não sei, não. Podemos conversar sobre isso outra hora. Mas existem motivos mais prementes para você reconsiderar sua posição.

Roy manteve a simpatia.

— Como o quê? Não estou entendendo.

— Talvez eu possa explicar.

Ao fazer a volta para retornar à casa, deram numa campina, onde se sentaram no tronco de uma árvore caída. Maier pegou um maço de cigarros russos, que ofereceu a Roy. Ele recusou. Encolhendo os ombros, Maier acendeu o cigarro de cheiro desagradável e enxugou a testa com a manga encardida do paletó. O sol estava forte, mas nenhum deles tirou o paletó.

— Depois da guerra, você perseguiu bravamente pessoas que trabalhavam nos campos de concentração.

— De onde você tirou isso? — perguntou Roy, alarmado, mas tentando disfarçar o fato com um lânguido espreguiçar dos braços.

— Não é verdade? Fui informado de que era sua ocupação.

— Tive algum envolvimento na reparação dos danos causados pela guerra. Mas era um trabalho de rotina. Na verdade, bastante trivial.

— Você está sendo modesto. Foi uma época conturbada. Destruição e caos. Mas estávamos construindo alguma coisa a partir do horror. Posso garantir isso. Fui recrutado no Exército alemão em 1940, mas me capturaram quando eu estava voltando de Stalingrado, em 1942.

Foi a melhor coisa que me aconteceu. Pude provar minha lealdade ao socialismo. Me ofereci para ajudar a acabar com os nazistas.

— Muito nobre — considerou Roy.

— Não exatamente. Era uma questão de sobrevivência. Fazemos o que é necessário para sobreviver. Não é verdade?

Não se esperava nenhuma resposta.

Maier prosseguiu:

— No meio do caos, aconteceram algumas coisas. Coisas que não queríamos que acontecessem. Mas perseveramos. Embora você não tenha participado do conflito, acho que sentiu na pele o que estou falando.

— Como assim?

— Nas suas perseguições aos nazistas. Houve um incidente terrível, no qual um colega seu perdeu a vida.

Roy se manteve calado.

— Uma tristeza — observou Maier. — Mas uma tristeza que você superou. E fico feliz de vê-lo restabelecido.

— Como você sabe disso?

Roy se arrependeu da pergunta no instante em que ela saiu de sua boca.

— Nossas autoridades têm arquivos, evidentemente. E também tenho alguns contatos nos lugares certos. Eles pesquisaram esses autos específicos, que dão uma ideia muito clara do incidente. O trabalho foi realizado pelos nossos camaradas russos. Por sorte, tive acesso aos detalhes. Mas esse sol está impossível. Vamos para casa, tomar um pouco de água? Podemos conversar mais tarde.

Ele abanou a mão diante do rosto, na vã tentativa de produzir vento no ar parado.

De volta à casa, Maier desapareceu sem que Roy notasse. Precisava falar de novo com o homenzinho raquítico, mas não podia correr atrás dele. Não podia demonstrar fraqueza.

Depois do almoço, Lady Stanbrook mandou chamá-lo, a pedido de Sylvia. Solicitaram que ele jogasse tênis, independentemente do que achasse o conde. Primeiro foi a competição individual masculina. Alegando uma lesão na perna, provocada durante a guerra, von Hessenthal ficou de fora, assistindo às partidas com uma fisionomia amarga enquanto tomava limonada. Roy venceu rapidamente sir Thomas, que provavelmente tinha vinte anos a mais do que ele. Depois Oliver Wright conseguiu perder para o atarracado lorde Stanbrook, que sorria radiante ao enxugar o suor da testa vermelha.

As mulheres não quiseram jogar partidas individuais, por isso os homens foram imediatamente para a final. Entediado e com a lembrança de Maier o incomodando, Roy derrubou o patrão ainda mais rápido do que de costume. Mesmo perdendo sem fazer nenhum ponto, lorde Stanbrook mostrou dignidade, senão ligeiro divertimento com a derrota. Quando os dois jogavam, em geral Roy não facilitava, nem Stanbrook esperava que ele facilitasse, mas aquilo havia sido brutal. Roy estava com a cabeça em outro lugar e pediu licença para se retirar, deixando que os outros homens e as mulheres se organizassem para as duplas mistas. Sylvia pareceu decepcionada.

Maier estava sentado à mesa da varanda, sem paletó, lendo um livro. Roy se sentou ao lado dele. Meu Deus, como estava quente! Era bom ficar um pouco na sombra.

— Você ganhou? — perguntou Maier.

— Ganhei. Aquilo que você falou mais cedo...

— Sim?

— Aonde você queria chegar?

Maier fechou o livro, deixando-o sobre a mesa.

— Fico feliz que possamos conversar francamente. Já mencionei que todos nós precisamos garantir nosso futuro. Talvez haja uma maneira de você se ajudar nesse sentido.

— Como?

— Fazendo um serviço para o nosso país.

— Nosso país? Como assim, nosso país?

— Meu país, o país de Hessenthal, claro. Que outro país seria? O que estou sugerindo é do interesse de todos nós. Imagino que eu possa pular o preâmbulo sobre entendimento entre nações. Você tem acesso a informações que seriam valiosas para mim e para os meus camaradas. Se nos ajudar, pode ter a garantia de um lugar nos planos futuros, de maior grandeza. E pagaremos. Muito bem. Mesmo um Estado socialista pode pagar bem. "De cada qual, segundo sua capacidade; a cada qual, segundo suas necessidades." E vejo que suas necessidades são grandes.

Ele sorriu.

— De jeito nenhum. Vou denunciar isso ao lorde Stanbrook.

— Fique à vontade. Mas acho que não vai, não. Primeiro você vai pensar. Refletir sobre as consequências e os privilégios de que precisaria abrir mão. E tudo bem. Você tem tempo para pensar.

— Não preciso de tempo nenhum — respondeu Roy. — Sou um cidadão fiel à Inglaterra. Não quero ter nenhuma relação com nada disso, nem com você.

— É claro. Belo discurso. É seu direito. Uma resposta imediata, natural. Mas reflita um pouco. Sem dúvida nos veremos novamente. — Sorrindo, Maier se levantou, fazendo uma reverência quase imperceptível, à moda militar. — Até lá.

6

FOI NA TERÇA-FEIRA seguinte, mais cedo do que Roy imaginava, que seu caminho e o de Ernst Maier se cruzaram novamente.

Ele tinha retornado a Londres com lorde Stanbrook no dia anterior. Caminhando pelo St. James's Park, avistou-os encostados na grade, olhando para ele, sorrindo. Os dois levantaram o chapéu, mas ele fingiu não ver. Notou que os dois logo se puseram em movimento, com o intuito de interceptá-lo no cruzamento seguinte. Deu meia-volta para retornar ao clube.

Eles o alcançaram, ligeiramente ofegantes, ainda sorrindo. Maier estava com o mesmo paletó vagabundo pendurado nos ombros. Roy reconheceu o outro homem, embora não o visse havia mais de dez anos. Na ocasião, em Berlim, ele era um dos militares russos, o capitão Karovsky.

Roy não teve escolha a não ser parar.

— Você esqueceu alguma coisa? — perguntou Maier.

— O quê?

— Perguntei se você esqueceu alguma coisa. Deu meia-volta como se tivesse esquecido alguma coisa.

O outro homem abriu um sorriso, como se Maier tivesse contado uma piada impagável.

— Não. Quer dizer... Por que vocês estão me seguindo?

— Não estamos seguindo você. — Maier simulou uma fisionomia de inocência ferida. — Yuri e eu estávamos passeando nesse lindo parque quando, por acaso, você apareceu. Lembra do Yuri Ivanovich, não é?

O homem se pronunciou antes que Roy tivesse a chance de responder:

— Capitão Courtnay, não é? — Ele se deteve, soltando uma sonora risada. Algo o divertia profundamente. — Nós dois estávamos em Berlim na mesma época. Lembra?

Roy adotou um ar simpático.

— Puxa, é verdade! Outro contexto. Uniformes. — Ele estendeu a mão, que Karovsky apertou. — Você mora em Londres agora?

— Não, só estou visitando — respondeu Karovsky. — Penso muito naqueles dias que se seguiram à guerra. Nós fizemos parte da história, não é?

O inglês dele havia melhorado. Ou talvez sempre tivesse sido bom assim. Roy se lembrava do militar truculento exigindo traduções meticulosas dos intérpretes.

— Pois é — respondeu Roy. — Foram dias difíceis. Embora na época eu não achasse. Tudo aconteceu rápido demais. O que traz você a Londres?

— Ah, uma ou outra coisa — respondeu Karovsky, sorrindo. — Sempre penso no seu intérprete alemão e no que aconteceu com ele. Que coisa horrível! Qual era mesmo o nome dele?

— Hans Taub. É. Horrível.

— Já contei a você como foi, Ernst? — perguntou Karovsky, virando--se para Maier, que assentiu, mas Karovsky precisava seguir o roteiro ensaiado. — Um episódio macabro. Nosso amigo aqui e o colega dele iam prender um nazista. No nosso território. Enviei uma equipe para ajudá-los, mas deu tudo errado. O coitado do... Hans, não é? Acabou morrendo no tiroteio que se seguiu. Todos nós vimos muitas mortes na guerra. Mas a guerra já tinha acabado. Trágico. Era só um fascista maluco. — Ele balançou a cabeça, encarando Roy. — Você está mudado, capitão Courtnay. Não sei exatamente como, mas está. Ernst conversou com você no fim de semana, e você não se deixou convencer. Mas imagino que não tenha contado a ninguém...

Roy não disse nada.

— Foi o que pensei. Então talvez possamos discutir a ideia um pouco mais. Podemos oferecer a você todas as garantias necessárias...

— Não estou interessado — cortou-o Roy. — Já falei.

Ele começou a se afastar.

Karovsky elevou a voz.

— Podemos oferecer a você todas as garantias necessárias à sua segurança, e acho que você sabe do que estou falando. Ao passo que, se você preferir não nos dar ouvidos, essas garantias estarão suspensas.

Roy deu meia-volta e se dirigiu a Karovsky, o rosto vermelho, os punhos fechados.

— Você não me ouviu? Não preciso das suas garantias. Vou denunciar isso à polícia.

Uma mulher elegante de vestido vermelho voltou os olhos para eles e seguiu andando, apressando o passo. O rosto de Karovsky mantinha o sorriso tranquilo, mas Roy viu apreensão em seus olhos.

— Ora, ora — interveio Maier, o apaziguador.

Ele pôs a mão no braço do Roy, que a encarou até que ele a tirasse. Eles sabiam que, se quisesse, Roy podia matá-los como mataria dois pernilongos.

Karovsky havia recuperado a compostura.

— Veja bem, capitão Courtnay. Estamos no coração da civilização, no St. James's Park. Sou um diplomata russo, e seria lamentável se a polícia tivesse de investigar um funcionário do lorde Stanbrook que atacou alguém como eu. Quer dizer, lamentável para você. Haveria toda sorte de equívocos.

Roy se acalmou, dando-se conta de que os braços já estavam erguidos, prontos para agarrar o russo pela lapela do paletó.

— É melhor assim — disse Karovsky. — Só quero conversar. Tenho umas fotografias de Berlim que acho que você gostaria de ver. Por que não nos encontramos para um jantar à noite esta semana? Aí podemos resolver tudo com vinho e uma boa refeição. Posso garantir que é do seu interesse, capitão Courtnay.

— Não é do meu interesse, já falei várias vezes.

— Eu ouvi. Mas preciso frisar que, para o seu próprio bem, é melhor você aparecer. Olha, em vez de ficarmos discutindo aqui, tenho uma mesa reservada no Galbraith's amanhã à noite. Você gosta de peixe, não gosta? Ou era seu amigo Hans que gostava? Não me lembro. Sempre me confundo. Faz tanto tempo, a memória embota. A reserva é para sete pessoas. Nos vemos lá.

Sincronizados, os dois homens se puseram a andar em direção à saída mais próxima, sorrindo um para o outro, como se tivessem contado uma piada. Roy se manteve parado por um instante, então avançou na direção contrária. Havia esquecido completamente para onde estava indo. Virou-se e seguiu para o clube.

7

ELE NÃO FOI ao Galbraith's. Não teve mais notícias de Maier e Karovsky. E a casa não caiu. Quer dizer, não imediatamente.

Dois dias depois do confronto, Roy estava lendo o jornal na cozinha do lorde Stanbrook quando viu David Millward, assessor político de lorde Stanbrook, passar na porta. Millward voltou e apoiou-se na esquadria da porta, alisando a madeira.

— Bom dia, Roy — cumprimentou-o.

— Bom dia, David. Tudo bem?

Os dois tinham pouco em comum, mas gozavam da relação amistosa dos conhecidos. Roy não tinha nenhum interesse em política, e David parecia grato ao homem que mantinha o patrão longe de encrencas com o governo.

Millward abriu um sorriso radiante.

— Tudo ótimo. Só vim buscar uns documentos para o chefe. À tarde, vai ter debate sobre aquisição de armas.

— Ah, é? — perguntou Roy, voltando a atenção para o jornal.

— Na verdade — prosseguiu Millward, inusitadamente constrangido —, eu queria saber se você tem tempo para uma conversinha rápida.

— Sobre o quê?

— Ah, umas coisas.

Roy dobrou o jornal e deixou-o sobre a mesa.

— Talvez seja melhor no gabinete do chefe — propôs Millward. — Você sabe...

Eles subiram a escada.

— O tempo está maravilhoso.

— Está, sim — assentiu Roy.

— Mas está um pouco quente demais para Londres. Dá vontade de ir para o campo num dia assim.

— É verdade. Vamos para Burnsford no fim de semana.

— Sério?

Millward pareceu ficar incomodado.

Eles se acomodaram no gabinete, Roy se esparramando no sofá e Millward se sentando com a coluna ereta numa poltrona de couro.

— Então... — começou Millward. — É um pouco chato.

— O quê? — perguntou Roy, piscando os olhos devagar.

— O chefe foi contatado por uns caras que ganham a vida fazendo essas coisas... Na moita, sabe?

— Não sei.

— Espiões.

— Ah.

— Parece que eles andam seguindo um russo que está de visita em Londres. E, um dia desses, viram esse russo e um alemão conversando com você. No St. James's Park, para ser mais exato.

— Sério?

— Sério. O alemão é funcionário do conde von Hessenthal. Estava em Burnsford no fim de semana passado.

— É verdade. Ernst Maier.

— Isso mesmo. Você pode me dizer do que se tratou essa conversa?

— Nada de mais. Não simpatizo com o Maier. Ele e o amigo apenas esbarraram comigo no parque.

— Parece que vocês discutiram.

— É. Eu conhecia o russo do meu tempo de serviço militar, em Berlim. Ele queria retomar o contato. Eu não quis. Só isso.

— Entendi. Realmente, não parece ter sido nada de mais, do jeito que você fala. Mas temo que não tenha sido apenas isso. A questão é que... os espiões acham que teriam solicitado alguns serviços a você.

— Serviços? Que tipo de serviços?

— Qual é, Roy? Não é difícil imaginar. Você ocupa uma posição privilegiada. Para eles seria sem dúvida muito vantajoso suborná-lo.

— Não me subornaram. Dei fim à conversa. Os espiões podem garantir isso.

— Fico feliz em saber — respondeu Millward. — Muito feliz. Mas eles fazem questão de conversar com você.

O medo correu nas veias de Roy.

— Acho que prefiro...

— Todos nós preferiríamos. O chefe também não quer aqueles miseráveis se metendo nos negócios dele. Mas os caras são insistentes. É uma situação muito...

— Chata. Eu sei. Você já disse.

— Mas existe uma alternativa. O chefe conseguiu negociar outra possível solução.

— Qual?

Millward se inclinou para a frente.

— Não é o ideal. Mas o lorde conseguiu chegar a um acordo com esse pessoal: eles não levarão as investigações adiante se você deixar de trabalhar para ele, com a devida... discrição, digamos.

Ele abriu um sorriso breve, pelo prazer de ter encontrado uma palavra adequada.

— Prefiro continuar trabalhando para ele e arriscar — afirmou Roy, ríspido.

— Pois é... — As palavras saíram arrastadas. — Infelizmente, não consideramos essa uma opção. Nem os espiões. Sei que isso pode parecer um soco no estômago, mas chegamos a um impasse no que se refere à continuidade do seu trabalho com lorde Stanbrook.

— Vocês estão me demitindo?

— Lorde Stanbrook prefere pensar que está liberando você. Com muito pesar, evidentemente. Ele acredita ser o único jeito. Para o bem de todos e, principalmente, para o seu. Ele prefere não o fazer passar por tanta coisa para, no fim das contas, ter de demiti-lo de qualquer forma. E é claro que ele próprio precisa preservar uma imagem irrepreensível. Não pode chegar nem perto de qualquer coisa que cheire a espionagem. Tenho certeza de que você compreende. É horrível, mas não temos alternativa.

— Posso pelo menos falar com ele?

— Infelizmente, não. Ele está na Câmara agora, votando um projeto de lei.

Millward adotou uma fisionomia de lamento.

— E se eu me recusar a seguir tais... orientações?

— É claro que você tem todo o direito de fazer o que quiser. Eu só estava tentando oferecer uma solução mais... elegante, digamos. E que também atendesse aos seus interesses. Você tem completa liberdade para ignorar meu conselho. Mas não saberia prever as consequências.

— Então tudo bem para lorde Stanbrook se eu decidir continuar?

Millward abriu outro sorriso breve.

— Acho que já passamos desse ponto. Infelizmente, você precisa aceitar que seu emprego com o lorde acabou. Acho que no tribunal da opinião pública uma demissão nessas circunstâncias seria perfeitamente justificada, por causa do seu contato com esses homens. Mas espero que não cheguemos a esse ponto.

Roy refletiu, o rosto impassível.

— Certamente o lorde seria generoso — prosseguiu Millward —, considerando seu empenho em ajudá-lo. Já arranjou outra ocupação para você. Um velho jardineiro empregado pelo pai dele administra um horto numa cidadezinha linda de Norfolk. Você começa na segunda-feira.

— Não sei nada de jardinagem.

— O cargo é uma espécie de faz-tudo. Não é pesado. O salário é mais do que suficiente. E tem outra coisa.

— O quê?

— Lorde Stanbrook é muito grato por sua dedicação ao serviço. Por isso oferece uma indenização em reconhecimento à sua lealdade. Apenas um complemento. Fiz um cheque.

Com os dedos finos, ele tirou do bolso interno do paletó um cheque e o depositou sobre a mesinha de centro diante do sofá. Impassível, Roy se inclinou para a frente e o avaliou, sem tocá-lo.

— E quanto tempo eu teria? Quando precisaria partir?

Millward sorriu, sem alegria.

— Não podemos segurar os cachorros por muito tempo. Acho que seria ideal você ir embora antes que lorde Stanbrook volte para casa, à noite. Tomei a liberdade de comprar sua passagem na estação de Liverpool, para a tarde. — Ele tirou a passagem do bolso. — É claro que enviaremos seus pertences para o seu endereço, que está nesse papel, onde também se encontram as coordenadas para chegar ao horto do sr. Brown. Ele espera vê-lo na segunda-feira.

Ele deixou o papel datilografado e a passagem sobre a mesa, ao lado do cheque.

Roy o encarou com franca hostilidade, que o homem não notou ou preferiu ignorar.

— Ótimo — disse Millward, com um sorriso. — Acho que está tudo resolvido. — Ele estendeu a mão, mas Roy desviou os olhos nesse instante. — Preciso ir para a Câmara. Foi muito sensato da sua parte, Roy! Por favor, deixe a chave com o sr. Percival. Vou avisá-lo.

Ele se levantou e saiu.

Filhos da puta, pensou Roy. Todos eles! Filhos da puta. Mas pegou o cheque, a passagem e o papel com o endereço e as coordenadas para chegar ao horto e foi para o quarto, fazer as malas.

CAPÍTULO 11

Questões financeiras

1

VINCENT CHEGA com a fisionomia aflita, exalando preocupação. O terno M&S não revela nem opulência nem pobreza.

— Não vou subestimar sua inteligência, sra. McLeish — promete, depois das amenidades iniciais, começando seu roteiro.

— Betty.

Ele a encara por um instante, desorientado.

— Obrigado, Betty. Ouvi dizer que era professora universitária. Você ficaria surpresa de saber que grande parte do meu trabalho é explicar em detalhes para os clientes coisas que parecem óbvias para pessoas como você e eu. À exceção de clientes como o sr. Courtnay, é claro. Por isso não pretendo subestimar sua inteligência. Mas, por favor, fique à vontade para me interromper se tiver alguma dúvida. E o senhor também.

Vincent os encara com timidez, do outro lado da mesa.

— O nome dele é Stephen — observa Betty. — Pode nos chamar pelo nome. Assim ficamos mais à vontade. E talvez seja melhor me tratar como a cliente mais burra de todos os tempos. Sou completamente ignorante em questões financeiras.

Ela abre um sorriso.

— Pois bem. Normalmente, esta seria a hora em que eu explicaria meu papel como consultor financeiro autônomo e falaria das minhas responsabilidades legais. Depois entregaria a vocês um formulário e pediria que assinassem. Mas o sr. Courtnay disse que preferem dispensar essa parte.

Roy vinha estudando as mãos. Agora ergue os olhos, mas não diz nada.

— Exatamente. Roy confia em você. Acho que o blá-blá-blá burocrático não vai acrescentar nada.

— Tudo bem. Mas, se quiserem entender melhor como trabalharemos, agora é a hora. — Ele se detém, mas ninguém se manifesta. — Na verdade, seria o aconselhável.

— Por quê? — pergunta Stephen.

— Porque algumas opções de investimento que recomendarei não são tão... convencionais. Não se enquadram nos regulamentos britânicos, que ainda precisam se atualizar em relação aos desenvolvimentos do mercado. E também não se submetem à jurisdição da Financial Social Authority.

— Porque são ilegais?

— Não, senhor... digo, Stephen. De jeito nenhum. Eu não trabalharia com produtos ilícitos ou antiéticos. A questão é que tenho acesso a meios de investimento e instrumentos financeiros de ponta. A indústria ainda precisa se atualizar. É por isso que o retorno é muito mais alto do que teríamos normalmente.

— Mais alto quanto?

— É difícil ser exato, Betty. É claro que o valor dos investimentos pode flutuar. Mas, com os investimentos que vou sugerir, sem mexer neles por um período mínimo de cinco anos, calculo um retorno anual de quinze por cento na previsão mais pessimista, o que faria seu capital dobrar nesses cinco anos. Mas é muito provável que seu retorno anual seja de vinte e cinco a trinta por cento e que seus investimentos, nessas circunstâncias, quadrupliquem.

— Mas existe algum risco? — pergunta Betty.

— Existe risco em tudo — intervém Roy. — Até em atravessar a rua.

Vincent o encara por um instante.

— Existem riscos, sim. Mas há uma margem de tolerância. Evidentemente, não tenho bola de cristal, mas posso garantir que essa modalidade de investimento é a menos arriscada possível. É uma maneira prudente de economizar. Você gostaria de saber mais?

— Por favor.

— Você já deve ter ouvido falar na ascensão econômica dos países emergentes. Já deve ter ouvido falar do BRIC...

— Não.

— As economias do BRIC incluem o Brasil, a Rússia, a Índia e a China. Veja bem, não estou sugerindo que você invista nesses lugares. O Brasil sofreu com a recessão. O governo chinês está tentando conter o crescimento para diminuir as dívidas. A Rússia enfrenta a corrupção, além de questões políticas. A economia deles, no entanto, não ruiu. Longe disso. Ainda é possível ter bom retorno. Mas não como antes, e o risco aumentou muito. Por isso não recomendo. Estou me voltando cada vez mais para outros países.

— Que outros países?

— Turquia, Malásia e Indonésia. Nigéria, possivelmente. São economias emergentes. Em grande medida, por causa de três coisas: crescimento populacional, uma juventude ambiciosa e política econômica moderna. Agora, tem o seguinte: investir nesses países não é para amadores. Há problemas em cada um deles. A corrupção, por exemplo. É preciso trabalhar com muita cautela e discrição. Recomendei ao sr. Courtnay distribuir seus investimentos em todos esses países. Recomendei que ele botasse menos dinheiro na Nigéria, especificamente pela questão da corrupção e das fraudes. Vocês já devem ter ouvido falar dos golpes por carta e *e-mail*...

— Já.

— Muito bem. Por isso preciso novamente ressaltar que ajo com muita cautela. Um ponto que devo salientar é o sigilo profissional. Os produtos e investimentos que vou compartilhar com vocês não estão disponíveis ao grande público. As instituições com as quais trabalho são avessas à publicidade. Nada disso é antiético. A bem da verdade, estamos contribuindo para o crescimento das nações subdesenvolvidas. Mas é uma questão confidencial para esses países. Nunca é demais frisar isso.

Ele se detém, recostando-se na cadeira para deixá-los assimilar o que disse, antes de finalmente prosseguir:

— Dei uma olhada na sua relação de ativos. Sinceramente, acredito que você pode se beneficiar mais do seu patrimônio. E acho que posso oferecer algumas alternativas.

Betty abre um sorriso.

— Ótimo!

— É. Mas vou precisar passar um pente-fino nas suas finanças. Espero que você não considere isso invasivo demais.

— Claro que não, Vincent.

— Uma última coisa.

— Sim?

— Algo para você pensar. E o Sr. Courtnay também. Existe uma maneira de diminuir as despesas operacionais e otimizar o investimento. Se você e o sr. Courtnay criarem um portfólio conjunto, podemos reduzir as despesas iniciais, taxas de transação e custos administrativos. Eles podem ser altos.

— Entendo — responde Betty.

— Como eu disse, é algo a se pensar. Minha recomendação de investimento continuaria sendo a mesma. Esse é apenas mais um ponto a ser levado em consideração quando tomar sua decisão final. Pode escolher investir junto ou separado. A decisão é sua. Agora eu gostaria de repassar algumas questões. Por favor, me interrompa caso algo não fique claro.

2

— NÃO SEI — murmura Stephen.

— Nem eu — acrescenta Betty.

— Você nunca se envolveu em questões financeiras — observa Roy. — É natural que fique um pouco apreensiva.

Vincent se foi. Estão todos lendo os prospectos e folhetos que ele deixou.

— A pessoa fica meio desnorteada — considera Betty.

— Fica, sim — concorda Stephen.

— Você confia no Vincent, não confia, Roy? — pergunta Betty.

— Muito. Até onde dá para confiar em alguém. Também não sou nenhum idiota.

— Não.

— É muito difícil, eu sei. Mas o Vincent nunca me decepcionou. É prudente. Divide os investimentos entre opções seguras e especulativas. Talvez o retorno não seja tão incrível quanto outros, mas pelo menos não estamos botando todo o nosso dinheiro para jogo.

— Embora a sensação seja exatamente essa — objeta Stephen.

Roy olha para ele de esguelha, mas a voz traz outra entonação.

— Você tem razão. É exatamente assim que nos sentimos. Mas é tudo muito científico. Vincent já me deu uma explicação enfadonha sobre algoritmos e programas de computador. Ele sabe o que está fazendo.

— Não era isso que os banqueiros diziam antes do colapso financeiro?

Roy suspira.

— Fique sabendo que Vincent e seus clientes saíram muito bem do colapso financeiro. Ele trabalha isoladamente, estuda muito, tira suas próprias conclusões.

— Isso quer dizer que ele não segue os critérios ortodoxos. Isso, por si só, já me parece arriscado.

— Talvez você devesse dar espaço à sua avó, deixar ela própria tomar uma decisão.

— Não — protesta Betty. — Quero saber a opinião de Stephen. Na verdade, se eu decidir ir adiante com isso, quero que Stephen participe de tudo. Quero que ele leia todos os prospectos. Que use sua mente jovem para detectar as questões que a minha mente velha, porventura, deixe escapar.

— Claro, Betty. Não era minha intenção...

— Não, claro que não. Não tem importância. Mas Stephen precisa participar. O que você acha, querido?

— Tenho um pouco de receio. Sem dúvida, Vincent é bom no que faz, e Roy tem motivos para confiar nele. Mas você já vive muito bem sem isso, não vive?

— Claro. Mas dinheiro nunca é demais. E eu gostaria de deixar algo mais substancial para você, sua irmã e seus pais, além de poder contribuir para boas causas.

— Nós não queremos. Não temos nenhum interesse. Afinal, é só dinheiro.

— Só dinheiro, ora! — Isso parece escapar da boca de Roy. — Diz o rapaz a quem dinheiro nunca faltou.

— Exatamente — concorda Betty. — Entendo suas reservas, Stephen, mas estou disposta a prosseguir. Vou pensar mais durante a noite. Mas, a menos que eu mude de ideia da noite para o dia, vou aceitar a proposta de Vincent. Leia os prospectos e os formulários, por favor, e veja se não estou assinando nenhuma besteira.

Ela se levanta para ligar a chaleira.

— Vamos tomar um chá? — oferece, animada.

Roy abre um sorriso dissimulado para Stephen, que apenas o observa, indiferente.

3

A CASA está sossegada, finalmente. Stephen se foi, e Betty preparou um sanduíche leve para o jantar. Os dois já não conseguem fazer uma refeição completa à noite.

— Stephen tem razão — observa Roy. — Ele está preocupado. Deve dar muito orgulho ter um neto que se importa tanto com você.

Ela serve o chá.

— Sim, é verdade. Mas já tomei minha decisão.

— Achei que você precisava de mais tempo para pensar.

— Falei aquilo por causa do Stephen. O que Vincent disse faz todo o sentido.

— Que bom! Não seria bom para você passar a noite inteira remoendo o assunto. Depois precisamos discutir essa história de portfólio conjunto.

— Parece fazer sentido, você não acha?

— Ah, sim. Parece mesmo.

— Mas preciso estar muito certa disso antes de fazer qualquer coisa.

— Claro. Tem mais uma coisa sobre a qual eu gostaria de conversar com você.

— O quê?

— Creio que seja um bom momento, já que vamos embarcar nessa juntos. Acho que é hora de consolidar ainda mais a nossa relação.

— Como assim? — Betty parece surpresa.

— Não vou pedir você em casamento, se é isso que está temendo — ressalvou ele, com um sorriso. — Acho que já estamos velhos demais para isso. Não, eu estava pensando que poderíamos fazer como esses jovens de hoje e nos permitir uma loucura.

— Que tipo de loucura?

— Pensei em dividirmos o quarto de casal. Afinal, seria bom um pouco de calor humano agora que já avistamos a linha de chegada. Sinto muita falta disso à noite. Ouvir a respiração de outra pessoa quando não conseguimos dormir. É reconfortante. Parece que está tudo bem no mundo.

Betty fica visivelmente apavorada com a ideia.

— Ah, não, não é isso! — exclama ele. — Meu Deus! Não é nada disso. Para mim, o sexo morreu faz tempo. Nem ereção tenho mais. Desculpe a indelicadeza. É só que me sinto sozinho às vezes. Você também deve se sentir. Poderíamos ajudar um ao outro nesse sentido. Ficar abraçadinhos na cama de vez em quando, só isso.

— É uma ideia adorável — começa ela. — Mas, quando você veio morar aqui, combinamos que nossa relação seria apenas de companheirismo, não romance.

— É verdade. Mas já não somos os mesmos. Agora tenho carinho por você. Você não sente nada?

— A questão não é essa, Roy. A questão é que... É o Alasdair.

— Sei que você gostava muito dele.

— Muito. Desculpe. Ainda guardo um sentimento de fidelidade a ele. Chega a ser absurdo.

— Não é nem um pouco absurdo, Betty. É invejável.

— Eu não conseguiria, Roy. Para mim, seria uma espécie de traição.

— Você não precisa se explicar. Eu compreendo. Está tudo bem.

Ela abre um sorriso.

— E, de qualquer forma, duvido de que você me aguentaria roncando.

— Não acredito que você ronca, Betty. Logo você?! Jamais imaginaria.

— Pode acreditar. Ronco muito. E há bastante tempo. Comecei quando eu tinha cinquenta anos.

— Então tive a sorte de escapar dessa. Amigos?

Eles sorriem um para o outro.

— Sim, mas é claro. Roy?

— O quê?

— Você nunca diz a palavra "amor", não é?

— E alguém diz? Na vida real? Da nossa geração, ao menos? Os homens da nossa geração?

— Não sei. Mas você não diz. Nem quando fala do passado, nem quando fala da gente.

— Você gostaria que eu dissesse? Isso deixaria você mais feliz? Porque posso tentar, se quiser. Eu acharia estranho, mas posso fazer um esforço. Porque sua felicidade é de extrema importância para mim. Você se tornou uma pessoa muito querida para mim. Quer que eu fale de amor?

Ela sorri.

— Não, não foi isso que eu quis dizer. Foi apenas algo que me ocorreu. Eu não me sentiria bem obrigando você a fazer algo contra a sua vontade. E, afinal, é bem o jeito inglês, não é? Não falar dessas coisas. Falamos de ternura e afeto porque não tem perigo.

— Tudo bem, então. Mas, se quiser que eu diga que te amo, Betty, farei isso de bom grado.

— Obrigada, Roy, mas não precisa. Realmente não foi isso que eu quis dizer.

Ele fica aliviado. A proposta de levar a relação para além do companheirismo, por mais espúria que fosse, acabou vindo a calhar. É até melhor que ela tenha recusado. Ele agora não precisa pensar nisso, pelo menos por enquanto.

CAPÍTULO 12

Maio de 1946
O âmago das coisas

1

BERLIM. TUDO GIRAVA em torno dessa cidade. Os seis meses em Viena foram divertidos, na falta de palavra melhor, mas àquela altura ninguém mais queria continuar a caça aos vermes que trabalharam nos campos nazistas. O momento era de imediata reconciliação e reconstrução — quer dizer, a mais imediata possível quando se tratava da gente russa. As potências ocidentais agora acreditavam que os russos recuariam, mantendo Praga e Budapeste sob seu domínio. Já não eram necessárias figuras como Roy Courtnay e seu intérprete, Hans Taub, alimentando conflitos com sua obstinação.

Eles haviam sido designados para Hanover, território da Alemanha ocupado pelos ingleses, um lugar ermo. Trabalhavam num escritório pequeno, em frente à principal estação de trem. Hanover, assim como a maior parte do país, estava em ruína. Mas era uma cidade provinciana, tranquila, e eles trabalhavam com pouca interferência superior, conseguindo ajuda de outras unidades militares pela simples força da palavra. O capitão Courtnay era persuasivo, e o soldado alemão estava sempre disposto, agora que a guerra acabara e chegara a hora de pôr as coisas em ordem, sobretudo quando se tratava de caçar os maus elementos.

Os superiores de Courtnay estavam pouco interessados nas atividades dele. Tinham assuntos mais urgentes e uma carreira militar a cultivar no pós-guerra. Oficialmente, Courtnay ficava sob a supervisão de um major, mas se mantinha longe da sede sempre que podia. Tinha uma equipe de cinco integrantes: o secretário, três escriturários e o intérprete alemão, Taub. Hans Taub e ele formavam uma dupla imbatível. Simpatizaram de cara, assim que Taub chegou de Londres.

Eram fisicamente parecidos: altos, loiros, imponentes. Taub exalava segurança. Não tivera os benefícios da criação no campo ou o condicionamento de uma modesta escola pública projetada para instilar o sentimento de inferioridade. Não era inglês de nascença, foi poupado da vida de concessões, inépcia e constrangimento. Talvez nem todos os ingleses fossem como Roy — nem tampouco todos os alemães fossem como Taub —, mas ele achava a falta de modéstia de Hans revigorante. Taub, filho de um jornalista que fugiu da Alemanha e cometeu suicídio e de uma dona de casa executada em 1939, exalava segurança quando poderia muito bem viver dominado pela tristeza.

Roy via nele algo que estava oculto, mas ao mesmo tempo presente: uma confiança que volta e meia se manifestava em seus gestos, seu entusiasmo, suas opiniões. Ele agora teria espaço para expressá-la. As atitudes de Hans eram suficientes para fazer com que as frustrações de Roy parecessem caprichos desnecessariamente complexos.

Em geral, os dois saíam juntos para fazer interrogatórios. Se houvesse alguma detenção à vista, a polícia militar fornecia uma equipe de homens truculentos para ajudá-los no trabalho sujo.

Ele fazia pouco mais do que empurrar o trabalho com a barriga. Aquilo não o desafiava, nem servia para um bem maior, pelo que ele observava. A maior parte do serviço era realizada dentro dos limites da região. A maioria dos soldados dos campos não tinha ido longe. Eram capturados como coelhos encurralados em cidadezinhas ao redor de Celle. Em geral, os compatriotas ficavam mais do que satisfeitos em entregá-los. As pessoas que realmente importavam já haviam sido presas ou tinham fugido havia muito tempo. A desnazificação se tornara um mero processo no qual poucos acreditavam. Era um meio de voltar à normalidade — o que quer que isso significasse depois de todos aqueles anos de caos e sofrimento. Tornou-se uma espécie de linha de produção: identificar, localizar, deter, julgar, desnazificar, prender ou soltar.

De vez em quando, precisavam ir às zonas americana e francesa para realizar os interrogatórios, mas não além da divisória do Harz, em direção à zona russa. Lidar com o Exército Vermelho era problemático demais para valer a pena. Intencional ou acidentalmente, eles eram desorganizados e pouco afeitos a colaborar.

Roy e Hans trabalhavam para valer e se divertiam para valer, entregando-se à noite hedonista e moralmente questionável de uma cidade desordenada, fugindo do sofrimento e da tristeza. Não que a Hanover de 1946 tivesse muito a oferecer.

Já Berlim... isso, sim, era novidade! A perseguição ao ex-administrador de Bergen-Belsen, Klaus Müller, os levara até lá. O berlinense Müller mudou para Celle quando se casou, em 1937, mas agora evidentemente achava que sua cidade natal era um lugar mais seguro para se esconder. Em vez de passar a investigação para as autoridades inglesas em Berlim, Roy conseguiu de seu chefe a autorização para que fossem à cidade. Para Roy, era a oportunidade perfeita para fazer novamente algo que considerasse importante. Não queria promoção, queria fazer o bem. Logo voltaria a Oxford para retomar os estudos eclesiásticos antes de assumir uma paróquia em Dorset, perto da família. Ou não?

A guerra o havia transformado, assim como transformara milhões de outras pessoas.

Estaria mentindo se dissesse que a guerra o havia barbarizado. Sua fé permanecia intacta. Sua índole continuava pacifista, embora as situações exigissem constantemente que ele tivesse uma conduta oposta. Na Holanda, em 1944, ele fizera parte da fronte de batalha, expondo-se ao mesmo perigo que seus homens, que o respeitavam por isso. Sempre fez questão de mostrar compaixão pelos soldados alemães que encontrava nos prédios em ruínas; mesmo quando, minutos antes, matavam e feriam os próprios homens. Mas o que a guerra mostrou a Roy foi a capacidade do ser humano para a maldade, independentemente de uniforme, patente ou classe social.

Era nisso que pensava quando escrevia seus pequenos poemas, que se mostravam cada vez mais pessimistas. Os escriturários implicavam quando ele materlava as teclas da máquina de escrever durante o intervalo do almoço.

— *Guerra e paz* — brincavam.

Mas ele adorava a máquina. Ela conferia uma ideia de rigor que seus garranchos jamais transmitiriam, mesmo nas cartas para a família, que ele não suportava escrever à mão, outra coisa que divertia sua equipe.

À medida que escrevia fielmente as cartas semanais, tinha cada vez menos a dizer. Era cada vez menor a parte dele que conseguia se conectar à família. Não sabia se ainda podia desejar uma vida no campo, se isso comportaria sua nova visão de mundo.

2

A CASA que eles estavam procurando ficava na Marsiliusstrasse, perto da estação Jannowitzbrücke e do rio Spree, entrando no setor russo. Eles consideraram uma breve incursão secreta para capturar o homem, mas isso implicaria atravessar o setor americano, e os americanos deixaram claro que não podiam se dar ao luxo de comprometer ainda mais aquela relação, já tão abalada, por tão pouco. Decidiram tentar a sorte no Conselho de Controle Aliado, em Schöneberg, ao sul do setor americano, onde as forças de ocupação administravam as questões que cruzavam a fronteira física delas.

Passaram dois dias no local, impotentes, fumando, esperando os burocratas discutirem a solicitação. Não havia precedente: no começo, os russos queriam Müller, depois reconheceram que, como os crimes haviam todos sido cometidos no que agora era a zona inglesa, e os ingleses tinham todas as provas, era preciso ceder. Os ingleses, com a máxima educação possível, deixaram claro que não forneceriam o resultado de suas investigações a um processo judicial russo. Os russos questionaram se era absolutamente necessário um processo judicial. Os ingleses e os americanos se indignaram. Então os russos chegaram à conclusão de que, no fim das contas, Herr Müller era café-pequeno.

Tudo era muito mais simples em Viena, embora também houvesse disputas. Pelo menos, se a pessoa fosse insistente, havia a chance de, no fim, a razão prevalecer. E era evidente que os soviéticos não estavam de fato interessados. Mas Berlim era importante para eles. Embora estivessem dispostos a deixar Viena retornar a seu estado de impassibilidade original, o preço, ao menos tacitamente, era Berlim. Logo, toda batalha ali era de morte, e quase não havia espaço para o pensamento racional.

Por fim, chegou-se a um acordo. Os russos autorizariam a detenção realizada pelos ingleses, mas não permitiriam uma equipe de reforço armada em seu setor. Barnes, o major designado para o caso, já os havia alertado para essa possibilidade e seus perigos.

— A língua é o menor dos problemas. Os russos são desorganizados. Não existe disciplina hierárquica. Eles odeiam militares e estrangeiros. Não vão proteger você nem seu intérprete.

Roy encolheu os ombros.

— Obrigado por se preocupar, senhor, mas é uma operação de rotina. Já fizemos isso muitas vezes. — Ele também não estava preocupado com o fato de os russos não permitirem que eles usassem uniformes ou portassem armas. — Não há nenhum motivo para supor que Müller esteja armado, e quero agir com o máximo de discrição possível. Vamos prendê-lo antes que ele tenha tempo de se dar conta do que está acontecendo. Não quero uma tropa invadindo o local.

— Então é por sua conta e risco — respondeu Barnes, antes de assinar os documentos necessários e lavar as mãos da operação.

Portanto ali estavam eles, sentados no escritório lúgubre próximo à Alexanderplatz, esperando Karovsky, o irascível capitão do Exército Vermelho, autorizar o plano. Karovsky fumava um de seus cigarros de palha russos, de cheiro forte, depois de ter recusado o cigarro americano de Roy. Recostou-se na cadeira e novamente analisou o mandado do Conselho de Controle, como se achasse que o conteúdo podia mudar na terceira leitura.

— Inteligência Militar Britânica — leu, com sotaque carregado, soltando uma risada. Ele chamou seu intérprete, que se aproximou da mesa. Por intermédio dele, disse, sorrindo: — Gosto de vocês. São um povo estranho, mas gosto de vocês. Somos seus inimigos. Vocês já tiveram um império. Gostam de fingir que ainda são importantes. Liberamos Berlim, e agora vocês querem entrar no meu território para fazer uma das suas detenções insignificantes.

— Não são insignificantes — respondeu Roy, com o mesmo tom de voz. — O homem que estamos tentando prender era administrador de Bergen-Belsen.

Depois do tempo exigido para a tradução, Karovsky desconsiderou a declaração de Roy, balançando a cabeça.

— A Alemanha está cheia de criminosos de guerra, de maior e menor importância. Talvez todos os alemães que se recusam a aceitar os crimes do país sejam criminosos. Não sei. Por que eu deveria ajudar vocês?

Ele abriu as mãos, num gesto de ignorância.

— Talvez porque o senhor tenha à sua frente um mandado do Conselho de Controle.

Karovsky sorriu outra vez.

— Você esteve em Viena, não esteve? — Ele estava evidentemente preparado para o encontro, apesar da aparente casualidade. — É, fiquei sabendo que está tudo às mil maravilhas lá. Estão restaurando a ordem rápido, para que os austríacos possam voltar para sua gloriosa ignorância, suas valsas e *sachertortes*. A relação entre as potências é formidável. — Ele soltou outra risada, sarcástico. — Mas Berlim é um lugar diferente. Para Viena, já não ligamos muito. Mas não pense que você tem liberdade absoluta em Berlim. O Conselho de Controle faz exigências absurdas diariamente, as quais ignoro quando acho apropriado. Com total apoio dos meus superiores. Portanto, a realização da sua operação insignificante depende de mim. E não desse papel.

Ele jogou o mandado na mesa, aguardou a tradução e sorriu outra vez. Roy olhou rapidamente para Hans.

— Bem, se essa é sua palavra final...

— Eu não disse que não. Mas, se você for de fato levar a cabo a operação, será sob minhas condições. Sem uniforme britânico. E quero eu mesmo interrogar o prisioneiro. Para me certificar de que vocês, ingleses, não estão nos enganando. De novo.

— Tudo bem — assentiu Roy. — Contanto que eu esteja presente. Se o senhor nos permitir fazer apenas o reconhecimento do local hoje, talvez possamos discutir a operação amanhã. Não precisamos da sua ajuda. Vamos dar apenas uma olhada no local, de fora.

— Você acha que não precisa da nossa ajuda. Mas faço questão. Leve três homens. Eles manterão distância. Vocês não estão armados, estão?

— Não. Quer nos revistar? — perguntou Roy, reagindo com indiferença à fisionomia cética do outro.

Um risco calculado: a revista de um militar inglês geraria alvoroço no Conselho de Controle, e ambos sabiam disso.

— Não. Obrigado.

3

O FRIO era uma dádiva: oferecia um pretexto para os sobretudos, com seus bolsos amplos, que traziam contrabando para facilitar o caminho planejado e uma arma ilícita, para o caso de as coisas fugirem ao controle. Os ternos eram ridículos. Haviam sido fornecidos pelos russos, sem dúvida saqueados de alguma alfaiataria de quinta. De trem, Courtnay e Taub saíram de Hanover vestindo uniforme e levando apenas casaco, produtos de higiene pessoal e uma muda de roupa íntima. Os ternos eram pequenos demais, andavam gingando em razão do aperto nas coxas, e os botões do paletó mal se mantinham fechados. Pareciam palhaços. Roy desconfiava de que Karovsky os obrigasse a esse ultraje por diversão. Por ter maior grau de instrução, ele pelo menos havia ficado com o terno de sarja azul. O risca de giz de Hans era uns dez centímetros mais curto e mostrava as botas, causando um efeito medonho. Era uma visão absurda, mas o cômico passava despercebido em meio à devastação da cidade. Estavam aliviados por ter pelo menos encontrado chapéus que combinassem — mais ou menos. E podiam agora fingir que eram policiais civis.

Pararam diante da catedral — quase destruída, a cúpula só o esqueleto — e olharam para o Spree, no qual boiavam os destroços, e uma espuma cinzenta se formava nas margens. Desceram a Unter den Linden, passando por montes de escombros que eram diligentemente removidos por operários alemães vestindo farrapos. As tropas russas conversavam e fumavam. Imensas bandeiras com o martelo e a foice se agitavam em meio à ruína dos prédios imponentes que ladeavam a outrora magnânima avenida. Não havia sinal das tílias.

Taub se mostrava aflito.

— Esta era a minha cidade — comentou. — Olhe o que esses desgraçados fizeram com ela. As pessoas costumavam passear nessa rua antes de tudo isso acontecer. Quer dizer, para ser sincero, o país está em crise desde que me entendo por gente. Socialistas e fascistas. Manifestações e discursos. Levantes e sabotagens. Prosperidade e colapso. Riqueza e pobreza. Conflito sempre teve. Ou talvez eu estivesse sujeito a tudo isso por causa da minha família.

— Seu pai era envolvido em política?

— Não exatamente. Os dois eram engajados. — A última palavra foi pronunciada com amargor. — Mas meu pai me levava para todo lado. Política. O resultado é esse.

— Talvez no futuro se torne um lugar mais tranquilo.

— É melhor não contar com isso. Os russos e as potências ocidentais vão brigar por essa cidade e pelo meu país para sempre.

Não se esperava tal veemência de Hans Taub.

— Temos trabalho pela frente — lembrou Roy.

— Claro — respondeu Taub, espantando os pensamentos ruins. — E tenho planos para hoje à noite. Poderíamos voltar àquela boate...

Nas circunstâncias, era o que dava para fazer. Manter distante o horror se divertindo freneticamente e dando pouca importância às consequências.

Os dois estavam se aproximando do Portão de Brandemburgo, onde um retrato imenso do "Tio Joe Stalin", cobrindo a maior parte da estrutura de colunas, sorria para eles. Entraram na Wilhelmstrasse e seguiram até a Voss-Strasse para ver a torrezinha cônica que marcara os últimos dias daquele pesadelo. Foi lá que, supostamente, os corpos foram queimados. A área era vigiada por soldados russos exaltados, que se aproximaram de repente e começaram a empurrar

Hans. Roy imediatamente tirou os documentos do bolso, e a situação se apaziguou um pouco. Eles tomaram o caminho de volta à Alexanderplatz para encontrar os homens que os acompanhariam, discutindo o plano tático.

— A menos que a gente tenha muita sorte, essa tropa que vão nos oferecer vai ser inútil — disse Roy. — Vai terminar nos enrascando em vez de ajudar. Vamos tentar nos livrar dela o mais rápido possível. Ou pelo menos garantir que eles não vão se meter. Você conseguiria fazer isso?

— Se eu encontrar pelo menos um que arranhe alemão ou inglês — considerou Hans.

— Ótimo. Sabemos que esse Müller passa o dia na rua.

— Foi o que a esposa falou. Ela recebe cartas dele toda semana, e é o que ele diz. Os russos não sabem nada sobre ele?

— Os russos não têm nenhum registro dele nem do dono do apartamento onde ele vive. Não têm nada. Ou pelo menos é o que alegam. Vamos dar uma olhada no apartamento e começar a partir daí.

4

COMO ROY imaginara, os soldados russos designados para acompanhá-los eram intratáveis. Com dificuldade, Hans conseguiu se comunicar com o cabo, e um grupo atabalhoado de cinco homens partiu em direção ao endereço.

Hans pegou o maço no bolso do sobretudo e deu um cigarro a cada soldado, e ao cabo, dois, antes de deixá-los na esquina da Blumenstrasse e começar a debochar e ofender os ingleses.

O prédio não estava menos acabado que os outros da rua. Isso não dizia muita coisa.

Klaus Müller havia convencido um amigo do tempo de escola, Franz König, a lhe emprestar um quarto. König era garçom e trabalhava principalmente à noite. Müller conseguiu emprego no Ministério de Construção das autoridades russas usando nome falso. Os dois ficaram sabendo de tudo isso pela mulher de Müller, que se mostrou bastante disposta a colaborar diante da possibilidade de ser presa por ajudar na fuga de um criminoso.

Eles passaram na frente do prédio, mas não havia nada incomum. A tranca do portão estava arrombada, então decidiram entrar. O apartamento que procuravam ficava no primeiro andar. Sentiram um fedor de comida estragada, ou coisa pior, quando se puseram a subir a escada. Antes da guerra, aquele decerto fora um prédio requintado. A escada era larga, o corrimão floreado. Agora, entretanto, ostentava os evidentes sinais da pilhagem promovida pelos russos menos de um ano antes, que varrera a área como uma praga. As portas dos apartamentos estavam destruídas. Cada passo erguia nuvens de poeira.

Por fim, encontraram um pedaço de papel pregado de qualquer jeito numa porta. Letras de forma anunciavam que aquele era o apartamento de König.

Roy encarou Hans, que ergueu as sobrancelhas.

— Agora que já estamos aqui, vamos até o fim — sussurrou Roy.

Eles já sabiam como proceder. No começo, apenas Hans falava, para dar a impressão de que eles eram policiais alemães. Em geral, isso lhes garantia acesso e deixava a pessoa mais à vontade. Os dois haviam conseguido carteiras policiais bastante realistas em Berlim. Depois, num momento mais apropriado, apresentavam-se mais devidamente.

Ao sinal de Roy, Hans bateu à porta. Fez-se silêncio, então ouviram passos no interior do apartamento. Pouco tempo depois, um homem de meia-idade com grandes marcas de calvície surgia pela porta entreaberta.

— Herr König? — perguntou Hans.

Fitaram-se por alguns instantes, os olhos de König arregalados.

— Sim — respondeu, hesitante, quando finalmente assimilou a pergunta. — Em que posso ajudar os senhores?

— É apenas uma abordagem de rotina — tranquilizou-o Hans, com um sorriso, mostrando a carteira policial. — Perdoe o incômodo.

O homem voltou os olhos para Roy, que ergueu o chapéu em saudação, arrependendo-se no ato. Ele e Hans já haviam discutido isso. "Não sei explicar", dissera Hans, "mas um alemão jamais faria isso. É como se você estivesse dizendo com todas as letras que é inglês". Faça apenas um gesto com a cabeça, se necessário. Mas o reflexo foi mais forte. König não pareceu reter a informação.

— Podemos entrar, por gentileza, Herr König? — pediu Hans.

— Claro — respondeu o homem, às pressas. — Desculpem. Estou distraído.

König abriu a porta, e eles entraram no apartamento decrépito. O extenso corredor dava para o que parecia ter sido outrora uma imponente sala de estar, mas que fora impiedosamente saqueada. Cornijas de gesso pendiam perigosamente do teto. Faltavam tábuas no chão, que também não tinha carpete. Os móveis estavam amontoados num canto: dois sofás e uma coleção aleatória de cadeiras. Tudo coberto por uma espessa camada de poeira.

König estava apenas de camisa, a barba por fazer, os olhos turvos de uma noite de bebedeira. Pelo cheiro de suor velho, não devia tomar banho havia algum tempo. Seu olhar suplicava, como se estivesse perdido.

— É sobre um hóspede seu — anunciou Hans.

— Hóspede? — perguntou König.

— Isso. Klaus Müller?

— Ah. Klaus. É um amigo meu do tempo de escola. Está passando uns dias comigo. Mas no momento não está aqui.

— Estamos cientes. Ele está no trabalho?

— Não sei onde ele trabalha — observou König.

— É claro que não sabe — respondeu Hans. — Mas não tem importância. Ele já deve estar chegando, imagino?

— Como vou saber? Não sou a mãe dele. Mas, não. Acho que não.

— Não importa. Era com o senhor mesmo que queríamos falar. — Hans pegou um bloco de notas. — Podemos começar com uma ou duas perguntas sobre o senhor? O senhor é garçom?

— Sou. No Zum Goldenen Bären, na Karl-Liebknecht-Strasse.

— O senhor tem antecedentes criminais?

— Vocês deveriam saber disso.

— Sabemos. Mas faça o favor.

— Não, não tenho.

— Nenhum envolvimento com o nacional-socialismo? Não prestou nenhum serviço para o partido? Ou ocupou algum cargo no regime nacional-socialista?

— De jeito nenhum. Aqueles desgraçados...

— Sei — cortou-o Hans. — Parece que ninguém jamais os apoiou. É incrível que tenham chegado ao poder.

Houve uma pausa.

— Café, senhores? — ofereceu König. — Infelizmente, não tenho nenhum grão original.

Hans abrandou o tom:

— Talvez eu possa ajudar você. — Tirou do bolso um saquinho de café e deu a König, que o levou ao nariz para sentir o aroma, com evidente prazer. — Pode ser que tenha mais no bolso. Depende de como vai ser isso aqui.

Roy o encarou.

— E, enquanto o senhor prepara o café, será que podemos dar uma olhada no quarto de Herr Müller?

— Claro. Por aqui.

Eles foram conduzidos a um quarto escuro e abafado. Roy mexeu no interruptor. Não havia eletricidade. Abriu a cortina pesada, deixando entrar a luz do sol pela vidraça encardida. Partículas de poeira pairavam no ar como se estivessem congeladas no tempo. A cama estava desarrumada, o lençol embolado, imundo. Havia uma pequena mala aberta ao pé da cama.

— Excelente — disse Hans, e o homem se retirou para a cozinha com o saquinho de café.

Fazia calor no quarto. Roy e Hans tiraram os sobretudos, empilhando-os numa cadeira, e avaliaram a missão que tinham pela frente. Havia pouco a vasculhar. Os armários tinham sido roubados. Bastaria uma olhada rápida na mala, embaixo do colchão e embaixo da própria cama. O tinido de uma panela irrompe da cozinha.

— Vá fazer companhia ao nosso amigo — sugeriu Roy. — E continue botando pressão. Isso aqui não vai demorar. Amanhã voltamos com nossos colegas.

Hans saiu do quarto, e Roy deu início à busca de última hora. Como imaginavam, não havia nenhuma arma. Não haveria nada concreto ali. Nenhuma pista. Afinal, não havia mistério. Era pegar o homem e voltar para a base. Depois voltar para Hanover, quando Müller fosse autuado. O que seria deprimente. Onde Taub se metera com König?

Roy ouviu um prato se quebrar e se pôs de pé, alerta. Agindo o mais rápida e silenciosamente possível, tirou o Webley do bolso do paletó ao deixar o quarto. Avançou pelo corredor, vendo a luz da cozinha pela porta aberta. Ao se aproximar, deparou com um par de olhos a encará-lo, enfurecidos, temerosos.

— Venha, inglês — ordenou König. — Devagar. Sempre devagar.

Roy via Taub ajoelhado diante do homem, voltado para a porta. König estava sentado numa cadeira, mantendo o braço enlaçado no pescoço de Taub, a ponta de uma faca próxima à garganta.

— Devagar — repetiu.

König então falou algo em alemão, que Hans traduziu prontamente, ofegante.

— Ele mandou você entrar na cozinha ou vai cortar meu pescoço.

Com cautela, Roy obedeceu, mantendo o revólver apontado na direção da cadeira. Não havia como atirar. Ele poderia matar Taub ou errar completamente.

— Ah — disse, com o máximo de casualidade possível. — Entendi. Você que é o Müller.

O homem não respondeu. Sussurrou algo, que Hans traduziu.

— Ele mandou você colocar a arma no chão.

— Tudo bem. Vou fazer isso. Calma. Não queremos nenhum acidente.

Ele se ajoelhou, deixando a arma no piso arranhado.

— A trava de segurança está acionada — avisou, e Taub traduziu.

Müller disse algo novamente, um murmúrio ininteligível. Os olhos, arregalados e nervosos, revelavam pânico. A situação é delicada, pensou Roy.

— Ele mandou você jogar o revólver para cá. E sair da cozinha.

— Tudo bem.

Ele olhou nos olhos de Taub, que retribuiu o olhar. A mensagem de anuência era evidente.

— Tudo bem. Vou empurrar a arma com a sola do pé. Devagar.

Taub traduziu as palavras, e Roy pisou na Webley, empurrando-a com força calculada para que não chegasse a Müller. Os três observaram a arma deslizar pelo chão. Ela chegou à metade do caminho entre eles.

— Ah! — exclamou. — Não deu muito certo. Quer que eu empurre mais?

Ele dirigiu a pergunta a Müller. E ficou de olho nele enquanto Taub traduzia.

— Não — respondeu, irritado. — Saia.

Roy deu meia-volta e se retirou da cozinha, espiando pelo batente da porta. Müller evidentemente avaliava suas opções, todas arriscadas. Agachar-se para pegar a arma enquanto mantinha a faca no pescoço de Taub seria difícil. Tentar sair do apartamento sem a arma era um perigo ainda maior. Matar Taub com a faca antes de pegar a arma teria consequências imprevisíveis.

O universo se restringia aos acontecimentos seguintes. A vida dos três dependia desse momento. Para Roy, era como se o tempo tivesse desacelerado e tudo se concentrasse num âmago inviolável: o aqui e agora.

Müller havia chegado a uma decisão. Roy observou seu oponente se preparar para o passo seguinte, depois de respirar fundo. Era, aparentemente, um homem cauteloso. Essa foi a deixa para Roy retesar os próprios músculos.

Müller empurrou Hans e saltou em direção à arma. Roy julgou aquela decisão um passo em falso, então contornou a porta rapidamente, correndo para o mesmo local. Recompondo-se, Hans tentou atrapalhar Müller, que tropeçou, e os três se viram avançando em direção ao revólver. Müller agitava a faca às cegas, para afastar os outros. Mas ambos estavam dispostos a levar alguns cortes para sobreviver àquilo.

Eles se embolam, feras selvagens lutando quase comicamente pela vida. Roy achava que, sem dúvida, ganharia a briga, por causa de seu treinamento e experiência, mas Müller era mais ágil e forte do que ele havia antecipado. Hans era o provável perdedor, mas talvez pudesse salvar ambos. Ocorreu-lhe o pensamento absurdo de que, independentemente do que acontecesse, depois haveria grandes dificuldades políticas e administrativas.

Eles se puseram a lutar em desespero. Respingava sangue à medida que a faca cortava a carne. Um estampido provocou um instante de silêncio. Então o revólver ecoou novamente. Fez-se um silêncio mais longo, ao fim do qual Müller fugiu da cozinha.

Ele sangrava muito de uma ferida no braço. O sangue empapava o tecido cinza da camisa, escurecendo-o como tinta no mata-borrão. Ele sobreviveria, ao contrário de seu colega desafortunado. Os tiros haviam sido disparados por baixo do queixo enquanto ele lutava com Müller, a arma presa entre ambos os corpos. Arrancaram metade do rosto, deixando uma miscelânea de carne vermelha, nervos e sangue, músculo e osso. Havia massa encefálica no chão. Um globo ocular fitava o vazio, solto da órbita, mas ligado ao quiasma pelos frágeis fios membranosos do nervo óptico.

Ele controlou a respiração. Sentia frio. Mas ainda não sentia dor. Talvez estivesse morrendo, afinal. Não, ele não morreria. Olhou novamente a miscelânea confusa que outrora havia sido um rosto. Aproximou-se para conferir se havia batimento na carótida. Não havia, pelo menos até onde ele podia dizer em seu estado debilitado. Procurou debaixo da camisa o cordão com a plaquinha de identificação. Não encontrou. Assim como o seu, decerto havia ficado com o uniforme, em Berlim.

Largou a arma e se levantou, trôpego. Vomitou no chão. Mas isso não o aliviou. A imagem do rosto não o abandonava. Avançou pelo corredor estreito do apartamento, em parte à procura de calor, em parte apenas para sair dali. Encontrando a cama, vestiu o sobretudo e se sentou de novo, tremendo incontrolavelmente. Ouviu passos na escada antes de desmaiar.

5

ELE FOI levado para um hospital militar russo e, imediatamente, transferido ao setor britânico. Depois ficou sabendo que isso se deu por ordem de Karovsky, que não queria lidar com a complicação de explicar o incidente a seus superiores. No hospital britânico, cortaram-lhe o terno. No tormento da dor, notou que o braço direito estava agora negro, com o sangue que tingiu as listras claras do terno vagabundo. Os médicos trataram o corte, que havia atingido tanto o deltoide quanto o bíceps. Explicaram que a lesão era grave, mas não representava perigo de vida. A faca sinistramente afiada lhe fizera um favor. Com o tempo, era provável que recuperasse a mobilidade completa do braço, mas haveria um demorado período de convalescença.

Dois dias depois, um capitão da polícia militar veio interrogá-lo.

— Courtnay — disse, simpático. — Meu nome é Craig. Preciso interrogá-lo sobre o incidente. Na minha opinião, um grande infortúnio.

— Sim? — murmurou ele, confuso.

— É mais complicado quando não acontece no nosso setor. Mas vamos resolver isso da melhor maneira possível, tudo bem?

Ele assentiu.

— Proponho o seguinte: eu digo o que aconteceu, e você confirma se minha versão está correta. Pode ser?

— Pode.

— Excelente.

Passo a passo, Craig descreveu os acontecimentos de dois dias antes. Leu o mandado expedido pelo Conselho de Controle. Discorreu sobre a conversa com Karovsky e sua proposta de ajudar. Confirmou que três soldados do Exército Vermelho haviam sido designados para auxiliá-los.

— Esses rapazes serão duramente criticados por terem se ausentado. Pelo menos no nosso relatório interno. Não que pretendamos compartilhar nada disso com os russos. As coisas já estão suficientemente complicadas. Agora, como o tempo urge, que tal irmos direto para a parte principal?

Craig consultou o relatório que tinha em mãos, preparado, disse ele, pela polícia militar russa. Os ingleses não haviam tido acesso nem ao local nem aos investigadores russos.

— Eles fizeram uma relação das armas encontradas no apartamento. Deduzi a maior parte do que aconteceu, mas me corrija se eu estiver enganado sobre a sequência dos fatos. Esse Müller recebeu vocês e os convidou para entrar. Imaginaram que ele fosse o dono do apartamento. König, eu acho. É bastante compreensível. Não tinham como saber. Entraram no apartamento, ele foi para a cozinha. Então o seguiram. Ele tirou uma faca da gaveta e os ameaçou. Você tentou desarmá-lo, mas ele conseguiu cortar seu braço. Você ficou incapacitado. A faca caiu no chão, seu colega Hans foi pegá-la. Mas Müller correu até a bolsa e tirou dali um revólver. Seu intérprete, corajoso que era, embora talvez um pouco tolo, tentou enfrentá-lo, e o desgraçado atirou nele, largou a arma no chão e fugiu. Foi mais ou menos isso?

— Praticamente. Mas a arma...

— Pois é, a arma. Já investigamos. É a Webley das forças armadas britânicas. Nosso relatório mostra que ela foi expedida em 1942 para um soldado do Regimento de Yorkshire. Foi perdida em Bielefeld, em abril de 1945, e provavelmente roubada no fim da guerra. Ou pelo menos é isso que consta em nosso relatório até agora, e é isso que diremos aos russos. Estamos combinados?

— Estamos — assentiu ele.

— Então, tudo certo. Sinto muito pelo seu colega. Mas antes um intérprete alemão do que um militar inglês, não é?

6

ELE COMPARECEU ao enterro, sendo esse ritual árido o único testemunho da morte, afora a investigação nebulosa. A unidade deles foi dissolvida, os outros membros voltaram para Aldershot. Ele prefere pensar que teriam comparecido se fosse possível. Evidentemente, o major tinha coisa melhor a fazer. O padre não pesquisara nada nos autos, por isso o serviço foi curto. Parecia que, morto, Hans Taub era uma grande piada.

Ele perguntou se seria mandado de volta para a Inglaterra. Se solicitasse pessoalmente, poderiam atender seu pedido, responderam.

Havia um centro de convalescença perto de Bad Oeynhausen, o quartel-general do Exército Britânico do Reno. Perfeito. Ele não demoraria a se recuperar.

No centro de convalescença, recebeu seus pertences. Na mala surrada, encontrou alguns chocolates guardados para os dias de chuva. Aquele era um dia de chuva. Devorou três barras, depois correu ao banheiro para vomitar.

Houve confusão com seu histórico médico, que se perdera em algum momento da guerra. Ele foi repreendido pelo médico por ter largado a plaqueta de identificação militar com o uniforme, mas depois um enfermeiro informou que, de qualquer jeito, na plaqueta constava o grupo sanguíneo errado.

— Acontece sempre — explicou, cordialmente.

Os dias se passavam numa rotina que lhe inspirava desprezo. Pela manhã, tinha fisioterapia, para tentar ressuscitar o braço, que aos poucos recuperava o movimento. O almoço era ao meio-dia em ponto. À tarde, se o tempo estivesse bom, os pacientes que podiam sair da cama eram incentivados a dar um passeio. Se estivesse chovendo, havia uma biblioteca de livros gastos. À noite, organizavam jogos: *bridge*, lançamento de argolas ou, ainda pior, mímica. Ele nunca participava.

Ninguém o visitava. Recebeu uma carta de um soldado da unidade, enviada de Aldershot. Não respondeu. Os oficiais seniores tinham mais o que fazer: não visitariam um inválido.

Periodicamente, ele se consultava com um psicólogo das forças armadas. Decerto estavam preocupados com seu isolamento. Ou talvez fosse firula de rotina em tempos de paz.

— Você está traumatizado — comentou Parsons. — É natural, meu jovem. O negócio é não entregar os pontos.

— Não vou — respondeu ele.

Parsons o encarou, pensando bem no que dizer.

— Deve ter sido horrível. Estar tão perto...

— Foi, sim.

— Quer conversar sobre isso?

— Não.

— Vocês eram próximos? Você e esse intérprete?

— Não muito. A gente trabalhava junto.

— Saíam juntos?

— Às vezes.

— Ele era um bom rapaz?

— Era, sim.

— Entendi. Deve ter sido perturbador para você.

— Como você se sentiria se alguém com quem você trabalha levasse um tiro no rosto, na sua frente?

Parsons encarou a pergunta com a devida seriedade.

— Sonhos? Pesadelos?

— Não.

— Você preferiu não retornar à Inglaterra?

— Quero voltar ao trabalho assim que possível.

— Esse é o espírito!

A conversa dos dois geralmente seguia esse caminho batido e deixava Parsons intrigado ao escrever suas anotações, no fim da sessão. Roy saía do consultório e voltava para o livro que estava lendo. Imaginava que Parsons logo lhe daria alta.

Não era seu costume protelar nada, mas ele adiou ao máximo a carta destinada ao sr. e à sra. J.M.P. Courtnay. Numa longa noite de julho, quando o crepúsculo começava a cair e andorinhas voavam contra o céu azul-escuro do outro lado da janela, ele se sentou diante da máquina e escreveu uma resposta às muitas cartas aflitas que tinha recebido. O braço já permitia algum movimento dos dedos, e aquilo era um bom exercício.

"Queridos pai e mãe", começou. "Sinto muito que eu só esteja conseguindo escrever agora. Graças a Deus, o braço está melhorando e já posso datilografar esta difícil carta."

Ele considerou o que escrever em seguida, chegando afinal à conclusão de que deveria ser breve. O acidente, como ele o chamava, havia mudado irrevogavelmente sua vida. Ou talvez apenas simbolizasse a mudança que vinha ocorrendo com ele desde o serviço militar. Ele não voltaria logo à Inglaterra: nem a Oxford, nem à casa da família. Enxergava um futuro muito diferente para si. Por enquanto, pretendia continuar nas forças armadas, embora o trabalho na linha de frente estivesse fora de cogitação. Depois veria aonde o destino o levaria. Achava que o distanciamento absoluto era a melhor solução, por isso não voltaria a escrever. Não responderia a nenhuma carta que eles mandassem. Garantiu a eles que estava bem de saúde, tanto física quanto mental, e que sua decisão final fora tomada racionalmente. Lamentou o sofrimento que aquilo poderia causar e agradeceu pelo amor com que o haviam criado.

Assinou a carta com um "Roy" irregular e botou o papel novamente na máquina para acrescentar um *post-scriptum* desculpando-se pela incapacidade de escrever à mão.

Estava farto daquele lugar, por isso pediu um cargo em alguma base. Três semanas depois, foi enviado ao escritório de Bruxelas, que estava começando a organizar a logística das Forças Aliadas na Europa pós-guerra.

CAPÍTULO 13

Persistência

1

ELE DESPERTA de um sono intermitente com o clarão da sala. Ouve pessoas transitando apressadamente à sua volta, mas não tem nada a ver com ele.

Lembra-se nitidamente do instante em que o revólver parou no meio da cozinha, aquele milésimo de segundo em que os três homens se deram conta de que haviam chegado a um momento decisivo. Lembra-se do coração martelando de medo ao saltar em direção à arma. Lembra-se dos outros dois homens fazendo o mesmo; e do silêncio interminável até processar o que havia acontecido. Não se lembra de muito mais. Em sua mente há um borrão de movimentos, o brilho de uma faca, dor no braço e depois ausência de dor, sangue respingando, o baque dos corpos se encontrando e o disparo da Webley, muito alto àquela proximidade. O tiro ainda ecoa em sua cabeça. Mas e depois? Ele não sabe nem quem ele é.

Abre os olhos. O alvoroço na sala se deve a um paciente do outro lado, cujo lençol estão trocando. Nada drástico demais, e felizmente ninguém olha para sua cama. Ele fecha os olhos outra vez para pensar. Espera receber alta logo para voltar à vida real. Sempre achou o escritório de Hanover um tédio, mas agora é um sonho. Marjorie, a megera. Derek, Bert e Ernie, os três escriturários. Ele conseguiu café de verdade na central de abastecimento americana. Eles vão adorar! Mas então vai caindo a ficha. As coisas não vão voltar ao normal, embora ele não saiba por quê.

Por outro lado, assim que a ferida cicatrizar, ele vai sair daqui. Ao mudar de posição na cama, a dor assoma. O estranho é que ela parece ser na lateral do corpo, não no braço. Até para pensar é um sufoco, e ele se sente exausto.

Pouco tempo depois, ouve uma voz suave.

— Acorde, Roy.

Ele quer dizer: "Estou acordado, você não está vendo? Só quero ficar de olhos fechados. Só quero que tudo pare, que tudo deixe de existir." Mas a voz é doce, assim como o perfume de verbena, e ele não consegue evitar os olhos.

É ela! Como pode ser? Minha linda... Não. Impossível, concluiu, à medida que a ideia foi crescendo.

Aos poucos, ele consegue se concentrar. Não. Como pôde ter sido tão idiota? É aquela velha. A velha com quem ele mora. Qual é mesmo o nome dela? Um nome, algo tão simples. Pelo menos deveria ser. Ele sempre se orgulhou de sua capacidade para memorizar nomes. Estava na ponta da língua. Betty.

E, com o nome, voltam fragmentos, leves. A casa próxima ao Green. Vincent. Ah, sim. Vincent. Os remédios que eles dão. Deve ser isso. Ele está um pouco indisposto, só isso. Segura a mão dela com toda força.

Surge um médico, carregando uma prancheta.

— Muito bem, sr. Courtnay.

Isso mesmo! Courtnay. Capitão Roy Courtnay, por favor. Presente!

E tudo começa a voltar ao lugar. O mundo gira. Os planetas se alinham. A memória dele aporta outra vez, e há clareza. Foi só um susto, pensa.

— O senhor sofreu uma queda feia. Duas costelas partidas. Deve estar doendo bastante.

Por que o médico está dizendo isso? Por que está falando tão alto? Não precisa falar que suas costelas estão doendo. Mas ele se mantém em silêncio, encarando o homem-criança que o atende. Cabelo desgrenhado, camiseta por baixo do jaleco branco. Barba por fazer. Um horror.

— O senhor vai estar novinho em folha daqui a alguns dias. Novinho em folha, sr. Courtnay.

O médico abre um sorriso animador. Roy pensa: Será que virei um imbecil da noite para o dia? Ele tosse, mas continua sem dizer nada.

— E depois disso precisaremos discutir algumas opções.

Ele se dá conta de que continua segurando a mão de Betty, cada vez mais forte. Ergue a vista para ela, mas ela está olhando para o médico.

— Será que podemos trocar uma palavrinha depois da sua visita, sra. Courtnay?

— Não sou a sra. Courtnay — corrige-o Betty, com um sorriso tímido. — Sou apenas uma amiga.

— Desculpe — pede o rapaz. — Desculpe mesmo. Me enganei.

Quase dá para acreditar na sinceridade dele. Betty parece acreditar.

O médico se afasta com seus tênis, as mãos nos bolsos do jaleco.

— Como você está? — pergunta Betty.

Será que ela não ouviu o médico? Estou péssimo. Estou com dor. Mas ele sorri e responde:

— Estou bem. Foi só um susto.

— Talvez tenha sido intenso demais para você.

— Como assim?

— Esses investimentos. O Vincent.

— Ah, não! — exclama ele, em tom decisivo. — Só estou um pouco indisposto. Deve ser uma virose. Daqui a pouco, estarei ótimo.

— Fico preocupada. Você precisa se acalmar.

— Não se preocupe comigo. Logo, logo voltarei para casa.

Ele a encara.

— Fiquei com medo — admite ela.

— Claro. Deve ter sido um susto.

— O pessoal da ambulância foi incrível. Chegaram em poucos minutos, tomaram conta de tudo.

— Que bom. Escute. Será que você pode avisar Vincent? Acho que ele gostaria de saber e, dependendo do tempo que vou passar aqui, talvez queira me visitar.

— Tudo bem. Será que tenho o número dele?

— Acho que Stephen tem. Senão, está nos papéis que ele nos deu.

— Tudo bem.

— Betty?

— Oi?

— Não deixe que me joguem num asilo. Por favor.

— Do que você está falando, Roy? Quem falou em asilo?

— É só uma virose. Vou ficar bem. Não deixe que me botem num lugar desses.

— Não seja bobo — protesta ela, sorrindo. — Daqui a pouco, você vai estar em casa.

2

— O MÉDICO quis conversar comigo depois da visita — conta Betty a Stephen. — Disse que devíamos considerar "outras opções" quando ele receber alta.

— Que outras opções? — pergunta Stephen.

— Não está óbvio que é um eufemismo? Alguma instituição horrorosa com o nome de Lar. O médico pretende fazer uma avaliação das necessidades do Roy. Nem preciso dizer que ele não quer saber de nada disso. Já está com o pé atrás.

— Você devia escutar o médico. Qual é o diagnóstico?

— Duas costelas partidas. Muita dor, mas ele vai ficar bem. Atribuíram a queda à pressão alta, com certeza por causa da ansiedade. Ele tem uma cardiopatia tratada com remédio controlado. Agora aumentaram a medicação.

— Ansiedade?

— É. Deve ter se estressado demais com toda essa história de investimento.

— Não fizemos nada para ele ter se estressado desse jeito. Tudo tem corrido tranquilamente. E ele não tem cara de quem perde as estribeiras por nada.

— Eu sei. Mas ele está muito velho, não se esqueça. Como eu. E deve ser mais frágil do que parece.

— A gente devia considerar essa opção da casa de repouso.

— Eu sei, você já falou. Também fizeram alguns testes cognitivos nele. Procurando sinais de demência. Ele está desorientado desde a queda. O resultado não é conclusivo. Precisam realizar mais testes, mas talvez seja o começo. Se for confirmado, disseram que a doença vai se desenvolver rápido por causa da idade.

— Quanto tempo?

— Meses, provavelmente. Talvez um ou dois anos. Mas podem ser semanas.

— Isso não encerra a questão? Você não pode carregar esse fardo. Ele precisa ficar num lugar apropriado. Livre-se dessa responsabilidade.

— Se for demência, o estado inicial não deve ser muito problemático — observa ela. — Vão ter longos períodos de lucidez. Com o tempo, a confusão vai aumentar. Os médicos vão fazer o monitoramento. E podemos recorrer a uma casa de repouso a qualquer momento, se a situação ficar insustentável.

— Mas por que não se livra logo do problema?

— Talvez eu seja egoísta, mas não consigo. Ainda não. Vou persistir. Manter a calma. Quando ele receber alta, vão faltar apenas algumas semanas para isso tudo acabar. Você acredita que, antes do acidente, ele propôs que dividíssemos o quarto de casal?

— O que você respondeu? — pergunta Stephen, sério.

— O que você acha? Soltei uma risada e recusei. Talvez devêssemos considerar a ideia de alugar juntos um quarto de casal em algum asilo tenebroso.

Stephen não acha graça.

— Nós falamos sobre amor — continua ela. — Quer dizer, eu falei.

— Amor?

— É. Não me aguentei. Comentei que "amor" é uma palavra que parece não fazer parte do vocabulário dele.

— Um pouco arriscado, não acha? Falar com ele sobre amor?

— Você está parecendo o Gerald.

— Desculpe. Só acho perigoso. Justiça seja feita, não deve ser um tema fácil para homens de oitenta anos.

— Não é. Ele ficou um pouco perdido. De qualquer forma, não me importo com o risco. Já assumimos um grande risco quando começamos tudo isso. E é divertido vê-lo tão aflito. Com toda aquela segurança dele. Talvez seja um pouco cruel, considerando o que acabou de acontecer. Mas não importa. E o assunto logo morreu.

Ela serve o chá.

— Só fico...

— O quê?

— Preocupado com você.

— Está tudo bem. Tudo sob controle.

— Eu sei, mas fico preocupado. É um risco muito grande. Ele estar tão próximo, fisicamente. Tenho medo de que isso acabe mal.

— Agradeço sua preocupação, Stephen. E faz toda a diferença saber que você está aqui, me protegendo. Mas sei lidar com ele. De verdade.

— Admiro tanto você que passo mal imaginando que ele poderia machucá-la.

— Ah, Stephen! Ele não pode me machucar. Eu sou forte. E, embora tenha tido algumas experiências difíceis na vida, não sei se mereço sua admiração. Sou uma pessoa comum.

— Não é, não.

— Sou — insiste ela, e ambos ficam em silêncio. — Mas obrigada — murmura ela, afinal. — Você tem me ajudado muito e tem sido um grande amigo. Só assim para eu conseguir fazer tudo isso. É com sua ajuda que dou conta dele.

3

— EU NÃO sabia o que trazer — balbucia Vincent. — Pensei em uva ou alguma outra...

— Odeio uva — interrompe-o Roy.

— Eu não sabia.

— Uma garrafa de Bell's seria bom. Para deixar debaixo do travesseiro.

— Enfim, eu trouxe isso.

Vincent entrega a Roy um saco de papel contendo uma caixa de chocolates vagabundos, que ele aceita sem dizer nada, largando-a sobre a mesinha de cabeceira.

— Eu queria me certificar de que está tudo caminhando conforme o planejado — observa Roy.

— Você está brincando, não é? Não é melhor suspendermos tudo até sabermos o que vai acontecer?

— Até sabermos se vou sair daqui num caixão ou não?

Vincent o encara, sem encontrar argumento algum.

— Não — afirma Roy. — É preciso mais do que uma quedinha para acabar comigo. Posso estar acabado, mas ainda não fui derrotado. Caí, mas logo vou me levantar.

— Tem certeza? Quer dizer...

— O que foi? Você está com medo, Vincent? Se apaixonou pela Betty? Está bêbado?

— Não, nada disso — responde Vincent, irritado. — Se você quer mesmo saber, estou preocupado com você.

— Obrigado. Mas não precisa. Sempre me virei muito bem.

— É loucura, Roy. É suicídio roubar Betty. Você está bem estabelecido lá. Ela cuida de você, e é disso que você precisa agora, não é de mais dinheiro.

Roy solta uma risada.

— Você está andando para trás? Não é do seu feitio. Está achando que vou bater as botas no meio disso tudo e deixar uma bagunça para você limpar? Sobraria mais dinheiro para você. Betty é uma mulher de palavra. Você ficaria com meu dinheiro também. Lucraria mais e depois bastaria sair de cena discretamente.

— Não é essa a questão, Roy. Isso é loucura. Por que você está fazendo isso?

— Já falei. É o que eu sei fazer.

— Pense bem. Você vai destruir Betty e vai se destruir.

— É como deve ser — afirma Roy. — Não preciso me explicar. Você é pago suficientemente bem para manter a boca fechada e fazer o que eu mando. Ou é exatamente esse o problema? Está achando que é nosso último trabalho juntos e quer mais dinheiro? Quanto quer? Sessenta por cento? Setenta?

Vincent balança a cabeça.

— Não tem nada a ver. Só acho que você não deveria fazer isso.

— Então está fora? Porque, se for esse o caso, poderia ter feito a gentileza de me avisar antes. Agora você vai me deixar numa sinuca de bico fodida.

— Não, Roy. Ainda estou dentro. Se é isso mesmo que você quer. Só estou dizendo que ainda dá tempo de desistir se quiser. Numa boa. Não precisa me pagar pelo que fiz até agora. Eu ficaria mais tranquilo se desistíssemos.

Roy se tranquiliza, adota um tom de voz mais calmo.

— Não, vamos continuar. Até o fim. Escute, Vincent. Essa é a minha vida. É o jogo. Eu sou assim. E nós dois sabemos que você também é. Sei o que motiva você, Vincent. Vou morrer convencendo algum imbecil ganancioso a fazer alguma bobagem. Agora, podemos acabar logo com isso?

CAPÍTULO 14

Dezembro de 1938
Uma terra distante

1

A NEVE já havia chegado a Berlim, trazida do outro lado das estepes pelo vento gelado. Konrad Taub e o filho andavam pela rua no sentido contrário à nevasca, sem conseguir conversar, apenas avançando resolutamente.

Taub tocou a campainha e tirou as luvas, batendo-as na parede para remover os resíduos de neve. Hans o imitou e fitou o céu cinzento, os flocos grossos caindo lentamente, de súbito lançados violentamente pelo vento. Era um caos.

O criado abriu a porta e os recebeu sem dizer nada. Com cuidado, ambos tiraram o casaco e bateram os pés no capacho, que era do tamanho do tapete da sala do apartamentinho deles. O resto da neve respingou, e Hans estremeceu quando o calor o fez perceber quanto estava frio lá fora.

Eles sabiam o caminho, por isso o criado se afastou com um gesto da cabeça, levando os casacos. Longe da agitação do vento e da neve, do bulício da cidade, ali estava tranquilo. Ouvia-se apenas um murmúrio distante no interior da casa: os preparativos para a festa de Natal que ocorreria à noite e para a qual nem Hans nem os pais haviam sido convidados. O encontro com Schröder seria breve.

Eles subiram a escada e seguiram para o gabinete de Schröder.

— Ah, sejam bem-vindos! — exclamou ele. — Como você está, Konrad? E você, Hans? Está frio lá fora. Café? *Schnaps*?

— Um pouquinho, talvez — aceitou Taub.

Schröder pegou a garrafa e os copos no armário.

— A casa está uma confusão. Por causa da festa hoje à noite. A Magda está alucinada. Ela adora. Lamento muito não convidar vocês. Mas acho melhor assim.

Ele disse isso casualmente.

— Não. Eu entendo. Duvido mesmo que seria nosso tipo de festa.

— Certamente não é o meu — assentiu Schröder, com um sorriso. — Mas é o que se espera de mim. Não que a gente vá convidar aqueles nazistas horrorosos. Mas é melhor manter nossa relação em segredo. Tanto por mim quanto por você. Renate está bem?

— Está, sim. Ocupada como sempre.

— E você, Hans? Com quantos anos você está?

— Catorze, senhor.

— Será que você tomaria um copo de *schnaps* conosco? Se seu pai deixar...

— Não, senhor. Acho que não.

— Pode aceitar, Hans, se quiser — interveio Konrad.

— Não, pai. Acho que não gostaria do sabor.

— Um rapaz sensato — considerou Schröder, sorridente. — É bom mesmo evitar o álcool até onde for possível. Vou pedir alguma coisa para você na cozinha. Do que gostaria? Deve ter bolo de chocolate.

— Estou bem, senhor. Não estou nem com fome nem com sede.

Os dois homens se sentaram com a bebida nos sofás de couro, um de frente para o outro, junto à lareira acesa. Hans ficou de pé, com o gorro na mão, os sapatos ainda escorrendo no tapete.

— E aí, Konrad? Quais são as últimas?

Hans era fascinado por aquele cômodo. As paredes eram forradas com estantes de madeira escura, do chão ao teto, e todas as prateleiras eram cheias de livros. Uma escadinha de mão, também de madeira, permitia que se alcançassem os volumes do alto. Havia uma mesa grande e pesada, do tamanho da cama dele, junto à janela. O tampo da mesa estava sempre coberto de papéis dispostos organizadamente em pilhas, cada qual, imaginava ele, dizendo respeito a um aspecto do império de negócios de Herr Schröder. Apesar de sua curiosidade e intrepidez, ele não ousaria espiar aqueles papéis, mesmo se tivesse a oportunidade. A iluminação do gabinete era setorizada: um abajur grande abrangendo a mesa; lâmpadas discretas nas estantes, para ajudar na procura dos livros; e duas luminárias de ferro no chão, atrás dos sofás, para complementar o clarão da fogueira. Era o tipo de lugar que ele gostaria de ter como refúgio.

Entretidos na conversa, os dois homens haviam evidentemente esquecido a presença dele.

— A guerra é certa — dizia Schröder.

— É o que todo mundo acha — respondeu o pai.

— Não. O que estou dizendo é que fiquei sabendo que eles vão mesmo à guerra quando os preparativos estiverem prontos.

— Como você ficou sabendo?

— Pelo Ravenstein. Fornecemos para ele. Ravenstein não é exatamente simpatizante, mas também não se opõe. É muito amigo do Speer. Pediram que ele aumentasse a produção nos próximos seis meses com o claro objetivo de estar pronto para o conflito no ano que vem. Hitler vai inventar algum pretexto para antecipá-lo. Provavelmente Danzigue. Pode avisar seus contatos.

— E os esforços diplomáticos? O apaziguamento da Grã-Bretanha?

— Ravenstein diz que convém a Hitler. Acha que Chamberlain é um idiota. Ele pode até ganhar uns meses para a Grã-Bretanha, mas também está nos dando tempo para afiar nossas garras. Hitler não vai deixar Chamberlain atrapalhar seus planos. Os britânicos não são a solução. Então a questão, Konrad, é a seguinte: o que podemos fazer? É de imaginar que as atrocidades contra os judeus aumentem. Ravenstein diz que o programa dos campos de concentração já está encaminhado. E estão considerando a emigração compulsória dos judeus para o Leste. Com a militarização também, estamos a caminho do inferno. É hora de você e seus camaradas agirem.

— Mas o problema é o mesmo de sempre, Albert. Como? Não temos estrutura militar, não temos dinheiro, armas nem experiência. Seríamos massacrados. Eu sou jornalista. Não sou político, muito menos líder. Não sei o que fazer. É tarde demais para semear revolta nas fábricas. Eles também estão tomados de fervor patriótico.

— E seus amigos fora do país?

— Eu sou liberal, Albert. E tenho alguns contatos. Mas a Grã-Bretanha e seus aliados? Vão ficar pensando, refletindo, especulando até ser tarde demais. Já é tarde demais, mas eles não sabem. Acham que a região dos Sudetos é uma terra distante. Pensam a mesma coisa da Polônia e da Checoslováquia. Da França e da Holanda. Para eles, estaremos sempre muito distantes, até interferirmos em seus interesses. Mas, quando isso acontecer, vai ser tarde demais.

— Então precisamos fazer o que podemos.

— Concordo. O que você tem em mente?

— Os judeus vão sofrer muito nos próximos anos. Serão perseguidos, ainda mais do que hoje. Fico horrorizado quando penso no que pode acontecer. Seria o mesmo conosco, se fôssemos judeus. É só um acidente de nascimento ou religião.

— E daí?

— E daí que precisamos dar um jeito de salvá-los — afirmou Schröder. — Organizar uma fuga para o maior número de pessoas possível. Estou disposto a levantar dinheiro. Uma quantia grande. Mas você precisa se ocupar dos detalhes práticos, com seus amigos fora do país.

Konrad se deteve, voltou os olhos para Hans.

— Filho — murmurou. — Desculpe. Esquecemos que estava aí. Deve estar chateado com toda essa conversa de política. Pode me esperar na sala.

— Hans — interveio Schröder. — Por que você não vai procurar as meninas? Elas estão em algum canto da casa.

Schröder se levantou, e Hans percebeu que estava sendo acompanhado até a porta pelo olhar do homem.

Hans atravessou o corredor saltando para sentir os pés afundando no tapete macio, o impacto amortecido. Apesar do barulho distante dos empregados arrastando móveis e dispondo talheres e louça nas mesas, ali em cima estava calmo. Ele abriu uma porta, depois outra, mas não havia ninguém. Olhou a sala de estar e uma dependência aconchegante do outro lado do corredor. Lá fora, nevava forte.

Por fim, ouviu vozes animadas atrás da porta de um quarto. Abriu-a devagar. Elas estavam ali, as três irmãs mais velhas.

Charlotte sorriu.

— Ah, é o Hanzinho! Entre, entre!

Ele já gostara mais de ser o Hanzinho delas. Tudo que garantisse acesso à presença perfumada delas valia a pena. Mas agora se ressentia do diminutivo. Era mais alto e muito mais forte que todas elas. E a impressão de que estavam zombando dele só piorava as coisas.

Mas ele entrou no quarto. Entre as três irmãs mais velhas, Charlotte era a do meio. Tinha dezoito anos e era a mais arisca, na opinião de Hans. Também era a que ele achava mais bonita, a que ele mais queria beijar. Os lábios eram vermelhos, cheios. Mas qualquer uma das três serviria. Hannelore era a mais velha, um pouco mais séria do que as outras. Havia começado a trabalhar na empresa do pai. Anneliese era jovem demais para seu gosto, embora fosse três anos mais velha do que ele. Era muito imatura.

Nenhuma daquelas meninas tinha ambição. Eram todas frívolas, e ele não era muito chegado a frivolidades. O pai e a mãe eram pessoas sérias e responsáveis, e esperavam o mesmo dele. Nessa família, Lili, a caçula, seria a estudiosa.

— Estamos experimentando os vestidos para a festa, Hanzinho — explicou Anneliese, com timidez dissimulada. — Você quer ver?

— Hum, quero — respondeu ele, enrubescendo. — Acho que sim.

Elas riram.

— Ah, Hanzinho! — exclamou Charlotte. — Você vai vir à festa? Vai ser nosso príncipe?

— Hum, não. Não vou.

— Pare de provocar, Charlotte — repreendeu Hannelore. — Você está aqui com seu pai, Hans?

— Estou.

— Espero que o papai pare de trabalhar logo — comentou Anneliese. — Ele também precisa se aprontar.

O quarto tinha cheiro de limpeza, de sabonete; o cheiro delas. Ele estava terrivelmente constrangido, mas era gostoso estar ali. A beleza de tudo era inebriante. Ele queria tocar uma delas. Ainda melhor seria se uma delas o tocasse.

— Você está com calor, Hanzinho? — perguntou Charlotte. — Não está calor aqui, Anneliese?

— Está, sim — respondeu a irmã. — Estou tão empolgada!

— Acha que o seu tenente vai vir, Hannelore?

— Bem, ele aceitou o convite.

As duas irmãs soltaram uma risada.

— Espero que traga alguns amigos — disse Anneliese.

Elas conversavam como se Hans não estivesse ali. Ele não se importava. Queria ser invisível, mas ficar ali para sempre. Para olhar. Aquele era o quarto de Charlotte. Ele queria poder vê-la se preparando para a noite e estar ali quando ela voltasse, para vê-la tirar a maquiagem na frente do espelho, antes de balançar o cabelo castanho e tirar o vestido. Queria vê-la tirar a roupa íntima e admirar os seios volumosos livres das amarras, deliciar-se com a visão, o cheiro, o gosto e a sensação que tudo aquilo lhe causava.

Teve uma ereção impregnada de desejo, não ousando se mexer por medo de que elas notassem. As meninas riam e gritavam ao seu redor enquanto ele se mantinha sentado na beira da cama.

— Desculpe — pediu, quando Hannelore cravou nele os olhos intrigados. — O que você disse?

— Hanzinho está sonhando acordado de novo — observou ela, rindo. — Perguntei se você quer nos ver com os vestidos?

— Hum, quero — respondeu ele.

— Então você vai precisar ficar ali fora um pouquinho, enquanto nos arrumamos. Saia.

Ela o conduziu ao corredor, onde ele aguardou, obediente. Não ousou olhar pelo buraco da fechadura, mantendo-se imóvel.

Por fim, a porta se entreabriu, e Anneliese o encarou pela fresta.

— Desfile de moda! — anunciou, abrindo de vez a porta.

Quando ele entrou, as meninas andaram se requebrando na frente dele, uma de cada vez, sorrindo, fazendo pose, jogando beijos. Ele ficou deslumbrado, mas manteve a fisionomia indiferente, engolindo em seco na cadeira da penteadeira. Anneliese encostou de leve em sua perna, e ele ficou olhando o lugar onde a mão tocara. Estava começando a ficar tonto com o perfume, com as meninas. Hannelore mexeu em seu cabelo, e ele abriu um sorriso amarelo. As meninas começaram a dançar juntas, Anneliese o chamou. Ele se levantou, ela o puxou. Ele sabia que deveria botar a mão suavemente na cintura dela, mas nada além disso. Ela o conduzia como se ele estivesse preso por um fio invisível, gingando com elegância. Valente, ele a acompanhou.

Hannelore ria, batendo palmas.

— Espero que o papai nos deixe beber champanhe hoje — comentou.

Hans soltou uma risada, sem motivo.

Charlotte se jogou na cama, ofegante. O vestido se ergueu. Ele viu as anáguas rendadas. Não desviou os olhos. Por um instante, apenas um segundo, viu a roupa íntima.

Sem perceber, havia parado de dançar. Puxou Anneliese, ainda olhando para Charlotte. Anneliese resistiu, mas ele era forte. Sentia a coxa dela roçando o pênis duro. Era gostoso.

— Não — protestou ela. — Hans, não! Você vai amassar o vestido.

Quando ele a soltou, ela imediatamente se afastou. Fez-se silêncio no quarto. As três meninas o encaravam. Estava claro para todos o que acabara de acontecer.

Por fim, foi Hannelore que falou, com falsa alegria.

— Precisamos mesmo nos aprontar para a festa, Hans. Seu pai já deve estar esperando você.

Ele identificou desprezo no olhar dela. Vagabundas! Sem dizer nada, saiu do quarto, batendo a porta.

Furioso, avançou pelo corredor, chutando o ar. Uma empregada que passou por ele sugeriu que ele fosse à cozinha, tomar chocolate quente com chantili. Ele apenas a encarou. Detestava aquela casa.

Lili estava sentada junto à janela, com os pés cruzados, lendo um livro. Chamou-o quando ele passou pelo quarto.

— Hans! Hans! Você viu a neve?

Ele resmungou para dentro. Já bastavam as outras. Agora precisava lidar com aquela pirralha. Poderia simplesmente ter continuado andando, impelido pela irritação, mas algo o fez voltar.

— Vi.

Ela se levantou, aproximou-se da porta.

— Não é lindo? Vou pedir a minha mãe para brincar lá fora mais tarde.

— Você tem uma festa hoje à noite. E daqui a pouco vai escurecer.

— Não me deixam ir à festa. Preciso ir para a cama cedo. Mas, mesmo assim, vou ficar olhando da escada. Quem sabe não brinco na neve amanhã. Quer vir, Hans?

Lili era, de longe, mais nova que as irmãs. Os pais dele faziam graça dizendo que ela devia ser uma "ideia tardia" dos Schröder. Ele não sabia qual era a graça de ser uma ideia tardia. Ela tinha dez anos, uma fedelha.

O problema era que Lili o adorava, embora não como as irmãs mais velhas. Para elas, ele era uma espécie de bichinho de estimação, um cachorrinho. Lili o admirava: ele era seu herói. Era constrangedor, mas não de todo desagradável. Às vezes, ele gostava daquela atenção exagerada. Em outras ocasiões, como agora, sentia apenas repulsa.

— Não — respondeu. — Tenho coisa mais importante para fazer.

— Que pena!

— Não participo mais de brincadeira de criança.

Ela o encarou com tristeza, os olhos castanhos tentando decifrá-lo, intrigados. Ele se deleitou com o efeito de sua crueldade, obrigando os próprios olhos a transmitirem fria indiferença.

Houve um tempo em que ele a tolerava. Um tempo em que ela não era tão irritante. Em que ele próprio era criança. Hans até a havia deixado cortar uma mecha de seu cabelo loiro para guardar no relicário que ela ganhara de presente de aniversário. Uma mecha grande, aliás. Ela ficou segurando o cabelo extasiada, examinando-o à luz do sol antes de beijá-lo e guardá-lo no relicário. E Hans riu consigo mesmo, ele bem se lembrava. Agora jamais a deixaria fazer isso.

Tocou o braço dela, sentindo a pele fria.

— Vamos brincar de outra coisa — propôs.

— Tudo bem — assentiu ela.

Ele a empurrou para dentro do quarto e fechou a porta. A neve caía lá fora, o cinza do céu escurecia. Eles mal se enxergavam.

Ele se pôs diante dela e, com as mãos em seus braços, endireitou-a. Olhou para ela.

— Você já beijou como eles?

— Eles quem?

— Eles. Os adultos.

— Eles beijam diferente?

— Beijam. Quer experimentar?

— Com você?

— Claro.

— Quero, eu acho.

Hans puxou a menininha para junto do corpo. Sentia o cheiro, o calor dela contra o peito. Alisou o braço dela antes de enlaçá-la pela cintura e pelo ombro. Era estranho, esse gesto que parecia tão natural nos filmes, mas, por fim, os dois ficaram como ele queria. A barriga da menina ficou pressionada contra seu pênis duro, que também estava pressionado contra a própria barriga. Era impossível que ela não notasse. E ele queria que notasse.

Hans se curvou para encostar sua boca na dela. Os olhos da menina se arregalaram, alarmados. Ele gostava daquela expressão de medo. Vai ser uma mulher e tanto um dia, pensou ele. Seus lábios finalmente se encontraram, e naquele momento Hans achou que deveria se tornar um ser humano completamente diferente. Mais tarde descobriria que não era bem assim.

Pressionou com força a boca contra os lábios macios dela, tentando insistentemente abrir caminho. Eles não se abriram: os músculos da boca de Lili se retesaram. Ele enfiou a língua, contra os dentes, e acabou forçando passagem. Hesitante, ela cedeu, abrindo-se para ele, que a explorou com a língua, excitado. Era a primeira vez que fazia algo assim.

Por fim, soltou um suspiro. Ela o encarou, temerosa, ofegante, fazendo menção de se afastar. Mas ele continuou segurando-a.

— Gostou? — perguntou, ávido.

— Hum — murmurou ela, indecisa.

— Vamos repetir?

— Não sei. Se você quiser...

Ele a beijou novamente. Dessa vez, foi mais natural. Ele se deliciou com a saliva dela em sua língua, ao explorá-la como se estivesse descobrindo algo novo e fundamental de outra pessoa. Mesmo que fosse apenas Lili. Devagar, pôs a mão debaixo da saia. Ela tentou se afastar, mas ele a manteve firme com a outra mão. A língua continuava perscrutando-a enquanto ele tateava o elástico da roupa íntima, insinuando os dedos por baixo, sentindo a pele lisinha das coxas. Ela se rebeleu, mas ele puxou seu cabelo, fazendo-a colaborar. Para sua irritação, ela começou a choramingar. Encontrou o vale de carne que estava procurando e passou o dedo indicador nele, até localizar o verdadeiro alvo. Com brutalidade, enfiou o dedo na entrada macia, e ela se contorceu. Na segunda vez, enfiou dois dedos, encontrando resistência do osso púbico, e ela soltou um grito de dor. Ele a soltou. Ela caiu no chão.

Para ele, já bastava. Lili servira a seu propósito. Ela chorava baixinho, com a mão na barriga. Ele cheirou os dedos, curioso.

— Vagabunda suja — murmurou. — Nem ouse contar a ninguém.

Então era isso? Não havia sido agradável. Irritado, ele avançou pelo corredor, em direção ao gabinete. Talvez devesse ter feito tudo. Talvez esse fosse o problema. Ou talvez não houvesse nada mesmo. Talvez fosse apenas uma peça que pregavam nas pessoas. Aquela excitação toda e depois isso. Nada. Vagabundas! Achando que podiam humilhá-lo.

Ele se deteve diante do gabinete. Os dois homens ainda conversavam. Colou o ouvido à porta.

— Às vezes, eu também queria ser judeu — dizia Schröder.

— Isso não é verdade — objetou Konrad Taub.

— É, sim. Pelo menos, eu poderia manter a cabeça erguida ao lado dos amigos que estão sendo caçados. A nação está se dividindo entre perseguidos e perseguidores. Os que escolhem não se envolver ficam na segunda categoria. Precisamos de pessoas como você, Konrad.

— E você também, Albert.

— Mas eu não faço oposição publicamente. Você faz. Você se arrisca pelo próximo. É um tipo especial de bravura.

— Ou de loucura. Mas tomo muito cuidado. Sei meus limites quando escrevo.

— Você os ataca. Você e Renate são pessoas corajosas. Serão historicamente lembrados.

— Talvez por resistir pateticamente contra o inevitável — lamentou Konrad. — Com palavras. Que piada! Mas tem certeza de que posso mesmo divulgar as informações que você me passou?

— Você vai divulgar de qualquer maneira. Mas, sim, tenho. Qualquer coisa que mostre às pessoas a gravidade da situação. E, é claro, vou fazer mais. O que for preciso.

— Precisamos considerar a formação de associações. Temos de pensar no que podemos fazer para frustrar o esforço de guerra.

— O que for necessário. Está tarde demais para meias-medidas.

— Diga o que quiser, Albert, mas você é um homem corajoso.

Hans dirigiu sua raiva contra eles. Aqueles idiotas autocomplacentes e iludidos, com sua política. O próprio pai. Que patético! Era revoltante. Achar que podiam mudar as coisas. Apesar de suas fantasias, o mundo real tinha uma configuração bastante diferente. Ele bateu à porta, abrindo-a com hesitação.

— Pai...

— Nossa, como está tarde! — exclamou Konrad. — Precisamos ir para casa. Tenho outra reunião à noite.

— E eu preciso me arrumar para a festa — disse Schröder. — Boa noite, Konrad. Boa noite, Hans.

2

NA MANHÃ SEGUINTE, a neve havia parado, embora continuasse terrivelmente frio. Havia uma camada de gelo na parte interna do vidro do banheiro, quando ele se levantou, às seis horas, para realizar o ritual de higiene matutino o mais rápido que podia.

A mãe já estava na cozinha, junto ao fogão. Serviu o café dele. Pôs em seu prato um ovo, duas fatias de pão de centeio e uma porção generosa de manteiga, que ele aceitou sem agradecer.

— Cadê o pai? — perguntou.

— Já saiu. Tinha um compromisso.

Ele se pôs a comer em silêncio, enquanto ela o observava.

— O que foi? — estranhou.

— Nada. Você está crescendo rápido, só isso. Já não é mais um menininho.

Ele resmungou e perguntou se tinha queijo. Agora estava sempre com fome.

— Como estão as coisas na escola, Hans? Os meninos continuam falando do seu pai?

— Não. Cansaram.

Isso era uma meia-verdade. Ele havia descoberto estratégias para diminuir a chateação.

— Estamos do lado certo, você sabe.

— Sei. Você já me explicou várias vezes.

— Mas, se ficar difícil demais na escola, você tem que nos dizer. Precisamos conversar sobre isso. Talvez eu deva procurar Herr Wolff.

— Não precisa — respondeu ele, de mau humor, imaginando os pais conversando com o diretor.

De que eles achavam que adiantaria conversar com Wolff? Konrad Taub, o jornalista de esquerda sempre visto com desconfiança, conversando com Wolff, o provável candidato a Gauleiter? Será que eles achavam que os dois se entenderiam? Hans tinha a própria maneira de resolver a situação, que não exigia a interferência dos pais.

— Está tudo bem. Não tem problema. Minhas notas não estão boas?

Ele sabia que estavam. Tanto o pai quanto a mãe eram intelectuais, essa palavra agora sempre proferida com ódio. Pelo menos, isso significava que as ferramentas básicas para seu êxito estavam ali. O que ele faria com elas dependia dele. Certamente não desperdiçaria seu potencial como os pais, em causas perdidas.

— Pode ser que eu não esteja em casa quando você voltar — avisou a mãe. — Tenho uma reunião em Neukölln. Vou deixar a chave com a vizinha, Frau Schärner.

— Tudo bem — rosnou ele, sem interesse.

Hans seguiu para a escola por ruas trevosas. O brilho da alvorada ainda não havia surgido. A neve já não estava fofa, mas congelada, compacta. As ruas haviam sido limpas, mas as calçadas permaneciam cobertas. Pelo menos isso significava que não havia neve preta. Endurecida, já era suficientemente traiçoeira, mas ainda assim transitável. Saía vapor de seu nariz, ele ouvia a própria respiração. O armazém judeu da esquina da Wilhelmstrasse havia sido novamente incendiado durante a noite. As brasas ainda reluziam, e alguns membros da milícia paramilitar, não muito mais velhos do que ele, caçoavam uns dos outros e chutavam os destroços ardendo em chamas para se aquecer. As vozes ecoavam no horizonte branco e abafado da cidade.

Dentro da escola, ele se sentiu imediatamente aquecido. Os canos e radiadores estalavam enquanto ele se dirigia à secretaria. A maioria dos meninos teria sido dispensada de pronto: Hans Taub, não. A secretária pediu que ele voltasse no fim da aula, às 13h15.

A manhã se arrastava. Ao latim, seguiu-se matemática, depois química e alemão. Hans se destacava em todas essas matérias, principal motivo pelo qual permanecia benquisto entre os professores, apesar dos pais suspeitos. Também conquistara o respeito dos colegas ajudando-os com os deveres de casa.

No fim da aula, os alunos saíram correndo. O tio de um menino ficara sabendo, por alguém que tinha um irmão na Gestapo, que o joalheiro judeu da Blumenstrasse estava prestes a ser preso e que a milícia paramilitar saquearia a loja. Era diversão garantida, e talvez ainda rendesse um relógio.

Hans permaneceu na escola, aguardando na sala de espera da secretaria para falar com o diretor. Lembrou-se da conversa travada com Herr Wolff na semana anterior, naquela mesma sala.

— Entendo por que você não vê a hora de entrar para a Juventude Hitlerista — dissera Wolff. — Mas precisamos considerar as consequências. Sei que você não quer se indispor com seus pais. De todo modo, acho que existem maneiras melhores de você servir ao Reich. Tenho certeza de que o Führer preferiria que você o ajudasse de outras formas. Haverá hora para glória no futuro.

Com base naquelas palavras, ele tomou sua decisão. E agora tinha uma proposta a fazer. Era arriscado, mas a única maneira de resolver a merda feita pelos idiotas dos pais.

— Entre, Hans — chamou Wolff, o diligente professor universitário e antigo membro do partido que ocupou o cargo de diretor da escola três anos antes, depois da demissão de seu duvidoso antecessor. Havia outro homem no gabinete, de aparência menos intelectual, alguém que parecia estar mais interessado na prática do que na teoria. — Apresento-lhe Herr Weber, da Gestapo.

Weber era o tipo de homem que Hans apreciava. Imponente, forte e cheio de energia. Era mais jovem do que Hans imaginara. Apertou a mão do menino com firmeza e olhou dentro de seus olhos como se estivesse olhando sua alma.

— Fiquei sabendo que você gostaria de ajudar o país — observou. — Com discrição. Tenho experiência nesses assuntos. Assuntos que envolvem discrição. O que você gostaria de me contar?

Direto e objetivo. Era isso que Hans desejava.

— Quero oferecer uma coisa, em troca de outra — respondeu Hans, no começo hesitante, depois ganhando confiança.

Weber sorriu.

— Um acordo. Podemos negociar, sim, se for algo dentro do razoável. Mas é preciso que beneficie a nós dois. Em que posso ajudar?

— Meus pais são idiotas, senhor. Nós dois sabemos disso. Não consigo deixar de amá-los. Sei que eles vão acabar sendo presos pelo que estão fazendo, mas não há nada que eu possa fazer para dissuadi-los.

— Você já conversou com eles?

— Não, não vale nem a pena tentar.

— Talvez seja melhor assim. Quanto menos eles souberem o que você pensa, melhor.

— Foi o que imaginei. Mas quero salvá-los.

— Muito admirável. Prossiga.

— Tenho uma informação que pode ser do interesse do senhor. Mas também quero proteger meus pais.

Weber sorriu novamente, o sorriso que deixava claro que, para todo problema, há uma solução.

— Compreendo. Um dilema. Vamos ver se conseguimos resolvê-lo. Qual é a informação?

— Acho que seria melhor definirmos antes o que vai acontecer quando eu contar.

— Ora, isso depende. O que você tem em mente?

— Quero que meus pais deixem o país. Eu preferiria ficar, mas teria de acompanhá-los. Eles não iriam embora sem mim.

— Entendo. A informação precisaria ser muito importante para concordarmos com isso. De certo modo, quanto mais cidadãos desleais deixarem a pátria, melhor. Por isso estaríamos dispostos a autorizar que seus pais fossem embora. Mas seria complicado provocar a saída deles sem deixar óbvio o motivo. Deportá-los não daria um bom exemplo. Mas se eles simplesmente fugissem... Entende?

— Entendo — respondeu Hans. — Já pensei nisso.

— Ah, que bom! Ótimo.

Weber sorriu mais uma vez.

— E, com relação à sua primeira preocupação, acho, sim, que a informação seria importante.

— Hum. Veremos. Para eu concordar, você antes teria de me passar a informação. Eu daria a minha palavra, mas, evidentemente, se eu achar que não é importante, não haverá acordo. É justo? Você confia em mim?

— Sim, senhor.

— Bom rapaz. Então podemos seguir em frente. Estamos combinados?

— Estamos. Mas podemos fazer um contrato assinado?

Weber soltou uma risada.

— Acordos desse tipo geralmente não são feitos em contrato. Mas estou disposto a assinar qualquer documento, se isso deixar você mais tranquilo. Para sua própria segurança, porém, eu precisaria ficar com o documento.

— Tudo bem. Confio no senhor.

— Ótimo. Então diga, Hans Taub.

— Ouvi Albert Schröder e meu pai conversando no gabinete de Herr Schröder.

— Schröder, o dono de fábricas?

— Sim, senhor. Eles estavam discutindo política, dizendo que a guerra é inevitável.

— Sim, e?

— Herr Schröder disse que isso era terrível. Ele e meu pai discutiram o que poderia ser feito sobre a situação. Herr Schröder ofereceu dinheiro para ajudar os judeus a saírem do país. Queria ajudar a oposição. Depois conversaram sobre a possibilidade de empacar o esforço de guerra nas fábricas de Herr Schröder.

— Sabotagem?

— Sim, senhor. Herr Schröder disse ao meu pai que estava disposto a comprometer suas fábricas para frustrar o esforço de guerra. Pediu que meu pai levasse essa informação para fora do país.

— Mais alguma coisa, Hans?

Hans calculou que o que havia dito talvez não fosse suficiente.

— Sim, senhor. Herr Schröder disse ao meu pai que é judeu. Tem sangue judeu.

— Entendo — respondeu Weber, que vinha anotando tudo. — Isso pode ser importante. Ou não. Não sei. Você se lembra exatamente do que foi dito e por quem?

— Lembro, sim, senhor. E é tudo verdade.

— Não duvido. Mas preciso pensar.

— E nosso acordo, senhor? — perguntou Hans, hesitante.

— Não se preocupe. Vou cumprir minha parte do acordo. A questão é que não sei se poderemos fazer alguma coisa com a informação. E é isso que vai definir se ela é importante ou não. Você estaria disposto a assinar uma declaração?

— Sim, senhor.

— Bom rapaz. Você disse que tinha uma ideia sobre como seu pai poderia sair do país.

— Sim, senhor. Envolve Herr Wolff.

— Sei. Diga-me como, exatamente.

Mais tarde, Weber pediu que Hans se retirasse com a promessa de que conversariam novamente no dia seguinte, no gabinete do diretor.

— Você acredita nele, Wolff? — perguntou Weber. — Ele pode ter se enganado?

— É um menino muito inteligente. Acredito nele, sim. Mas temos um problema ético.

— Qual?

— Ele é menor. Denunciar os pais por insultar o Führer quando ele está na rádio é uma coisa. Isso aqui é outra, bem diferente. As consequências podem ser drásticas.

— Eu sei. Mas as dificuldades podem ser transponíveis.

— Você tem alguma comprovação para o que ele disse?

— Vou precisar confirmar. Francamente, duvido. Taub e Schröder podem ter se descuidado na frente de Hans, mas geralmente são homens cautelosos. Sabemos das visitas de Taub à casa de Schröder, mas nada além disso.

— Você não quer ver se o menino consegue obter mais informações sobre Schröder e o pai?

— Duvido que ele consiga. De qualquer forma, o que ele disse é suficiente para condenar ambos, se conseguirmos provar. E temos pouco tempo para acordos assim. No ano que vem, a essa altura...

— Trata-se do testemunho não confirmado de um menino de catorze anos.

— Eu sei. Dito assim. Mas é intrigante e vai ficar ainda mais intrigante quando botarmos no papel. A idade não prejudica a credibilidade dele. O que ele disse é totalmente verossímil. E tem o seguinte: existe muita dúvida com relação aos Schröder. Eles têm contatos pouco convencionais. Não fazem nenhum esforço para adotar os ideais certos. Para ser sincero, meus colegas ficariam felizes de ter um motivo concreto para tirar de cena Albert Schröder. As fábricas dele são excelentes, seriam uma oportuna contribuição para a guerra. Mas estão nas mãos erradas. Schröder não é considerado um homem de confiança. Aparentemente, com razão. E seria bom nos livrarmos de Konrad Taub. Talvez seja possível tomarmos um pouco de liberdade.

— Como assim, liberdade?

— Por exemplo, seria mais conveniente minimizarmos a idade do Hans.

— Mas quando chegar a hora dos testemunhos perante o tribunal...

— Ah, sem dúvida Hans seria testemunha. Mas o Estado protege aqueles que são patriotas o bastante para oferecer informações sigilosas. O juiz apenas lerá a declaração e ouvirá meu testemunho.

— Você estaria disposto a omitir fatos relevantes?

— Claro que não. Só acho que a idade do menino não é tão pertinente assim. Mais importante é saber se podemos confiar nele, e já definimos isso. Há muitos adultos cujos relatos seriam menos detalhados e exatos. E, se você e eu temos a escolha de proteger o Reich ou deixar que criminosos fiquem impunes por causa de medidas processuais, é evidente que precisamos priorizar a justiça. Vou pensar mais um pouco sobre o assunto. Mas, por favor, libere o menino amanhã para que possamos conversar.

3

NA MANHÃ SEGUINTE, durante a primeira aula, Hans foi chamado por Herr Wolff e conduzido de carro a um prédio que ele não conhecia, perto da Kurfürstendamm. Era empolgante e ao mesmo tempo assustador. Ele poderia muito bem ser preso naquele lugar funesto. O Mercedes parou no subsolo do prédio, e ele foi conduzido de elevador até uma sala vazia, no quarto andar.

A sala tinha paredes de madeira e tapete azul. Em torno de uma mesa comprida, havia doze cadeiras de couro. Hans contornou a mesa, contando-as duas vezes. Uma das paredes era dominada por uma imensa bandeira da suástica. Ele sentiu o peito se inflar de orgulho.

Weber entrou apressado, com dois outros homens. Estava usando um uniforme preto tão bonito que Hans imediatamente desejou ter um também. Weber disse "*Heil*, Hitler!" e prestou continência. Hans não sabia se aquilo era uma armadilha ou um teste. Respondeu com o braço estendido e um "*Heil*, Hitler!" firme. Era uma sensação tão mais incrível do que quando treinava no quarto ou fazia a saudação na sala de aula! Aquilo era para valer, e ele se sentiu ligeiramente mais alto. Os três homens sorriram com um pouco de condescendência, ele achou.

Weber agia com objetividade.

— Muito bem, Herr Taub.

Hans demorou alguns instantes para se dar conta de que Weber falava com ele. Weber se sentou a um lado da mesa, com os outros dois homens, convidando Hans a se sentar do lado oposto.

— Apresento-lhe dois colegas do setor jurídico, Herr Engel e Herr Ziegler. Como o senhor fez algumas alegações sérias, precisamos garantir a exatidão do seu testemunho. Precisamos evitar, a todo custo, a tomada de uma decisão errada. O conselho jurídico está presente para se certificar de que essa declaração será dada de acordo com a lei e admissível em possíveis procedimentos legais.

Procedimentos legais. Hans sabia que essa era uma consequência inevitável da informação que ele dera a Weber no dia anterior. Mas ouvir aquilo em alto e bom som deixava tudo mais real. A semente do remorso brotou em seu estômago, mas foi facilmente extirpada. Afinal, Schröder pretendia trair a pátria. E daí que a família seria humilhada e destruída? Eles mereciam.

— O senhor entende? — perguntou Weber.

— Entendo — assentiu Hans.

Com paciência, os homens conduziram o interrogatório, pedindo que Hans contasse o que havia dito a Weber no dia anterior. Hans tinha excelente memória, lembrando mais ou menos palavra por palavra o que havia falado. Ateve-se ao roteiro, arriscando um ou outro detalhe extra, sem fazer nenhum grande acréscimo, mesmo quando incitado por Weber ou pelos dois advogados a fornecer mais informações. Os três homens tinham cada qual o que parecia ser uma cópia do mesmo documento, que volta e meia consultavam.

Engel perguntou sobre as circunstâncias em que ele havia escutado o diálogo do pai com Schröder.

— No começo, eu estava no próprio gabinete — respondeu ele. — O dois esqueceram a minha presença. Herr Schröder estava ansioso para dar início à conversa. Depois saí e voltei. Aí fiquei ouvindo do outro lado da porta.

— O senhor diria que ouviu a conversa claramente?

— Ouvi, sim, senhor.

— E não havia mais ninguém no gabinete? O senhor os distinguia claramente?

— Sim, senhor.

Engel contraiu os lábios finos.

— Então o senhor está dizendo as palavras exatas que esses homens proferiram?

— Estou.

— Eu queria perguntar sobre a reação do seu pai ao que Herr Schröder falou — prosseguiu Ziegler, o mais simpático dos dois. — Seu pai é socialista, pelo que sei.

— Ele se diz liberal. Não entendo muito de política, mas acho que isso significa que ele é de esquerda.

— Exatamente. — Ziegler sorriu para ele. — O senhor diria que seu pai ficou satisfeito com a proposta de Herr Schröder?

Weber olhou de esguelha para Ziegler e lançou um olhar de advertência para Hans.

— Satisfeito, não, senhor. Acho que não. Mas, é claro, eu não estava vendo o rosto deles.

— Se o senhor me permite uma interrupção, Herr Ziegler — manifestou-se Weber. — Em minhas anotações, consta que Hans teve a impressão de que o pai pareceu ficar chocado com a audácia das declarações de Herr Schröder. Acho que você disse, Hans, se escrevi direito: "Seja qual for a posição do meu pai, ele jamais seria desleal ao país num momento de crise nacional." Você não disse isso?

— Sim, senhor.

— Estou perguntando — insistiu Ziegler — porque parece que, por algum motivo, Herr Schröder tinha a impressão de que seu pai transmitiria aquelas informações a terceiros. O senhor imagina por quê?

— Não faço ideia, senhor.

— Muito bem.

Ziegler sorriu novamente. Estava quase terminando.

Weber juntou as três cópias do documento que eles vinham examinando, organizando-as simetricamente. Pareceu a Hans um gesto feminino.

— Esta é a declaração que preparei para você assinar, Hans. Leia com atenção. É um documento oficial. Depois, se você estiver satisfeito, assine todas as vias.

Hans demorou alguns segundos fingindo que lia o documento. Na verdade, a descarga de adrenalina lhe roubara a capacidade de concentração. Casualmente, assinou as três vias.

— Muito bem — disse Weber, voltando-se para Engel e Ziegler. — Vocês já podem dar início aos procedimentos. Preciso discutir alguns detalhes práticos com Herr Taub.

Os advogados se retiraram da sala.

— Três dias — anunciou Weber. — É o que posso garantir a você. Existe a possibilidade de que a redação dos mandados demore um pouco mais, se eu retardar os trâmites, mas três dias é o máximo com que você pode contar. Vocês precisam ir embora nesse prazo. Depois vai ser como se nosso acordo jamais tivesse existido. E, se seus pais forem presos por outros motivos, que não constem no nosso acordo, o mesmo se aplica. Entendeu?

— Entendi.

— Conversei com Herr Wolff. Ele vai fazer hoje o que combinamos.

— Obrigado, senhor.

— Seus pais vão precisar de visto de saída, que Herr Wolff fornecerá. Vou instruí-lo sobre o que dizer. Não posso fazer nada com relação aos vistos de entrada estrangeiros. Imagino que seu pai tenha contatos no exterior, que consigam o que for necessário.

— Imagino que sim.

Weber pareceu relaxar um pouco.

— Então só resta nosso contrato.

Ele tirou um papel do bolso e avaliou-o brevemente, antes de entregá-lo a Hans, que assinou sem ler.

Weber perguntou:

— Você acha que seu pai vai para Londres?

— Acho.

— Você estaria disposto a servir ao Reich enquanto estiver lá?

— Claro.

— Sempre existe a necessidade de vigiar pequenas comunidades de dissidentes no exterior. Pode ser que nosso pessoal entre em contato com você.

— Sim, senhor.

— Quero deixar uma coisa bem clara. Considero seu pai um traidor. Estou permitindo que ele vá embora porque você e eu temos um acordo. Sou homem de palavra. Se dependesse de mim, ele estaria perdido. Mas temos nosso acordo. Você se mostrou um cidadão muito patriota, corajoso e inteligente, serviu bem ao seu país. Isso será lembrado. Adeus e boa sorte.

No carro, no caminho de volta para a escola, Hans relembrou a conversa, adivinhando cada gota de sarcasmo nas palavras de Weber. Foda-se você também, pensou, abrindo um sorriso.

4

O PAI ESTAVA escrevendo um artigo quando bateram à porta de casa, naquela noite. Hans dirigiu-se imediatamente à janela, para olhar a rua. Não viu nenhum carro, mas àquela altura já esperava que Weber tivesse deixado de cumprir sua parte do acordo. O pai entrou em pânico, tentando juntar os papéis, que pareciam ter aderido à mesa. Renate abriu a porta do quarto, onde Konrad jogou tudo debaixo da cama. Hans tinha certeza de que os pais sabiam que era uma providência inútil, um gesto vazio.

Observou o pai se recompor antes de se dirigir à porta.

— Ah, Herr Wolff! — exclamou ele, surpreso.

Wolff entrou, batendo os sapatos molhados de neve no capacho, entregando o sobretudo à mãe de Hans. Correu os olhos pelo apartamento, a curiosidade evidente, embora tentasse ocultá-la. Hans não sabia o que Herr Wolff esperava da casa de dois intelectuais liberais. Um lugar imundo que mostrasse sua depravação, o ponto de encontro de revolucionários baderneiros, um esconderijo de armas e explosivos? O que havia era um apartamento perfeitamente normal, que consistia em um banheiro, dois quartos pequenos e uma área um pouco maior, compreendendo a sala de estar, a sala de jantar e uma pequena cozinha, limpa, embora talvez um pouco gasta, porque os Taub não prosperavam desde que Hitler se tornara chanceler.

Era estranho ver o diretor da escola ali. Wolff parecia um homem meticuloso, que ficava à vontade no ambiente conhecido de seu gabinete, onde encontrava segurança nos livros cuidadosamente dispostos, nas canetas alinhadas sobre a mesa. Ali, mostrava-se nervoso, os olhos se virando para lá e para cá, os dedos se mexendo rápido, entrelaçando-se, depois se abrindo, sem nenhum motivo aparente.

— É sobre a escola? — perguntou o pai. — O Hans aprontou alguma coisa?

— Como? — murmurou Wolff, desorientado. Ele não foi feito para isso, pensou Hans. Mas toda aquela apreensão talvez viesse a calhar. — Ah, não, não é nada parecido.

Konrad e Renate Taub aguardaram.

— Então o que foi? — perguntou Konrad, afinal.

— Ah, sim. Se for possível, seria melhor, eu acho, conversarmos em particular.

Wolff voltou os olhos para Hans.

— Sem o Hans? — perguntou Renate.

— Isso.

— Não temos segredo nenhum com nosso filho — objetou Konrad. — Seja o que for, o senhor pode dizer na frente dele.

— Acho melhor...

— Está tudo bem, pai — interveio Hans. — Vou ler no quarto.

Ele foi para o quarto minúsculo, que dava vista para o pátio coberto de neve, e deixou o livro fechado sobre a cama. Colou o ouvido à porta. Wolff tentava falar em voz baixa, mas estava tão acostumado a fazer pronunciamentos bombásticos que não foi preciso se esforçar muito para ouvir o que ele dizia. Era mais difícil escutar a resposta dos pais.

— Herr Taub — começou Wolff. — Podemos concordar pelo menos com relação a uma coisa: que discordamos sobre quase tudo. Acho suas posições uma desgraça, e tenho certeza de que o senhor acha as minhas igualmente lamentáveis. Mas reconheço que, por mais equivocado que seja, o senhor acredita no seu país. Por isso estou aqui num ato de misericórdia. Vejo no seu filho potencial para que ele seja um ótimo rapaz. Mas temo que, por causa das suas opiniões, o futuro do seu filho seja destruído.

Konrad Taub respondeu algo inaudível.

— Não, não, não — protestou Wolff. — Não vim aqui para tentar convertê-lo nem o convencer de que o senhor está errado. Já é tarde demais para isso. Vim com um objetivo específico, muito prático. E saiba que estou me arriscando. O senhor precisa entender que vivemos num mundo diferente de cinco anos atrás.

Fez-se silêncio. Hans tentou ouvir se os pais estavam dizendo alguma coisa. Mas parecia que aquela pausa se destinava apenas a provocar efeito dramático, antes que Wolff prosseguisse.

— Apesar de nossas diferenças, vim avisar que o senhor está correndo perigo imediato. Como o senhor sabe, sou muito envolvido nos assuntos do partido. E recebi a informação de que expediram um mandado de prisão para o senhor.

Hans podia muito bem imaginar a fisionomia de surpresa dos pais.

— Os motivos devem ser tão claros para o senhor como são para mim. Recebi a informação em caráter sigiloso. As consequências são óbvias. O senhor será julgado por insubordinação, com resultado previsível. O futuro do Hans será incerto. Se tiver sorte, ele será adotado. Mas duvido que isso aconteça. Afinal, ele será filho de dois traidores. — Wolff falava sem emoção. — Não há nenhum equívoco, não existe dúvida alguma — afirmou, indiferente, como se falasse com um aluno estúpido. — É fato. Em época de crise, o país precisa saber exatamente quem são os inimigos.

Ao ouvir o tom amargo do murmúrio do pai, Hans imaginou Wolff fitando-o com desdém através dos óculos sem aro.

— Não vim aqui para discutir, Herr Taub. Vim porque quero salvar seu filho inocente da ruína. Vim para lhe dar uma informação. Cabe ao senhor decidir o que fazer com ela. O senhor pode me denunciar, se quiser, e nós dois acabaremos diante do tribunal. É um risco que corro. — Wolff pigarreou antes de continuar: — Evidentemente, o senhor pode preferir ser herói. Pode ser mártir da causa que defende. O que acho terrível é que parece estar disposto a sacrificar seu filho. Imagino que seja um direito seu e é o que eu já deveria esperar de alguém como o senhor.

Konrad Taub respondeu algo novamente, e, embora Hans não conseguisse ouvir, o tom era furioso.

— Não, não posso intervir com relação ao Hans. Oficialmente, não sei de nada. Quando ocorrerem as detenções, ele será levado para algum lugar, e vai ser impossível para mim fazer o que for.

Hans ouviu Renate intervir, a voz quase um gemido, mas não conseguiu escutar as palavras exatas.

Wolff prosseguiu:

— O senhor tem uma escolha óbvia a fazer, na minha opinião, e não tem muito tempo. Também receio que eu talvez tenha feito essa visita à toa. Espero que não.

Passos pesados cruzaram a sala. Hans deduziu que eram os passos do pai. Alguém puxou uma cadeira e se sentou. Ele ouviu o tom de voz apaziguador da mãe.

— Ah, sim! — exclamou Wolff, como se tivesse se esquecido de dizer algo importante. — Obviamente, em circunstâncias normais, seria difícil para o senhor deixar o país. Mas tenho contatos e posso conseguir vistos de saída. Caberia ao senhor conseguir os vistos de entrada do país para onde for, caso decida agir com sensatez. Eu me disporia a lhe fazer esse último favor, mas apenas por Hans. Estarei na escola às seis e meia da manhã. Pense bastante nos seus próximos passos e, se quiser minha ajuda, me procure. Leve seus documentos. Depois disso, não ajudarei mais.

Houve uma última troca de palavras, até Wolff dizer em voz alta, aparentemente enfurecido:

— Espero que o senhor entenda os riscos que estou correndo. Por causa do seu filho. Boa noite.

Hans ouviu a porta bater. Dirigiu-se à cama e pegou o livro. Mas a porta do quarto só se abriu alguns minutos depois.

O pai bateu antes de entrar. Num murmúrio, disse:

— Hans, sua mãe e eu queremos conversar com você.

5

DUAS NOITES DEPOIS, na Estação de Frankfurt, Hans e o pai aguardavam a partida do trem com destino a Paris. Konrad Taub estava vestido com distinção. A barba fora raspada; o cabelo, cortado. De vez em quando, ele murmurava para o filho algo com seu tom de voz mais tranquilizador.

Eles haviam pegado o trem de Berlim na manhã anterior, deixando Renate na cidade para resolver as pendências da vida deles. Konrad e Renate Taub eram pessoas zelosas, organizadas, que consideravam sua responsabilidade cívica conduzir direito seus negócios.

Na noite da visita de Wolff, depois que decidiram deixar a Alemanha, os três ficaram sentados à mesa da cozinha, fazendo uma lista. Konrad procuraria Wolff pela manhã para pedir os vistos de saída. E dali iria à embaixada britânica, onde conhecia alguém que poderia arranjar vistos para a França e a Inglaterra. Nem ele nem Renate manifestaram nenhum temor de que a proposta de Wolff pudesse ser um plano para incriminá-los. Em certo sentido, Hans achava a confiança instintiva dos dois quase comovente. Mas dentro dele crescia a semente da dúvida com relação à boa-fé de Weber naquela transação.

Depois que Konrad conseguisse os vistos, ele e Renate iriam ao banco para sacar o máximo de dinheiro possível. O restante seria transferido para a conta da irmã de Renate. Era preciso comprar as passagens de trem. Eles embalariam a mudança e escreveriam para parentes e amigos. Era evidente que não poderiam fazer tudo num único dia, por isso decidiram que Renate ficaria mais um dia em Berlim, para se ocupar dos outros itens da lista: desde pagar a conta da mercearia, até informar às amigas do centro de assistência comunitária que ela e o marido passariam alguns dias na Baviera.

Hans havia sugerido que a mãe largasse tudo e simplesmente partisse com eles, que os pais levassem a sério o que Herr Professor Wolff havia dito. Sabendo que os dois não compreendiam a gravidade da situação, contestou o raciocínio deles, mas em vão.

— É em mim que estão interessados — argumentou o pai. — Sua mãe não corre perigo. Não podemos simplesmente ir embora. Precisamos deixar tudo em ordem.

Hans sentia ao mesmo tempo desespero e irritação, mas sabia que insistir seria tanto inútil quanto arriscado para ele.

O plano era que Renate os encontrasse no trem, mas isso certamente não aconteceria. O relógio da plataforma mostrava que acabara de passar das onze horas. O vapor se erguia em nuvens até o telhado de vidro da estação, à medida que o motor ganhava força. O anúncio da partida iminente quebrou o silêncio noturno. Não havia movimento na plataforma, monocromática sob a luz artificial. Os passageiros haviam embarcado e tudo se reduzia à espera. Faltavam quatro minutos. Eles entraram no trem e fecharam a porta.

— Ela vai nos alcançar mais adiante — murmurou Konrad. — Vamos vê-la em Paris.

Havia diversos compartimentos mais vazios no trem, mas Konrad fez questão de que eles ocupassem os dois últimos lugares daquele, diante dos olhares mudos. Seus companheiros de viagem eram, ao que tudo indicava, homens de negócios, mas não exatamente de sucesso, viajando na segunda classe, sem acomodação para dormir. Havia uma única mulher, loira, bonita, uns trinta anos, que mantinha a cara amarrada, desafiando os homens a olhar para ela ou puxar assunto, sinalizando que haveria consequências.

O trem se pôs a andar com um solavanco, em pouco tempo deixando para trás os subúrbios, avançando pelos campos escuros, invisíveis, rompendo o silêncio da noite invernal. Eles estavam a caminho da Inglaterra, aquele país distante, senão geográfica, pelo menos filosoficamente. O embalo do movimento e o barulho ritmado do motor eram reconfortantes, e, depois de tanta emoção, Hans sentia cansaço e logo caiu no sono.

Acordou de súbito. O trem estava silencioso, parado; o compartimento, escuro. O pai estava encostado no ombro dele, a cabeça balançando. Com cuidado, Hans o empurrou, de modo que a cabeça se acomodou no vidro do corredor, com um pequeno baque. Konrad não despertou. Havia o barulho de respiração no compartimento, o fedor de oito corpos emitindo livremente seus odores, suavizado pela doce alfazema do perfume da mulher. Parecia que mais ninguém estava acordado.

Os olhos dele se ajustaram à penumbra. Ele olhou para fora da janela. Viu postes, mas nenhum sinal de estação. De frente para o pai, a mulher se encontrava sentada e espremida no banco, para evitar contato com o bigodudo desconhecido sentado ao lado. Ela também estava dormindo, de boca aberta. A saia havia se levantado um pouco. Hans via claramente as ligas que prendiam a meia-calça e um pedaço de pele branca feito porcelana. Ficou admirando, extasiado, então algo o fez erguer a vista. Ela estava olhando nos olhos dele, sorrindo com malícia. Abriu as pernas, e Hans viu mais da pele branca, o brilho da roupa íntima, uma seda macia cor de pêssego, na cabeça dele, embora não desse para distinguir esses detalhes. Ainda sorrindo, a mulher fechou os olhos e, pareceu a Hans, inclinou-se mais para trás, virando de leve as pernas em sua direção. Talvez ele tivesse imaginado tudo isso, mas a visão da pele dela e daquele tecido era real.

Tentou se concentrar na sensação deliciosa que aquilo provocava em sua genitália. Por um instante, a excitação o manteve acordado, mas o sono acabou vencendo novamente, quando o trem retomou a viagem.

Quando Hans acordou outra vez, todas as outras pessoas do compartimento já se preparavam para deixar o trem. Ajustavam gravata, penteavam cabelo, botavam chapéu, esfregavam os olhos para afastar o sono. A mulher passava batom tranquilamente, fitando-o com uma expressão vazia. A luz de um poste invadiu a penumbra do compartimento.

— Que horas são? — perguntou Hans, mais alto do que pretendia.

— Três e quarenta — respondeu o pai. — Estamos em Aachen. Precisamos desembarcar para passar pelo controle de passaporte.

O maquinista avançava pelo corredor, batendo no vidro dos compartimentos.

— Pessoal, precisamos sair — avisava. — Rápido.

Os passageiros se levantaram sem jeito, desculpando-se, negociando o pouco espaço. O pai de Hans pegou a mala.

— Não precisa levar a mala — observou um dos homens. — Só os documentos. Eles não estão interessados em contrabando. Só nas pessoas. Daqui a pouco estaremos de volta.

Konrad assentiu, deixando a mala no bagageiro.

Eles desembarcaram e pegaram a fila que serpenteava pela estação, a mulher loira avançando na frente. Fazia muito frio. Ao cruzar a plataforma, Hans voltou os olhos para o trem. Estavam separando a locomotiva alemã, e, na plataforma vizinha, o substituto francês soltava vapor, como se aguardasse impaciente.

Quando entraram no pátio, ele sentiu o perfume da mulher vindo em sua direção. Olhou as costas elegantes dela, viu a costura preta da meia-calça e pensou novamente naquele tecido macio e no que ele guardava. Ela fumava com uma piteira de marfim, e ele inalou o cheiro do cigarro avidamente, desejando tudo dela.

O pai estava nervoso, tateando os documentos no bolso. A mulher se virou para trás.

— É tão incômodo, não é? Descer do trem para voltar de novo? Faz pouco tempo que implantaram essas medidas.

Ela abriu um sorriso e tragou novamente o cigarro.

— É — respondeu Konrad, vermelho. — Você vai sempre a Paris?

— Vou. Sou estilista. Trabalho para alguns ateliês. E você?

— Jornalista. Estou preparando um artigo sobre o Monsieur Cocteau. Há muitos anos não vou a Paris.

— E esse é seu assistente?

— Ah, não. É meu filho, Hans. Achei que já estava na hora de ele conhecer Paris.

— Entendi — disse ela, virando-se para Hans. — Um jovem da idade dele... Há tanta coisa para se ver em Paris!

Hans a encarou, logo desviando os olhos. Pensou ter visto um delicioso sorriso cúmplice em seu rosto, mas naquele instante a fila começou a andar.

Ele a espiou. Ela estava sorrindo de fato, aparentemente achando graça de seu entusiasmo. Ele queria tocá-la, sentir a pele por baixo da saia, ou mesmo a pele do braço, apenas para ter certeza de que ela existia e ele também. Mas a fila andou rápido, ela precisava guardar seu lugar.

Havia quatro mesas, duas de cada lado dos passageiros. O procedimento era óbvio. Em cada mesa, havia dois homens de uniforme cinza-escuro com distintivos da SS nas lapelas. O homem sentado fazia perguntas, enquanto o homem de pé fitava o passageiro com desconfiança, como se tivesse a intenção de intimidá-lo. Na penumbra da lateral, ficavam outros quatro homens, supervisionando tudo.

As pessoas eram chamadas e atendidas relativamente rápido. Parecia que eram selecionadas de maneira quase aleatória para responder a um interrogatório mais aprofundado. Até isso parecia arbitrário. Mas, para a maioria dos passageiros, o martírio consistia apenas no exame minucioso dos documentos e em algumas perguntas superficiais, despretensiosas.

Eles estavam se aproximando. Konrad observava atentamente os guardas, como se pudesse descobrir uma solução para vencer os minutos seguintes. Hans pediu num sussurro que ele disfarçasse o nervosismo.

Chamaram a mulher, que estava na frente deles. Ao avançar com segurança, ela se virou para Hans e o pai, sorrindo novamente. Distraído, o pai não viu.

Hans a observou dirigindo-se à mesa. Ela agia com bravata. Abriu um sorriso radiante para os guardas e deixou os documentos arrumadinhos sobre a mesa. Os homens retribuíram a gentileza com um sorriso burocrático. Ela fez uma brincadeira, mas Hans não ouviu o que ela disse. Era possível, pensou ele, que ela os estivesse alertando sobre o nervosismo do pai.

O homem sentado riu e voltou os olhos para o colega, que pegou um dos documentos sobre a mesa, enquanto o outro folheava o passaporte. Hans tentou simular falta de interesse ao concentrar a atenção no que acontecia.

Ele e o pai estavam agora no começo da fila, mas ainda assim não eram chamados. A atividade de todas as outras mesas havia parado. A única pessoa sendo atendida era a loira, aparentemente alheia ao silêncio, falando animadamente com os oficiais, o sorriso aberto. Claro. Ela era uma informante. Era por isso que havia conversado com eles. Estava ali para desmascará-los.

Ou então, pensou Hans, ela voltaria para o trem e ficaria se perguntando o que havia acontecido com aquele jornalista bonito mas tenso e o filho adorável dele. Imaginou o que aconteceria com a bagagem: se algum funcionário do trem era encarregado de localizar as malas dos traidores e levá-las para a inspeção. Correu os olhos à volta, esperando que, a qualquer instante, alguém agarrasse seu braço.

Viu o guarda fazer um sinal discreto com a mão, que a mulher aparentemente não notou, e três daqueles homens que ficavam na lateral se puseram a avançar. Então era isso. Hans se preparou. Mas não foi seu braço que agarraram. Os homens se dirigiram aos colegas da mesa e, num gesto bem treinado, seguraram a mulher e a conduziram com rapidez e eficiência em direção a uma porta no fundo da estação. Ela não disse nada. Devia ser o susto, pensou Hans. A comoção se resolveu em questão de segundos. O homem sentado à mesa juntou os documentos dela, levantou-se e seguiu em direção à porta com o colega.

— *Mein Herr! Bitte schön.*

Hans e o pai levaram um susto ao ouvir o tom irritado do homem que gritava com eles. Estava chamando os dois para uma das mesas. A entrevista foi breve e peremptória. Havia o cronograma da ferrovia a ser seguido. Era preciso compensar o atraso. Faltava um quarto dos homens.

Em menos de dois minutos, eles caminhavam de volta para o trem, em silêncio.

CAPÍTULO 15

Assinado, selado e entregue

1

FOI, PENSA ELE ao tentar prender a abotoadura da manga direita, a primeira vez que ele compreendeu o potencial da intriga e das interferências veladas. Até aquele momento ele não sabia que, assim como nações hostis, era possível que dois indivíduos selassem um acordo secreto. Com aquela pequena iniciativa, ele começara a entender a capacidade que tinha para alinhar os planetas de uma forma que coincidisse com seus interesses.

Fora relativamente fácil manipular Weber. Wolff, apesar das conquistas acadêmicas, não passava de um idiota. Mas ele também havia aprendido algumas lições. Ficara à mercê demais da honestidade de Weber, acreditando que ele cumpriria seu lado do acordo. Não tivera nenhuma garantia. Ele havia aprendido.

E a mãe, é claro. Lamentável. A essa altura, é o único adjetivo que parece apropriado. Talvez um pouco desprovido da emoção que ele deveria sentir com relação à mulher que lhe dera a vida, mas ainda assim é um adjetivo honesto. Na verdade, ele havia sido um inconveniente para a mãe, arrancado do útero em meio a suas teorizações. Ela tentara educá-lo cedo politicamente, sem êxito. Konrad era o mais romântico e tradicional dos dois. Sempre abraçava Renate, que se mantinha relutante, com aquele ar de impaciência. E era o pai que cuidava do filho na maior parte do tempo.

Ele agora recebeu alta, está relativamente bem. Havia ficado por um triz no hospital, temendo ser encaminhado a alguma instituição. Se os papéis fossem invertidos, não teria pensado duas vezes em se livrar de Betty. Parabéns a ela. Mesmo agora suas mãos tremem, e ele continua sem conseguir enfiar a abotoadura no buraco, que hoje parece menor do que nunca. Está ficando irritado.

Suspira: Ah, o que ele já viveu! Ainda mais em relação a pessoas como Betty. Mais tarde, o pai descobriria que Renate fora presa um dia depois de terem deixado a Alemanha. Weber cumprira fielmente o que dizia o contrato. O restante era previsível: o julgamento de cartas marcadas, as notícias no *Völkischer Beobachter* e a condenação. Talvez menos óbvia tenha sido a desumanidade da Alemanha no período transcorrido entre a detenção e a sentença. Em maio de 1939, ela foi executada por um pelotão de fuzilamento na Prisão de Spandau. O que mais se pode dizer? É lamentável, mas foi apenas uma consequência da estupidez dos pais. Agora ele quase não tem lembranças da mãe.

Irritado, tira a camisa, joga-a na cama. Por precaução, há outra camisa passada, pendurada no armário, essa com botões em vez das malditas abotoaduras. Ele se detém por um instante na frente do espelho, apenas de colete. Ah, meu Deus! O peito murcho. A carne cinzenta dos bíceps pendendo do braço como uma flâmula. A vermelhidão do rosto. O amarelo leitoso das íris. A textura de espiga de milho do cabelo branco. Está acontecendo.

Eles foram levados a uma casa de campo na Escócia, onde — enquanto o pai era recebido por Birch, ex-segundo-secretário da embaixada britânica em Berlim, então funcionário de posição mediana na hierarquia da inteligência britânica — uma governanta simpática cuidava dele. Por fim, Birch decidiu o que fazer com os dois. Ele foi enviado a um internato em Herefordshire, para o começo do semestre. E o pai foi para Londres, escrever artigos de oposição para a BBC e conviver com exilados políticos alemães, procurando espiões nazistas entre eles. Nas férias escolares, Hans ficava com o pai no apartamentinho dele, em Putney.

A detenção e o julgamento de Albert Schröder também receberam bastante atenção da imprensa. Foi noticiado que ele fora considerado culpado e executado. Pela rede de emigrantes, chegou a Londres ainda a informação de que a família fora colocada sob custódia protetora, um eufemismo bem conhecido. Os desdobramentos eram inevitáveis. Depois ninguém mais falaria dos Schröder, a estimada família que de algum modo entrara em conflito com o regime.

Ele se levanta novamente, infla o peito. Amarra a gravata e penteia o cabelo. A morte pode estar próxima, mas ele continua aqui, ainda cheio de vigor. Está quase na hora de subir ao palco.

Depois de deflagrada a guerra, Konrad Taub foi classificado como cidadão alemão de categoria C, que não representava nenhum perigo de segurança, e por isso permaneceu no emprego. Em 1940, a situação mudou dramaticamente quando a Alemanha atacou o litoral inglês. Todos os cidadãos alemães foram presos, e Taub não foi exceção. Birch conseguiu que Hans permanecesse na escola e também conseguiu vencer a burocracia para soltar Konrad, sob sua custódia. Mas era tarde demais: Konrad se suicidou em outubro de 1940, de tristeza e desespero, imagina-se. O enterro foi uma cerimônia difícil, à qual compareceram muitos emigrantes e a figura solitária de Birch, que tentou evitar conversas com as outras pessoas. Foi com Birch que ele trocou aqueles pêsames constrangidos — parecia que Birch estava mais abalado do que ele, que considerava sinal de fraqueza o suicídio do pai —, e foi Birch que continuou pagando sua escola e mais tarde arranjou para ele o emprego de intérprete. Depois cuidou de se afastar logo do solteirão magricela, com seu bigode de pontas caídas.

O desenrolar da vida, reflete ele ao dar os últimos retoques, passando um pouco de perfume no rosto. Agora está pronto — elegante e alerta — para enfrentar o momento.

2

— VAI DESFILAR no tapete vermelho, Roy? — diz Stephen, com um sorriso irônico no rosto.

— Ora, Stephen — repreende-o Betty. — Comporte-se. Você sabe que para nós, que já passamos de certa idade, qualquer ocasião ligeiramente importante é motivo para se enfeitar. Não vê como eu estou também?

Ela é boazinha demais com o garoto!

— Algumas pessoas têm um padrão a manter — observa Roy, ácido.

Ele nota que Stephen está com a calça jeans e a camiseta de praxe, o cabelo bagunçado.

— A que horas marcamos com Vincent? — pergunta Betty.

— Já deve estar chegando — responde Stephen.

Enquanto Betty confere se está tudo na mesa, a jarra de leite, o açucareiro e as xícaras de chá, e se o pote está cheio daqueles biscoitos caríssimos com embalagens sofisticadas, Roy levanta, os pés meio vacilantes, e procura os olhos de Stephen, cujo sorriso desvanece.

A campainha toca, e Stephen abre a porta para Vincent.

Eles se sentam à mesa, os dois investidores de um lado, Vincent e Stephen do outro, para dar início à importante operação.

Vincent tira da pasta alguns papéis. Sabe encenar à perfeição esse teatro. Os documentos são profissionais, têm a linguagem apropriada. Vincent explica a eles o contrato, salientando cláusulas que podem ou não ser relevantes, traduzindo os jargões jurídicos. Eles assentem, embora Roy tenha certeza de que Betty não acompanhou nada. Ela está exatamente na posição em que Roy e Vincent precisam que ela esteja.

Stephen é um problema maior. O garoto pode ser inútil, mas Vincent garante que ele é inteligente e observador. Leu a papelada com atenção e conferiu as instituições financeiras. A certa altura, Roy e Vincent haviam considerado criar uma conta falsa no banco inexistente de algum paraíso fiscal, de modo que Betty pudesse fazer o depósito por intermédio de um terceiro, e Roy evitasse a inconveniência de também fazer um investimento (menor que o de Betty, mas de qualquer forma uma quantia significativa). Por causa da atenção de Stephen aos detalhes, os dois chegaram à conclusão de que isso seria arriscado demais. Vincent considerava implausível usar o tradicional cheque sem fundo na era da internet. Portanto, não havia alternativa senão entrar com dinheiro. Isso ia contra a intuição de Roy, mas era necessário.

— Muito bem — diz Vincent. — Estão prontos para assinar?

Ele estende a esferográfica, que Roy recusa, tirando do bolso interno do paletó uma sofisticada caneta-tinteiro.

— Acho que a ocasião pede um pouco de estilo — observa.

— É verdade — concorda Betty, com um sorriso largo estampado no rosto. — Precisamos fazer as coisas com estilo. Precisamos nos acostumar.

Ambos têm seu maço de papéis para assinar. Betty espera que ele conclua seu quinhão, a mão trêmula, a assinatura irregular. Depois entrega a caneta a ela, que assina com sua caligrafia impecável. Então é a vez de Stephen, que assina como testemunha. E Vincent examina os documentos mais uma vez, para ver se há algum erro.

— Ótimo — decreta, afinal. — Vamos fazer as transferências?

Vincent tira da pasta o notebook. Stephen vai buscar o notebook de Betty.

— Vocês avisaram o banco sobre a transferência? — pergunta Vincent.

— Avisamos — respondem os dois.

— Então basta confirmar. As transferências serão efetuadas instantaneamente.

— Posso ser o primeiro? — pergunta Roy, sorrindo. Ele sabe que, ao investir o dinheiro antes, reforça a legitimidade da transação. — Você sabe como faz, Vincent?

— Claro. O senhor vai precisar botar sua senha, depois disso posso indicar os botões que o senhor precisa apertar.

— Fico tão perdido! — exclama ele. — Burro velho não toma andadura.

Sob o olhar atento de Stephen, Vincent entra no site do banco de Roy, que então leva o computador para o outro lado da mesa. Betty, Stephen e Vincent desviam os olhos para que Roy faça o *login*, permitindo que Vincent chegue à página que eles desejam. Roy abre um sorriso exprimindo a dose certa de ignorância, assim espera, quando Vincent diz:

— Agora basta o senhor percorrer esse menu.

— Menu? — surpreende-se ele. — Que palavra ridícula!

— "Deseja efetuar esta transação?" Em caso afirmativo, leve o cursor até o "sim" e clique.

Ele obedece, submisso, movendo o cursor terrivelmente devagar, no que espera transparecer como óbvia falta de conhecimento.

— Agora: "Deseja confirmar este pagamento?" Clique em "sim" novamente. Ou, claro, em "não", se o senhor ainda tiver alguma dúvida. Depois disso, não vai ter volta.

Rapidamente, ele clica no "sim".

— Prontinho! — exclama Vincent, retornando à cadeira. — Betty, você acha que consegue fazer o mesmo? Enquanto isso, entro no site do Hayes & Paulsen.

— Hayes & Paulsen? — pergunta Betty.

— O banco das Ilhas Virgens Britânicas — explica Vincent, com paciência.

— Claro. Ai, minha memória!

Ela chama Stephen. Cuidado, pensa Roy. Não mostre interesse demais. Sem chance. São anos de experiência.

Com a ajuda de Stephen, Betty entra em sua conta bancária e, depois de muitos cliques, termina, afinal. Ergue os olhos.

— Não se esqueça de sair — lembra Stephen.

— Ah, é — responde ela. — Como sou desmiolada!

— Muito bem — anuncia Vincent, levantando-se e colocando o notebook sobre a mesa, entre Betty e Roy. — Agora vou fazer login no Hayes & Paulsen.

Ele mexe num tecladinho do tamanho de uma calculadora, que tirou do bolso. Betty o encara, intrigada, mas ele a ignora.

— Aqui vocês podem ver o saldo atual. — Ele clica em outro link. — E aqui fica o histórico de transferências para a conta. Observem que as duas transferências foram realizadas.

— Ah, graças a Deus — murmura Betty.

Roy a observa.

— Os dois podem acessar a conta — explica Vincent. — Só preciso mostrar como fazer login.

Ele tira da pasta dois envelopes, que entrega a ambos. Os envelopes contêm uma lista de instruções e um teclado, que, esclarece Vincent, é fundamental para a operação. Roy já recebeu essa explicação várias vezes, mas finge ignorância quando Vincent explica novamente, instando-o a inventar e memorizar uma senha para o acesso on-line.

— Não sei por que estamos fazendo isso, Vincent — resmunga, quando termina. — Não sei usar computador e nunca vou me lembrar disso tudo. Não tenho nem computador.

— É importante que o senhor e Betty, como meus clientes, tenham acesso à conta vinte e quatro horas por dia. Vocês precisam poder conferir o saldo sempre que quiserem. Podem chamar de formalidade, mas é importante.

Claro que é importante! Mas ele apenas volta os olhos para Betty, encolhendo os ombros.

— O que foi que eu disse, Betty? Ele é muito rigoroso. Muito certinho.

Betty também aprende a operação, embora aparentemente esteja desorientada.

— Muito bem — conclui Vincent. — Está tudo pronto. Com esses aparelhinhos vocês podem entrar na conta a qualquer hora. Têm acesso garantido, mas, por favor, não façam nenhum saque sem antes falar comigo, porque pode ser que eu esteja movimentando o dinheiro para fazer investimentos para vocês. Como seu corretor, também vou ter acesso. Podem consultar quanto há na conta e, de vez em quando, vão ver que entrou dinheiro. Periodicamente, vou mandar para vocês demonstrativos de lucros e perdas, para vocês saberem como andam os investimentos.

— Lucros e perdas? — estranha Stephen.

— É apenas um modo de falar. Se minhas estimativas estiverem corretas, não vai haver perda. Mas eu expliquei os fatores de risco.

Betty suspira.

— Nossa! Ainda bem que isso acabou. Fiquei até com dor de cabeça. Acho que é hora de comemorar.

— Ah, sim — assente Roy.

Betty pega taças no armário e champanhe na geladeira. Pede a Stephen que abra o champanhe e sirva as taças.

— Eu aceito — diz Roy.

— Para mim, não, obrigado — recusa Vincent. — Estou dirigindo.

Eles brindam e bebem, enquanto Vincent põe os papéis assinados em pastas transparentes, guarda o computador na capa e acomoda as canetas nos lugares devidos da pasta. Por fim, despede-se com um "Adeus" seco, mas educado.

3

ELES ESTÃO SOZINHOS. Stephen se foi depois de apenas uma taça, deixando Roy e Betty terminarem o champanhe. Roy tomou a maior parte da garrafa e se sente até bastante embriagado. Já não consegue beber como antes. Era uma habilidade útil, mas não precisaria mais dela. Não com Betty.

— O primeiro dia do resto de nossas vidas.

— Pois é — responde Betty. — Vincent vai cuidar direitinho do nosso dinheiro, não vai?

— Como se fosse dele próprio, querida. Vincent é fantástico.

— E dentro de seis meses já vamos ver o retorno!

— É verdade. Já podemos começar a reservar nossos cruzeiros.

Ele abre um sorriso radiante.

— Ah, Roy, é uma pena você precisar ir a Londres! Deveríamos passar esse fim de semana juntos. Em vez de fazer a viagem, você não pode convidar Robert para vir aqui?

— É impossível. Ele só vai passar um dia na Inglaterra. Está indo para um congresso na Bélgica. Só vai pernoitar em Londres.

— Eu gostaria de conhecê-lo.

— Você ainda vai conhecê-lo — garante Roy. — Agora que estamos mais seguros financeiramente, podemos até visitá-lo em Sydney.

— Eu adoraria. Imagino que você conheça muito mais do mundo do que eu.

— Vivi um bocadinho. Tive minhas euforias. Sustos e prazeres. Alegrias e obstáculos. Tive uma vida plena.

A cabeça flutua por causa da bebida. Ele se dá conta de que precisa tomar cuidado.

— Imagino — responde ela. — Mas você disse que levou uma vida enfadonha.

— Ah, não gosto de ficar me vangloriando. Já vi coisas que você jamais imaginaria. — Ele abre um sorriso e pensa: É verdade. Ela não faz ideia. — Mas, enfim, é melhor eu fazer logo minha mala. Tem certeza de que Stephen não vai se importar de me levar à estação amanhã?

— Absoluta.

Ela retribui o sorriso.

CAPÍTULO 16

Lili Schröder

1

EMBORA NÃO SOUBESSE disso na época, a vida de Lili Schröder terminou, e uma vida bastante diferente começou, com o abuso ocorrido na casa de Tiergarten.

Em Hans, pela primeira vez ela viu a maldade em seu estado bruto. Antes disso, adivinhava um pouco de ódio na maneira como alguns rapazes gritavam na rua, o rosto contraído, furioso, para assustar velhos barbados. Mas os pais logo a empurravam para cafeterias sofisticadas, carros de luxo ou a loja de departamentos KaDeWe, enquanto ela tentava ver o que estava acontecendo. Até aquele crepúsculo de inverno com Hans, esses eram aspectos de comportamento e caráter de que ela tinha apenas leve consciência, remota. Sabia que o mundo tinha conflitos e que ela era protegida deles, mas só isso. Não imaginava que seus privilégios e seu amparo poderiam desaparecer.

Ela ficou deitada, com espasmos lhe atravessando o corpo, acompanhados de uma dor contínua, ininterrupta. Não sabia se a dor era tão forte quanto supunha ou se a vergonha e o horror a aumentavam. Não sabia se passaria; na verdade, considerava possível que morresse nas horas, ou dias, seguintes. Evidentemente, não contaria nada a ninguém, nem mesmo à mãe, não porque Hans a tivesse proibido, mas porque se sentia culpada. Trouxera sordidez e desgraça a si própria e, de algum modo, aquilo seria contagioso, se contasse aos outros.

Por fim, a dor diminuiu um pouco. Mas a sensação de imundície, não. Correu para o banheiro, a fim de se aprontar para o jantar antes da festa. Lavou-se o melhor que podia na pia, derramando água no tapete amarelo e no vestido branco, depois se lavou de novo, repetidas vezes. Ensaboou a roupa íntima, tentando eliminar as manchas de sangue, jogando-a afinal no cesto de roupa suja. No quarto, certificou-se de que não estava mais sangrando antes de vestir uma roupa limpa, acomodando um lenço, para o caso de voltar a sangrar. Nada disso fez com que se sentisse menos suja ou segura.

O jantar foi calmo, não como deveria ter sido, antes de uma noite de festa, não como geralmente era. Apenas a mãe parecia estar alegre, como sempre. As irmãs mais velhas pareciam alheias, sussurrando umas com as outras, de modo que sugeria apreensão. Ela sabia que o pai não gostava desses bailes grandiosos, mas aceitava pelas "meninas", como as chamava, e por convenção. Até onde ela conseguia ver, do alto da escada, ele era um bom anfitrião, apesar de seu acanhamento e seriedade naturais. Nessa noite, porém, olhava distraído a neve que caía lá fora.

— Meu amor, você está preocupado de as pessoas não virem nesse tempo? — perguntou Magda.

Em geral, as meninas adoravam quando a mãe chamava o pai de "meu amor".

— O quê? — perguntou ele. — O que você disse? Desculpe. Estou, sim. Será que muita gente vai desistir?

— Duvido. Os berlinenses não deixam de sair por causa de neve.

— Você tem razão. — Ele abriu um sorriso. — Mas não custa nada torcer, não é?

— Albert, você gosta dessas festas tanto quanto eu. Sabe disso.

— Duvido muito, meu amor.

— Você vai entrar no clima quando as pessoas chegarem.

— Talvez tenha razão — respondeu ele, hesitante, virando-se novamente para a janela.

— Lili, se você quiser, pode ver os vestidos das meninas, mas depois vá para o quarto. Pode ler até as oito horas, mas depois apague a luz.

— Tudo bem, mamãe — respondeu Lili.

— Está um clima tão estranho hoje! — comentou Magda, com uma empolgação que pareceu forçada. — Normalmente, vocês três estariam falando sem parar, e eu precisaria interromper para lembrá-las de suas obrigações. E Lili estaria fazendo perguntas e mais perguntas. Ninguém está animado.

— Estamos, sim, mamãe — respondeu Hannelore, com aparente entusiasmo. — Claro que estamos. Vai ser incrível. Estou muito ansiosa.

Lili acompanhou as irmãs ao quarto de Charlotte, onde se decidiu que trocariam de roupa. Todas tomaram banho antes de dar início à empreitada. Primeiro havia a roupa íntima, depois era preciso esculpir o cabelo com uma aplicação de laquê. Os vestidos eram postos com extremo cuidado, para não estragar o penteado. Pulseiras, colares e brincos eram ajustados, depois conferidos no espelho. Por fim, sentadas diante da penteadeira, ensaiaram a maquiagem, usando a vasta coleção de produtos de Hannelore. Havia menos riso e entusiasmo do que de praxe. A certa altura, Lili ouviu Anneliese dizer "Hanzinho..." com alguma gravidade, mas parou no meio da frase ao voltar os olhos para Lili. Então a mãe veio apressá-las, e todas saíram. Ela se sentou na cama em meio à bagunça, sozinha, atormentada por não poder se confidenciar com as irmãs.

Tocava música lá embaixo, e os convidados começaram a chegar. Lili esperou alguns minutos antes de ocupar o lugar de sempre, no alto da escada, com vista para o salão. Subia um vento frio sempre que a porta da frente se abria. Rapazes elegantes de uniforme militar, amigos dos pais, as sorridentes amigas das irmãs e os conhecidos que eram obrigatoriamente convidados a essas ocasiões sociais se faziam anunciar por Bauer, com sua voz empolada no mais alto tom, antes de cumprimentar os pais e as irmãs.

Lili se deu conta de que já não tinha interesse no espetáculo e foi para o quarto. Ao se despir, segurou o relicário que continha o cabelo dourado de Hans. Tirou-o do pescoço, foi para a cama e enfiou-o no vão que havia entre o piso de madeira e o rodapé, onde guardava segredos, sobretudo as cartas de amor que jamais mandara para Hans. Não queria vê-lo nunca mais.

2

A FAMÍLIA acordou na manhã seguinte sentindo que deveria ter aproveitado melhor a festa. Magda bebera champanhe demais, por nervosismo e um difuso incômodo com relação ao alheamento do marido e das filhas, e foi acometida por uma dor de cabeça insistente. Albert foi cedo para o gabinete, preocupado com as notícias, pensando em quando reencontraria Taub. Hannelore se sentou à escrivaninha, uma hora mais tarde, quando o dia já clareava, iluminando seu humor. Charlotte e Anneliese tomaram o café da manhã tarde e saíram para comprar presentes de Natal. A dor de Lili passara, e ela quase não conseguia acreditar que aquilo tinha acontecido. Sentou-se à janela e se pôs a ler, alheia e infeliz.

Foi três dias depois que a SS apareceu, às cinco horas da manhã. Lili demorou a ouvir a confusão, aproximando-se do alto da escada quando o pai, de cabeça baixa, algemado, já era conduzido por dois oficiais uniformizados. Ele não se virou para olhá-la, nem para olhar as três irmãs, também imóveis diante de seus quartos, de camisola. Magda esperava na porta da frente, para ver a pequena procissão desaparecer na paisagem branca. Não a deixaram se despedir do marido.

Eles tinham a sorte de ser uma família suficientemente importante para atrair a atenção da SS, em vez de algum bando infame da força paramilitar. Foram tratados não como meros bandidos, mas como bandidos sofisticados. Os oficiais sabiam que os Schröder eram bem relacionados e realizaram os procedimentos respeitosamente.

As meninas tiveram permissão de se vestir a sós e tomar um café da manhã corrido com a mãe.

— As autoridades vão ver que isso é um engano — resmungou Magda, embora Lili não soubesse se ela estava falando com as quatro filhas, com os homens da SS ou com os empregados, que apenas observavam, desautorizados a preparar a refeição. Ou talvez falasse consigo mesma. De qualquer modo, parecia desesperada. — É apenas um mal-entendido.

Com gentileza, o capitão da SS respondeu:

— Esperamos que sim. Enquanto isso, é meu dever levá-las sob custódia protetora. Para sua própria segurança. Não sabemos o que as pessoas podem fazer quando tomarem conhecimento da detenção do seu marido. Infelizmente, muita gente está querendo fazer justiça com as próprias mãos. Vocês serão levadas a um centro de detenção. Fiquei sabendo que é bastante confortável. Mas, evidentemente, não tão luxuoso quanto sua linda casa. — Ele se permitiu um sorriso. — Foi um Dürer que vi no gabinete do seu marido? Maravilhoso. Já estudei história da arte. Vocês estão prontas? Basta uma pequena bolsa para cada uma. E não se preocupem. Se o que a senhora diz é verdade, logo estarão de volta. Precisamos confiar na justiça do Reich.

Um jipe levou-as a um prédio anônimo, nos arredores da cidade. Durante o trajeto, elas permaneceram em silêncio, sem ousar trocar confidências, sem conseguir oferecer umas às outras falsas tranquilizações. O jipe passou por dois portões. A recepção foi rápida mas cortês. Os pertences foram registrados individualmente, num caderno de capa dura, antes de serem levados ao depósito. Numa saleta, elas receberam um uniforme de sarja cinza e a instrução de vesti-lo. Havia até um uniforme infantil para Lili. Uma guarda as ficou vigiando, e então guardou as roupas num saco de papel pardo. De volta ao balcão de recepção, Magda foi solicitada a assinar o caderno que listava os pertences. E elas foram encaminhadas a um quarto frio, de paredes brancas, com espaço suficiente apenas para acomodar cinco camas estreitas. Não havia lençol, apenas uma manta suja dobrada ao pé de cada cama.

Num murmúrio, a mãe repetia:

— É um engano. Daqui a pouco estaremos em casa.

Por fim, Charlotte a interrompeu:

— Pare de dizer isso, mamãe. Todas sabemos o que vai acontecer.

A mãe a encarou.

— Não, Charlotte — interveio Hannelore, com tato. — Não sabemos. Talvez a mamãe tenha razão. E a Lili...

Hannelore olhou para ela, abrindo um sorriso. Mas Charlotte não lhe deu atenção.

— Já vimos o que acontece com as famílias. Nós as esquecemos. Nunca ninguém voltou. Seria necessário um milagre.

— Então vamos acreditar em milagres — respondeu Anneliese.

Elas se calaram novamente.

3

O DEFENSOR público encontrou Magda e as meninas numa salinha decrépita do centro de detenção. Lili não se lembrava de ter ouvido o nome dele. Embora fosse um homem de aparência simpática, usando uma antiquada camisa de colarinho curto, ele se sentou na única cadeira que havia e espalhou os papéis sobre a mesa bamba, deixando Magda de pé, como uma suplicante. Lili tentou prestar atenção, mas não conseguia parar de olhar as árvores balançando ao vento lá fora.

O homem informou a Magda que, infelizmente, o advogado da família não estava disponível para representá-las. De qualquer forma, era pouco provável que ainda houvesse dinheiro suficiente para pagar-lhe. Os bens da família estariam confiscados até a conclusão do julgamento. Ele havia sido designado pelo tribunal e faria o possível por elas. Abriu um sorriso reconfortante antes de prosseguir.

— A audiência do seu marido será daqui a duas semanas — avisou. — E então sua situação ficará mais clara. Mas existem considerações isoladas, sobretudo a ascendência judia do seu marido.

— Mas meu marido não é judeu.

— Claro. Talvez não seja. Mas parece que o Estado vai contestar isso. Há uma denúncia de que o avô materno dele seria judeu, e talvez a avó. Ainda estão investigando. Mas, como os avós maternos do seu marido cresceram na Pomerânia, isso talvez seja complicado. Estamos dependendo das autoridades polonesas. — Ele a fitou com um sorrisinho condoído. — Evidentemente, é crucial saber se apenas o avô era judeu, ou se a avó também era, para determinar se seu marido é não ariano de primeiro ou segundo grau.

Lili estava tendo dificuldade de acompanhar o raciocínio.

— Mas seus avós maternos não eram judeus — afirmou Magda. — Eram alemães, de Danzigue, com passaportes alemães. Não deve ser difícil conferir isso.

— A senhora tem certeza?

— Não. Nunca me pareceu importante.

— Pois é — disse o defensor. — Estão investigando. Diligentemente. É claro que não podem simplesmente aceitar a palavra de um cidadão qualquer. E, considerando as... hum... questões relacionadas à integridade do seu marido e, portanto, à integridade da família, investigarão também sua ascendência.

— Claro — assentiu Magda. — Entendo.

— Se descobrirem que a senhora ou seu marido ocultaram das autoridades fatos importantes, será um choque. Mas as maiores consequências advirão do julgamento do seu marido.

— Tenho certeza de que Albert jamais seria desleal à Alemanha. Ele não se interessa por política.

— É natural que a senhora diga isso. Mas não espere que o Estado acredite sem provas. Ainda mais nessas circunstâncias.

Magda encarou o homem. A atenção de Lili se perdeu. Ela só queria voltar para casa e se deitar em sua cama macia. Havia começado a nevar de novo, e ela observava os flocos impelidos pelo vento. Estava frio, sempre estava frio ali, e o tédio e o desespero só faziam aumentar naquele quartinho imundo.

Por fim, o homem de colarinho curto se despediu.

— Tenho certeza de que vai dar tudo certo — assegurou-lhes, quando Anneliese começou a chorar. — Nos reencontraremos em breve para decidir o que fazer.

A mãe ainda não havia chorado. Nem mesmo na calada da noite, quando não conseguia dormir, Lili via lágrimas no rosto da mãe. Hannelore abraçou Anneliese, que ainda soluçava. Charlotte fitava a parede com os olhos vazios. Lili estava triste, mas não sabia exatamente por quê. Talvez por causa da aflição das irmãs e da fisionomia torturada da mãe.

4

LILI NÃO viu mais o homem de colarinho curto.

Ah, se elas soubessem como aqueles dias seriam preciosos! Com certeza, na época não pareciam. Afora as breves incursões pelo pátio lúgubre, sob o frio invernal, ficavam confinadas no quarto. Lili não sabia se eram obrigadas a permanecer ali ou se apenas preferiam ficar. De vez em quando, uma refeição insuficiente era servida, em geral fria, por uma mulher de rosto austero. Sempre que Lili queria usar o banheiro fétido que ficava no fim do corredor, a mãe a acompanhava. Os corredores eram desertos, embora Lili ouvisse ao longe crianças conversando em alguma parte do prédio. Não pareciam felizes, mas talvez estivesse projetando seus sentimentos. Sabia que existia alguma coisa muito errada, mas não conseguia acreditar que o pai tivesse cometido uma atrocidade capaz de provocar aquilo tudo.

Decerto foram apenas algumas semanas, mas Lili se lembrava mais delas do que dos anos que se seguiriam.

Acordava primeiro e tentava se aquecer enrolando-se na manta áspera. Ficava deitada, em silêncio, observando a mãe dormir na cama ao lado. As camas eram tão próximas que ela podia tocar a mãe, mas nunca ousava, por medo de acordá-la. De qualquer forma, Magda estava exausta. Mas às vezes Lili esticava o pescoço e se aproximava da mãe, para sentir o hálito dela em seu rosto, para sentir a vida que havia nela. Quando estava muito frio, Magda chamava Lili para dormir em sua caminha estreita: elas botavam uma manta sobre a outra, Magda a abraçava apertado e enterrava o rosto em seu cabelo sujo, e Lili se aconchegava nela, de modo que cada centímetro da parte traseira de seu corpo tocava o corpo da mãe. Mas a cama era pequena, e Lili se agitava demais durante a noite. A menos que estivesse de fato insuportável, mentia dizendo que estava quentinho em sua própria cama. Porque sabia que a mãe precisava dormir.

Todas se levantavam juntas, e ela então observava a mãe e as irmãs adotarem a fisionomia que dizia umas às outras: está tudo bem, poderia ser pior, daqui a pouco vai passar. Nenhuma delas acreditava nisso, mas era uma maneira de suportar o dia. Uma das irmãs talvez conseguisse um pedaço de pão e um pouco de água para o café da manhã, e elas conversavam, evitando falar sobre a vida que outrora haviam levado, concentrando-se na vida que teriam depois daquilo. Lili havia chegado à conclusão de que seria professora, nunca se casaria e se mudaria para uma cidade pequena da Baviera, onde moraria num chalé.

— Um chalezinho de pão de mel? — perguntou Charlotte, rindo.

— Isso! — exclamou Lili. — Como você sabia?

Às vezes, a conversa morria, por algum motivo que Lili não conseguia entender. Anneliese virava as costas para as irmãs e chorava. Hannelore a consolava. Charlotte se punha a olhar para o nada, e Magda suspirava, com suas olheiras profundas.

À tarde, depois de um possível prato de sopa rala, tinham permissão de caminhar. Andavam num pátio cercado, de um lado, por um paredão sem janelas, dos outros três, por mato. Elas não estavam na cidade, mas tampouco parecia a Lili que estavam no interior. Cercas altas, encimadas por rolos de arame farpado, demarcavam o limite.

À noite, conversavam mais, sempre baixo, como se pudessem incomodar alguém, ou brincavam de jogos que haviam inventado. Nunca falavam de Albert Schröder, e algo dentro de Lili lhe dizia que não perguntasse a Magda sobre o pai. Em algum momento, sempre imprevisível, a luz se apagava de súbito, e era hora de tentar encontrar o sono.

5

ELAS NÃO ficavam sabendo de nada referente ao julgamento do pai. A vida consistia em esperar que trâmites invisíveis se realizassem, que decisões fossem tomadas. Isso parecia ser tácito entre a mãe e as pessoas que supervisionavam o centro de detenção, em sua maioria pessoas comuns, de rosto assustado. Ou talvez essa seja a fisionomia que Lili emprestou a elas mais tarde.

As autoridades conduziram a fase seguinte com característica precisão e certa *finesse*. Magda foi chamada à sala do diretor, um andar abaixo, para falar de assuntos jurídicos. Obediente, acompanhou a supervisora corpulenta de cabeça baixa: já estava condicionada.

— Vamos treinar um pouco de francês quando eu voltar — avisou.

Elas haviam começado as aulas juntas, sem livros, baseando-se no conhecimento de Magda e das outras meninas. Era uma maneira de passar o tempo.

Alguns minutos depois, a supervisora voltava. Animada, exclamou:

— Banho! Finalmente consertaram o *boiler*. Vocês serão as primeiras a usar os chuveiros. Sua mãe tomará depois, quando voltar.

Entregou às meninas toalhas duras, desbotadas, desfiadas, mas pelo menos limpas, deixando uma sobre a cama de Magda. As meninas atravessaram o longo corredor de linóleo e entraram em dependências que jamais haviam visto, mais bem-cuidadas do que o restante do prédio.

— E roupas novas — anunciou a supervisora. — Além de exames médicos. Vou deixá-las se aprontando para o banho. Os chuveiros ficam depois daquela porta. Deixem a roupa suja empilhada aí no canto.

Elas se despiram e olharam a roupa nova sobre o banco. Hannelore dobrou e empilhou os trapos que elas haviam despido, e, levando as toalhas, todas se foram.

Era uma área ampla, com espaço mais do que suficiente para tomarem banho juntas. Charlotte abriu a torneira, e elas ficaram observando a água aquecer. Quando estava suficientemente quente, entraram afinal debaixo do jato terapêutico. Lili se deu conta de que ninguém falava nada desde que a mãe saíra do quarto, mas agora riam, conversando em sussurros.

Era como renascer, a água quente caindo sobre elas. Havia até sabonete. A sujeira escorria em torrentes cinza, escoando pelo ralo entre seus pés. Por fim, a supervisora gritou do outro lado da porta:

— Acabou o tempo!

Revigoradas, elas se secaram no banco e vestiram a roupa limpa. Charlotte deixou as toalhas numa pilha ordenada.

A supervisora trazia uma prancheta.

— Agora os exames médicos — anunciou. — E depois, por favor, voltem para o quarto.

Ela abriu a porta de uma sala, na qual Lili entreviu uma mulher de óculos e jaleco branco.

— Schröder, Hannelore — chamou a supervisora.

E Hannelore a acompanhou à sala.

— Até já — despediu-se, sorrindo.

A supervisora fechou a porta. As outras três meninas estavam animadas.

— Devem ter resolvido tudo — imaginou Anneliese. — Deve ser sobre isso que a mamãe está conversando com o diretor.

— Vamos para casa — murmurou Lili.

— Vou botar meu melhor vestido para dançar no baile — avisou Charlotte. — Sozinha.

Poucos minutos depois, a porta se abriu novamente. Hannelore não voltou.

— Ela já foi para o quarto — esclareceu a supervisora, com um sorriso tranquilizador. — Schröder, Charlotte.

Charlotte se dirigiu à porta, acenando antes de entrar na sala. Uma sombra cruzou a mente de Lili, mas logo se dissipou, quando Anneliese começou a falar sobre o que pretendia fazer quando chegasse em casa. Pouco tempo depois, ela também se foi.

Sozinha, Lili se pôs a pensar. A mãe dissera às irmãs que, caso elas se separassem, uma delas precisava sempre ficar com a caçula. Mas não havia motivo para preocupação. Elas estavam voltando para casa. Ou, na pior das hipóteses, tinham tomado banho e logo estariam novamente juntas no quarto.

Parecia que apenas alguns segundos haviam se passado quando a porta se abriu de novo.

— Schröder, Elisabeth — chamou a supervisora.

— Mas não deu tempo — objetou Lili.

— Claro que deu. Você devia estar sonhando acordada, meu anjo. Agora venha.

Ela se levantou.

6

NO INSTANTE em que entrou na sala, Lili se deu conta do que estava acontecendo. Não havia nenhuma dissimulação. Ela não conseguia imaginar que tipo de subterfúgio fora empregado para levar dali Hannelore, Charlotte e Anneliese. Mas, quando a chamaram, não houve necessidade. Por ser criança, era fácil de controlar.

Acompanhando a supervisora, ela atravessou o corredor, desceu a escada, cruzou a porta de metal dos fundos do prédio e entrou no veículo que a aguardava. Aos dez anos, já havia começado a entender a dinâmica daquela nova existência. Aliada a sua inteligência e vigilância, essa compreensão seria crucial para sobreviver. Não opôs resistência.

Anos depois, passaria um semestre como professora convidada numa universidade americana e cometeria o erro de aceitar substituir um colega para fazer uma palestra sobre o holocausto. Os mediadores claramente não sabiam de sua vida, sabiam apenas que ela era especialista em política e história europeia do século XX. Suas experiências não constavam entre os poucos detalhes de si mesma que decidira compartilhar, portanto a administração da universidade não tinha culpa.

Durante as perguntas, uma aluna bonita da terceira fila, que vinha acompanhando com atenção a palestra, comentou sobre as pessoas que haviam passado pelos campos de concentração:

— Meu Deus, quanta coragem! Tanta dor, tanto sofrimento!

Isso foi recebido com murmúrios de aprovação, mas um rapaz que havia passado o tempo todo rabiscando no caderno ergueu o lápis.

— Não sei — opinou, numa fala arrastada que ela achou profundamente irritante. — Essas pessoas não foram corajosas. Não tiveram escolha. Simplesmente se descobriram naquela situação. E, além do mais — acrescentou, brandindo o lápis —, não resistiram. Por quê?

Ela não recordava sua resposta, mas se lembrava vagamente da confusão gerada na sala. Porém, por mais estranho que fosse, concordava com ele em parte. Não era nenhuma heroína. Tratava-se apenas de sobrevivência, e ela teria traído qualquer outro prisioneiro por um pedaço extra de pão toda semana. Teria recebido qualquer guarda entre suas pernas, se isso protelasse a morte. Não houvera nenhuma nobreza em sua vida nos campos de concentração.

Depois da guerra, quando estava segura, volta e meia tentava se lembrar daqueles anos. Mas, sobretudo no conforto de casa, a memória falhava. Era impossível a conciliação entre a Lili que havia sofrido tudo aquilo e a Elisabeth atual. O elo entre elas se rompera. Aquela era uma pessoa diferente, num mundo diferente. As festas na casa de Tiergarten e as horas de espera no centro de detenção, com a mãe e as irmãs, eram muito mais vívidas em sua memória. Assim como a imagem de Hans Taub enfiando os dedos nela, audaz, mórbido, um demônio loiro, de olhos azuis.

A imundície, a dor, o medo e o desespero dos campos de concentração se tornaram inimagináveis. Não apenas ela não se lembrava dos acontecimentos como também não conseguia evocar a textura de seus sentimentos. Quando procurava a descrição adequada, as próprias palavras impunham distância e provocavam um efeito antisséptico, anestesiante. Por mais que houvesse os vestígios factuais, inclusive o número tatuado no antebraço, era impossível acreditar que aquele corpo, aquelas mãos e aquela mente haviam sobrevivido a tudo aquilo. Ela não tinha pesadelos e deduzia que era incapaz de associar o que havia acontecido à pessoa que era agora. Sem dúvida, um psicólogo discordaria. Ela decerto estava em negação, com lembranças reprimidas que, em algum momento, voltariam para lhe fazer mal. Mas não sentia vontade de revisitar o passado. Havia sobrevivido, e isso bastava.

E havia sobrevivido tornando-se a mais insignificante possível. Mais tarde descobriria que, por um erro burocrático, fora alocada ao campo de concentração quando deveria ter sido posta para adoção. Pelo menos era isso que constava nos registros. Mas aquilo também podia muito bem ter sido resultado da hostilidade de algum oficial poderoso, anônimo, contra a família de um traidor.

No começo, ao saltar do caminhão com seu uniforme de tecido áspero, avançando hesitante sob a luz do sol, foi adotada por um casal de judeus mais velhos. Os dois imediatamente a consideraram neta, e ela se imiscuiu na comunidade do campo. Mais tarde não conseguiria se lembrar da aparência deles, nem dos nomes. Existia a vaga recordação do abraço cálido da mulher e do sorriso do homem, desassociados de qualquer traço facial. Se eles haviam sido remanejados ou morrido trabalhando, ela não se lembrava ou jamais soube. Assim como muitos outros, os dois deixaram de existir, e ela simplesmente seguiu em frente, arrastada pelo mar de sujeira, jogada aqui e ali pelas ondas, tentando ser apenas um grãozinho no meio daquilo tudo.

Também foi remanejada, não individualmente selecionada, mas como parte de uma manada arrebanhada para ser levada de trem a algum lugar. Não sabia de onde vinha nem para onde ia. Aconteceu três vezes. Cada campo tinha características e topografia próprias, às quais ela precisava se habituar. Todas eram idênticas na destruição da alma. Longe do olhar opaco dos guardas, ainda havia personalidade, claro, mas era sistematicamente esmagada. A existência se tornava um *continuum* de trabalho, fome e a tentativa desesperada de não adoecer.

Ela se lembrava, porém, dos dias que antecederam a liberdade. De repente — e parecia a ela que fora de repente —, havia um burburinho no campo. Nos últimos meses, os guardas vinham exigindo que eles trabalhassem ainda mais pesado, a comida ficara ainda mais minguada. Aumentara o número de pessoas diariamente arrancadas do trabalho para serem conduzidas ao prédio cinza com quatro chaminés. Então as coisas desaceleraram, e os guardas adotaram uma expressão de lassidão.

Aos poucos, o número de guardas foi diminuindo, até que, no meio de uma noite, o campo despertou com gritos e o barulho de motor dos jipes. Os prisioneiros viram o comandante e os guardas que restavam desaparecerem na floresta escura que cercava o arame farpado.

Ainda assim, não fizeram nada além de esperar. Não havia comida, mas ninguém invadiu a cozinha nem o alojamento dos guardas. Estavam acostumados a viver dias sem comer.

Passaram-se três dias até que o jipe britânico aparecesse, os passageiros do veículo aparentemente tão perplexos que apenas continuaram sentados, e logo foram embora. Mais tarde, naquele mesmo dia, viria a salvação, ou o mais próximo disso que existia no mundo. Elizabeth se lembrava mais da espera do que das horas que se seguiram à abertura dos portões.

Ela teve a sorte de estar com tifo. Quando os prisioneiros foram soltos, os soldados britânicos trouxeram pão, queijo e carne, roubados da cidade mais próxima. Não sabiam que os detentos não podiam se empanzinar com aqueles alimentos pesados. Muitos morreram porque o sistema digestivo não aguentou a abundância de proteínas e gorduras que agora invadia o estômago. Elisabeth, por sua vez, não tinha apetite.

Aquele não foi, pelo menos para ela, um período feliz. Ela recordava ter sido acometida por uma depressão profunda no tempo que passou no hospital militar. Era o fim da clausura. Mas ela estava tão entorpecida que não conseguia se sentir feliz. Nem triste. O peso dos acontecimentos e da desumanidade que ela testemunhara a soterrava.

Alguns meses depois procuraria saber, a princípio hesitante, e então com mais determinação, o destino dos pais e das irmãs. Albert Schröder fora condenado por traição. Magda, por cumplicidade. Ambos foram executados. Isso estava registrado. Jamais soube o que aconteceu com as irmãs. Os documentos não eram claros sobre o que acontecia depois do centro de detenção, e os rastros subsequentes eram fragmentários. Ela sabia, sem sombra de dúvida, que em algum momento as irmãs morreram nos campos, fato comprovado por omissão. Elas não estavam entre os sobreviventes cujas identidades haviam sido diligentemente registradas pelos Aliados.

Elisabeth tinha pouca esperança de que estivessem vivas. Quando descobriu que a probabilidade era ínfima, não conseguiu sofrer o luto. Para todos os efeitos, as irmãs morreram no instante da separação, e seus corpos somavam à pilha que ela testemunhara. Não sentiu vergonha de sua frieza. Sentia apenas a frieza.

Em maio de 1946, deixou o campo de refugiados próximo a Hanover, embarcou num trem que a levou a Oostende e pegou uma barca para cruzar o canal. Estava sendo enviada à Inglaterra e, ao entrar na embarcação sob a brisa quente da primavera, sentia apenas entusiasmo. Nenhuma culpa.

7

ELISABETH SCHRÖDER estava numa idade incômoda: já não era criança, mas ainda não era adulta. Foi entregue aos cuidados de John Barber, professor que havia retornado à Pembroke College, em Oxford, depois de servir na guerra, e da mulher dele, Eleanor. De esvoaçantes camisolas e penhoares brancos, com o cabelo comprido e grisalho solto, Eleanor andava dia e noite pelos corredores da imensa casa de estilo jacobino, como uma aparição. Era uma mulher afetuosa, mas, pouco tempo depois da chegada de Elizabeth, Eleanor foi diagnosticada com câncer de ovário. Era evidente que a morte estava à espreita. Elisabeth não se sentia constrangida na presença da morte, e os Barber a tratavam com muita franqueza, o que não impedia que John andasse pelos cômodos em mansa aflição, como se, em algum lugar, pudesse encontrar a solução para tudo aquilo, o rosto cheio e vermelho atormentado. Ele tentava chorar escondido, embora mais de uma vez Elisabeth o flagrara na biblioteca ou no gabinete com a aparência perdida, olhando entre lágrimas pela janela.

Como não tinham filhos, John e Eleanor Barber não estavam acostumados à presença de jovens pela casa. Isso convinha a Elisabeth, que só queria ser tratada como uma desconhecida. A casa era suficientemente grande para que os três passassem o dia sem se ver. Enquanto tentava descobrir seu lugar no mundo, era disso que Elisabeth precisava.

A ideia era que os Barber a familiarizassem com a vida na Inglaterra. Ela não sabia uma palavra de inglês, portanto deixá-la aos cuidados de um acadêmico especializado em literatura alemã seria perfeito. O casal de meia-idade cuidaria dela enquanto a ensinava e a ajudava a ganhar segurança.

Aconteceu que foi ela quem cuidou dos dois, quando eles encararam o vórtice do que estava por vir, dando seus passos hesitantes em direção ao futuro. A situação de Eleanor piorou rápido. Cuidar dela não foi problema algum para Elisabeth, que passava as noites tranquilizando-a enquanto ela se contorcia de dor, buscando e levando coisas, calmamente limpando suas excreções quando ela mergulhou no inferno dos últimos meses. Nem tampouco ficou aflita com o que a aguardava. Conhecia a morte intimamente. Sabia que ela não devia ser nem desdenhada nem temida. Era simples assim.

Ao mesmo tempo, reaprendeu a ser humana. Redescobriu a compaixão. Quando Eleanor Barber morreu, no fim do longo inverno de 1947, Elisabeth ficou mais abalada do que esperava. Os milhares de mortes durante a guerra, as centenas que testemunhara, não haviam despertado sentimentos parecidos. Por isso ela ficou incomodada consigo mesma, mas, em meio a sua própria dor, John Barber lhe lembrou que pelo menos agora ela podia sentir.

Foi em 1950 que ela considerou entrar para uma universidade. No começo, queria estudar em Oxford, para continuar morando com John, mas ele vetou a ideia. Uma tarde, fez um bule de chá e se sentou com ela na sala, descontraído mas hesitante.

— Querida, preciso pedir que você estude em outro lugar. A ideia de você aqui em Oxford está fora de cogitação. Precisa descobrir uma vida além dessa casa, uma vida própria, não pode ficar atada a mim. E, quanto a mim próprio, se você continuar aqui, é quase inevitável que eu desenvolva um sentimento que seria inapropriado.

Ela soltou uma risada.

— John, não seja bobo.

— Não. Posso ser gordo, posso ter cinquenta e três anos, mas, infelizmente, continuo tendo esses ímpetos.

— Mas, John, você é um homem tão bom!

— Quem me dera. Acho que, se me conhecesse melhor, mudaria de opinião. Definitivamente não é a minha opinião.

— Vou ficar arrasada se você me mandar embora.

— Eu também. Mas tenho certeza de que será melhor para você. Descobrir uma vida além dessa. Ver novos horizontes. Ganhar independência. E vai ser melhor para mim. Nos veremos nos fins de semestre. Se você quiser, claro.

— Você sabe que quero.

Ela escondeu a mágoa, perversamente satisfeita com o sentimento que confirmava sua humanidade, e concordou. Foi ideia dela mudar seu sobrenome para Barber, embora soubesse que isso agradaria John.

— Em termos práticos, pode facilitar as coisas — assentiu ele. — As feridas da guerra ainda estão abertas e, mesmo em nossas instituições acadêmicas de maior prestígio, acontecem equívocos. Além do mais, as pessoas sem dúvida deturpariam o sobrenome Schröder. Mas é claro que você também pode escolher algo ainda mais comum, como Smith.

— Não — objetou ela. — Barber é perfeito.

Elisabeth Barber ingressou na Cambridge University em setembro de 1951, para estudar história. Sabia que devia sua vaga em parte aos bons olhos com que os administradores viam sua história de vida, em parte aos contatos de John Barber. Mas também sabia que era muito inteligente, que passara os anos anteriores bebendo avidamente de todas as fontes de conhecimento que encontrava pela frente e que a academia desempenharia um papel fundamental em sua vida.

8

FOI QUANDO se formou que ela compreendeu pela primeira vez que havia se tornado adulta. Passara os três anos anteriores estudando seriamente, como as mulheres precisavam estudar se quisessem ter alguma chance contra os colegas. Sabia que, para ter êxito, precisava ser muito melhor do que o adversário homem.

John Barber compareceu à formatura e levou-a para almoçar no University Arms.

— Quais são os planos agora? — perguntou, durante a sobremesa.

— Não sei — admitiu ela, frustrada por aquela pergunta inofensiva e óbvia. — Ainda não pensei. Relaxar um pouco e depois encontrar alguma coisa para fazer.

— Talvez o Serviço Civil seja uma boa ideia. Estão sempre à procura de jovens brilhantes. Só pelo seu diploma, você seria uma excelente candidata. E, quando a conhecerem, vão ficar, sem dúvida, impressionados. Mas imagino que eu seja suspeito.

— Será que sou uma idiota completa, John? Não tinha pensado nisso. Nem por um instante.

— Não tem pressa.

— Eu poderia dar aula — considerou ela. — É, eu gostaria. Ou então...

— O quê?

— Você acha que tenho dom para seguir a carreira acadêmica? Em alguma universidade provinciana. Não num lugar importante como aqui. Acha que eu poderia tentar?

Um sorriso largo se abriu no rosto dele.

— Você não precisa ter falsa modéstia. Claro que é uma possibilidade. Mais do que uma possibilidade. Você consegue. Quer que eu interceda? Tenho alguns contatos, não só em Oxford.

Ela o encarou.

— Não. Por favor, não. É algo que quero fazer sozinha. Preciso encontrar meu rumo. Você entende, não entende?

— Claro — respondeu ele, novamente sorrindo.

Elizabeth viu que finalmente se encontrara. Pelo menos o bastante para viver sem precisar pedir opinião ou autorização. As oportunidades reluziam à sua frente, embotadas apenas pela própria modéstia. Não sabia o que faria, mas era ela quem decidiria.

Quando tudo aconteceu, foi fácil como John previra. Ela marcou um encontro com a orientadora, para agradecer. Durante o chá, hesitante, perguntou:

— Será que poderia me ajudar a continuar estudando?

— Eu estava torcendo para que me pedisse isso — respondeu a orientadora, recostando-se no sofá de couro gasto. — Claro. Eu ficaria muito feliz.

— Você sabe qual é o processo?

— Processo? — indagou ela. — Ah, sem dúvida, vai ter um ou outro formulário para você preencher. Talvez haja uma entrevista, a certa altura, durante o verão. Mas acho que a parte mais importante do processo já está feita. — Ela abriu um sorriso antes de prosseguir. — É claro que já discutimos informalmente possíveis candidatos para as vagas de pós-graduação, e seu nome sempre aparece. Pode ter certeza de que vai ser aceita. E é quase certo que também consiga alguma bolsa.

9

AO INGRESSAR na vida adulta, mais do que um destino para os estudos, Cambridge se tornou sua cidade. Ela deixou o quarto que recebeu com a sua cara e se pôs a comprar na feirinha obras de arte baratas mas de bom gosto. Trabalhava com menos frenesi e ansiedade, e no tempo livre aprendeu a cozinhar. Lembrando-se de Charlotte — aos dezoito anos uma flautista talentosa, com talento para conseguir vaga no conservatório de alguma capital europeia —, lamentava não ter tido a chance de estudar algum instrumento musical. Agora era tarde demais para Elizabeth alcançar um nível de proficiência que a satisfizesse. Mas ouvia avidamente música clássica e comparecia a todos os concertos que podia.

Cada centímetro daquela cidade tranquila e agradável lhe pertencia. Ela explorava seus becos e parques, agora se esquivando da vida universitária em que antes mergulhara. Gostava de trocar ideia com as pessoas com quem esbarrava, mas evitava o intelectualismo febril do lugar. Fez amizades, mas preferia conhecer gente nos *pubs* dos arredores, aos quais ia de bicicleta. Continuava aprendendo sobre quem ela era e o que a deixava feliz e infeliz. Oito anos antes, o conceito de "feliz" ou "infeliz" lhe era desconhecido.

Não era uma aluna convencional. Mantinha-se isolada dos colegas e raramente aparecia no centro acadêmico. Analisava o estilo das outras alunas e se vestia de maneira diferente. Ao formular sua tese sobre as circunstâncias econômicas subjacentes à guerra, pela primeira vez começou a dizer o que pensava, em vez de dizer o que achava que deveria pensar. Seu novo orientador, outrora um iconoclasta, agora um burocrata do ensino, gordo e suarento, via-a como um perigo, o que ela considerava um elogio. Isso talvez tivesse alguma coisa a ver com a cantada constrangedora que ele usara com ela e sua recusa, que não deixou espaço para ambiguidade ou mal-entendido.

Também houve outros homens. A experiência de conhecê-los era deprimente porque, assim como o orientador, eles só pareciam estar interessados no que ela simbolizava: beleza, juventude e a promessa de sexo. Toda tentativa de estabelecer uma relação intelectual com ela era superficial e paternalista, na intenção evidente de instigá-la a outro tipo de relação. E eles sabiam pouco do mundo, muito pouco. Ela os rejeitou sistematicamente, até conhecer Alasdair McLeish, aluno de pós-graduação de direito, um escocês tímido de belos traços celtas.

O que aconteceu foi tão honesto, tranquilo e sensato quanto eles próprios. À amizade, seguiram-se o cortejo formal e, por fim, a visita constrangedora de Alasdair a Oxford, para conhecer John Barber. O embaraço coube, sobretudo, a Barber: ele achava que não tinha nenhum direito no que se referia às escolhas de Elisabeth. As coisas melhoraram quando Alasdair explicou que aquilo era mera formalidade, uma gentileza. Mesmo que Barber não concordasse, ele e Elizabeth se casariam. Mas Alasdair McLeish gostava de seguir o protocolo.

Elisabeth começou a trabalhar na universidade, e sua carreira parecia estar nos trilhos para a distante aposentadoria. Foi ela, mais do que as demandas profissionais do futuro marido, que mudou essa direção, tentando uma vaga acadêmica na Escócia. Foi aprovada e, enquanto

Alasdair concluía os estudos em Cambridge, mudou-se para Edimburgo, para definir como realizaria sua pesquisa.

Elisabeth McLeish não se descreveria como uma mulher muito contemplativa. As exigências da carreira acadêmica, somadas à criação dos filhos, teriam bastado para arrancá-la da introspecção, caso ela tivesse essa tendência. Mas não tinha.

Foi apenas em 1997 que tudo parou outra vez e ela se viu novamente às voltas com o vazio espiritual de 1945. Por mais que soubesse que estava exagerando, sentiu que perdia tudo que construíra na vida.

Estava sorrindo quando esse pensamento lhe ocorreu. A ocasião foi o enterro de Alasdair, quando eles esperavam para entrar na igreja e a neta fez aquele questionamento inusitado. Amanda era sempre inusitada.

— Vocês nunca se cansaram um do outro? — perguntou ela, como se essa fosse uma condição de toda relação humana. — Nunca quiseram fazer suas próprias coisas?

Com alguém a quem amasse menos, talvez Elisabeth tivesse empregado um tom de voz mais duro. Mas a pergunta gerou aquele sorriso distante e reflexivo que estamparia seu rosto nos anos seguintes, os olhos acompanhando a mente a um lugar remoto. Em alguma parte de si mesma, não conseguiu deixar de ficar surpresa com o adorável sotaque escocês de Amanda.

— Ora, mas eu fiz minhas próprias coisas — respondeu. — E Alasdair nunca teria aceitado que eu não fizesse. Mas o que eu queria era estabilidade, continuidade. E amizade. Acho que éramos um tanto sem graça. Mas na época a individualidade não era considerada uma virtude, ainda mais numa cidade como Edimburgo. Não tínhamos segredos. Provavelmente fomos uma decepção para vocês.

— Não, não — protestou Amanda. — Nós admirávamos muito vocês. Eu gostaria de poder levar uma vida simples assim.

— É um mundo complexo, meu amor. Talvez os anos cinquenta tenham sido uma trégua, ou uma ilusão. Minha juventude não foi fácil.

— Eu sei. Não foi minha intenção... É que...

— Está tudo bem. Não há nenhuma lição aqui. Talvez, por ter levado uma vida tão tumultuada, eu tenha precisado de mais estabilidade, mais segurança. Imagino que milhões de outras pessoas tenham buscado o mesmo depois da guerra. Não quer dizer que seja o certo. Mas eu me compadeço de vocês, jovens, tentando achar sentido em tudo. Ai, veja só! Já estou dando sermão. Desculpe. Como era mesmo aquela música do John Lennon? *Whatever gets you through the night.* Ele tinha razão. Não importa o que seja, desde que nos ajude a atravessar a noite.

Ela sabia que, embora as palavras parecessem bem pensadas e sensatas, sua mente estava em outro lugar. Isso não era difícil para uma mulher que, no trabalho, estava acostumada a operar em vários níveis, elaborando teses mentalmente durante uma reunião de departamento irritante, remoendo ideias durante uma aula. Mas não era algo a que ela recorresse com a família.

Era perdoável, entretanto, porque a ocasião pedia que ela pensasse no marido morto, nos pais, nas irmãs e em si mesma.

A morte de Alasdair já era esperada. Diagnosticado com câncer de próstata quatro anos antes, ele havia imediatamente se aposentado e começado a planejar o período de quatro meses a cinco anos que lhe haviam prometido. Cruzeiros pelo mundo, carros esportivos, lista de últimos desejos e festas de despedida sentimentais não faziam parte dos planos: o que ele desejava era passar tempo com a família. Não havia se saído mal no prognóstico, comentara na semana anterior, quando a iminência da morte ficou óbvia. Elisabeth, por sua vez, criara a ilusão de que enfrentaria bem a situação, vencendo o sofrimento com a força de sempre. Afinal, estava acostumada à perda.

Na verdade, sua vida implodiu. O sorriso aéreo e a inabalável demonstração de controle permaneceriam, e ela seguiria regulando as manifestações de emoção. Apenas a sós haveria lágrimas. Ela não se permitiria perder o controle da vida prática: as poucas pesquisas que ainda estavam sob sua supervisão depois da aposentadoria, a manutenção da casa, a atenção a algumas boas causas.

Previu tudo isso sentada no banco da igreja, o velório ocorrendo em algum lugar à sua volta, distante. O sofrimento era garantido, ela sabia, embora fosse imperioso não se deixar absorver por ele. A perda era um poço sem fundo dentro do qual ela se pegava gritando continuamente, sem resposta. Isso era praxe, disse a si mesma. Mas seria mais do que isso? Ela não sabia responder a essa pergunta, assim como não conseguiria comparar seu sofrimento ao de outra pessoa. Seria antinatural não sentir muito a ausência de Alasdair, o homem que fora extraordinário exatamente por parecer aos outros tão comum. Achavam-no competente, mas pouco carismático. Ela discordava. Os filhos e netos também.

De algum modo, Elisabeth precisava se reconstruir. À dor, somou-se a culpa por seu egoísmo. Ela ainda não conseguia sofrer pelos pais e pelas irmãs, cujas vidas haviam sido indiscutivelmente mais trágicas, cujas mortes haviam sido incomensuravelmente mais terríveis. Era impossível imaginá-los vivos, pensou ela durante as exéquias. Impossível imaginá-los como seres concretos, quentes, com pensamentos, emoções e personalidade, ou pensar na morte deles. Que dirá chorá-la.

Três anos depois ela resolveu descobrir o que havia acontecido na época. Jamais buscara respostas para o enigma do passado, jamais adotara as teorias necessárias para desencavar a verdade. Jamais tentara pôr termo ao que havia acontecido, aceitando perfeitamente aquela presença latente nos confins da mente. E com certeza jamais desejara vingança.

Mas agora queria saber. Não fazia ideia do que exatamente estava buscando: informação, a verdade, revide, o pagamento de alguma dívida obscura. Convidou Gerald Glover, outrora pesquisador de pós-doutorado sob sua orientação, agora ele próprio orientador numa universidade no norte da Inglaterra, para assumir a pesquisa em seu tempo livre. Poderia realizar o trabalho ela mesma, mas, por motivos que na época eram incertos, queria que a investigação fosse comprovadamente neutra e objetiva. Gerald fazia o trabalho durante as férias, em sigilo absoluto, valendo-se de alguns alunos de pesquisa, dos quais o último era Stephen Davies.

Quando Elisabeth era orientadora de Gerald, na década de oitenta, ele se deixara enfeitiçar por ela. Ficou mais do que disposto a aceitar a pesquisa, entrevistando-a no casarão dela. Elisabeth falou mais de três horas para o gravador, detalhando sua vida antes de se casar.

— Então o que você deseja? — perguntou Gerald, afinal.

— Não sei exatamente, se essa não for uma resposta insatisfatória demais.

— Mas é. Muito insatisfatória.

— Respostas, ora.

— Vamos lá, Elisabeth, não basta! É vago demais. Você vai precisar se esforçar um pouco. Já conduziu infinitos projetos de pesquisa. Sabe como funciona. O sucesso depende das definições iniciais.

— Acho que você tirou essa regra da sua cabeça, Gerald. E, além de não ser nada brilhante, não é nem um pouco inspiradora.

— Tudo bem — assentiu ele, balançando a cabeça, frustrado. — Mas é verdadeira. Não finja que não sabe. Que perguntas são essas para as quais você quer resposta?

— Não é óbvio pelo relato da minha vida que você acabou de ouvir?

Ele aguardou alguns instantes, como se tentasse criar paciência.

— Talvez. Talvez, não. Qual é a principal pergunta para a qual você está buscando resposta?

— Quero saber como exatamente meu pai e minha mãe acabaram sendo processados e por que fomos enviadas para os campos.

Ele se remexeu na cadeira.

— Como assim?

— Quem mentiu. E por quê.

— Finalmente, algum progresso. Aleluia! Saber quem foi o responsável já vai ser difícil. O motivo talvez seja impossível. Você sabe que as autoridades podem simplesmente não ter ido com a cara do seu pai, não sabe? Pelo que você diz, ele não se esforçava muito para agradar vocês. É muito possível que tenham ouvido um comentário malicioso de um empresário rival.

— É possível, Gerald, mas pouco provável. Você sabe tanto quanto eu que, naquela época, as autoridades ainda mantinham pelo menos a aparência de um procedimento adequado. Deve ter alguma denúncia em algum lugar.

— É possível que ela agora esteja em posse dos russos. Ou tenha sido destruída. Não estou muito confiante.

— Sempre otimista. É isso que adoro em você, Gerald. — Ela abriu um sorriso, notando que, embora contrariado, ele se deixara convencer. — Vai ter uma pista em algum lugar. Você sabe que vai.

E de fato havia. Foram necessários oito anos, mas havia uma pista. Então Gerald e seus assistentes puxaram o fio, e tudo começou a se desenrolar.

Numa noite de inverno, Gerald e Stephen se sentaram com Elisabeth na sala, em frente à lareira. Gerald pediu a Stephen que mostrasse a ela os avanços. Pelo amor de Deus, sem PowerPoint, ela o imaginava dizendo ao rapaz tímido e um tanto bonito, os cílios compridos por trás dos óculos. Nada visual. Apenas palavras. E não se atenha demais ao roteiro. Ela gosta da impressão de ser uma conversa.

Vários nomes foram aventados. Um gerente intermediário da principal fábrica de Albert Schröder, que havia sido preterido numa promoção. Uma empregada que Magda havia demitido por furto. O proprietário de uma empresa adversária que conhecia Hermann Goering pessoalmente. Um escritor que fora ridicularizado num baile de Magda por causa de suas opiniões fascistas. No fim, restou apenas um candidato, irrefutável.

Hans Taub.

10

Eles estão na sala do chalé. A casa parece ainda menor sem a mobília. Elisabeth está sentada numa das cadeiras da cozinha, que permaneceram. Gerald se acomoda na outra, ao passo que Stephen fica de pé.

— Então ele se foi — diz Gerald.

— Acho que sim. Você não acha?

Gerald a encara, aquele misto de assombro e mágoa no rosto, tão conhecido dos tempos em que ela era sua orientadora. Elisabeth nunca conseguiu entender se ele tinha dificuldade de esconder suas emoções ou se aquilo era um artifício usado para ocultar o que realmente se passava em sua mente.

— Faz duas horas que o levei à estação — observa Stephen. — Ele pegou o trem, que partiu na hora.

— Imagino que não o veremos mais — considera Gerald.

— Hum — responde Elisabeth, sem manifestar uma opinião. — Acho melhor irmos embora. Meu trem é... quando mesmo, Stephen?

— Daqui a cinquenta minutos. Ainda temos tempo.

— Os aspectos práticos. Podemos repassá-los mais uma vez?

— O aluguel da casa termina no fim do mês — informa Gerald. — Mas devolveremos a chave hoje à tarde, quando você já tiver embarcado. Como você pode ver, já levaram os móveis para a feira de caridade. E o pessoal da limpeza vem na segunda-feira.

— E se... ele voltar? — imagina Stephen.

— Vou deixar um bilhete. Já escrevi.

— O que diz o bilhete? — pergunta Gerald.

— Não é da sua conta, mocinho — responde ela, com carinho. — Praticamente tudo.

— Acho que ele não volta, não teria por que correr esse risco.

— Não sei, não — murmura Elisabeth. — Mas, se for o caso, envio o bilhete para ele pelo correio. Se ainda for possível localizá-lo.

— De qualquer forma, ele vai ficar devastado. Um garotinho indefeso. As transações já foram todas feitas, não foram, Stephen?

— Foram. Esvaziamos a conta hoje de manhã. Vincent fez a gentileza de realizar os procedimentos necessários. E já conferi: o dinheiro está todo na conta da Elisabeth, inclusive a parte do Roy. Ou melhor, do Hans. E só ela tem acesso. Estou com todos os documentos. E com o dispositivo de acesso. Você quer...

Ele a encara, a fisionomia interrogativa.

— Quero. Vou levar comigo — responde ela. — E as coisas dele?

— Botei tudo na mala velha que ele deixou — informa Stephen. — Ia levar para a loja de caridade. Ou posso levar para o depósito de lixo, se preferirem.

— Ótimo.

— Foi uma sorte Vincent ficar do nosso lado — opina Gerald.

— Levando em conta o passado dele... — balbucia Stephen. — Teríamos dado um jeito. Mas seria arriscado.

— Sorte coisa nenhuma! Stephen cuidou dessa parte com maestria — afirma Elisabeth. — Um verdadeiro dom.

Ela abre um sorriso para ele. Ele a encara, tímido, e retribui o sorriso.

— Bastante diferente da nossa rotina de trabalho — considera Gerald. — Nunca tive talento para enganar as pessoas.

— Nem eu — assente ela. — E não gostaria de repetir.

— Mas agora acabou, não é?

— Hum — murmura ela. — Hora de ir embora.

CAPÍTULO 17

Mudança de plano

1

Por fim, ela está em casa. Há uma sensação de tranquilidade na plataforma, debaixo do céu azul-acinzentado, o ar mais fresco do que ela se lembrava, com o cheiro do campo. Seus pertences já haviam chegado, ela só traz a bolsa. Andrew sugerira que ela fizesse todo o trajeto de carro, mas não foi a extravagância que a impediu. Ela teria ficado exausta, confinada ao mesmo espaço apertado e tendo de parar o tempo inteiro para descansar ou reabastecer. Além disso, Elisabeth gosta de trem. Embora as antigas civilidades tenham desaparecido, mesmo na ferrovia, é uma bela maneira de viajar. Ela enfrentou a multidão de Londres saindo rápido de Paddington, ou o mais rápido possível para uma octogenária, entrando num táxi que a levou a King's Cross e dirigindo-se imediatamente à sala da primeira classe, onde um cabineiro gentil apareceu na hora marcada para conduzi-la a seu assento. Não havia chance de encontrá-lo por acaso: ele estava em algum lugar fazendo as contas de seus supostos ganhos, em vez de se encontrar com o filho imaginário. Ela precisava se acostumar a não o chamar de Roy.

E agora chegava Andrew, abrindo um sorriso largo, com a postura do avô, a mesma inocência. Ele corre pela plataforma e a abraça com cuidado.

— Vó! — cumprimenta-a. Ela não contém as lágrimas. Aquele sotaque escocês, forte como sempre. — Que bom ver você!

— Que bom ver você também, Andrew. Como está todo mundo?

— Tudo bem. Todos com saudade. Achamos que você gostaria de passar uma noite tranquila em casa. Talvez o papai e a tia Laura apareçam, mas temos planos para jantar amanhã. Que bom ver você! Correu tudo bem? Como foi a viagem?

— Foi boa, obrigada. É maravilhoso respirar esse ar de novo. O problema é que...

2

Droga!

— Droga! — resmunga ele, em voz alta, embora não adiante nada. Ele está de cueca e colete, junto à cama, na suíte do hotel. O luxo se trata de uma pequena comemoração solitária. Como já era de se esperar, Vincent havia recusado o convite. Portanto ele está sozinho. Pode se permitir essas extravagâncias de vez em quando, ainda mais com as economias de Betty devidamente guardadas. O que o traz de volta à questão. Droga, pensa outra vez, já que dizer a palavra em voz alta não surtiu nenhum efeito.

O conteúdo da malinha que ele trouxe está disposto sobre a cama. Ele deixara na casa umas roupas antigas, sobretudo para garantir alguma verossimilhança, caso ela entrasse em seu quarto. Afinal, essa deveria ser apenas uma breve viagem de fim de semana para ele ver o filho. Ela não sabe que o filho não existe e que jamais o verá novamente.

Ele não fica imaginando como está Betty. Agora que tudo acabou, ela deixou de existir. Não faz sentido ficar especulando quanto tempo ela vai levar para descobrir que ele não vai voltar e que não tem mais dinheiro. Ainda precisaria pensar no caso de ela ou aquele netinho quatro-olhos dela tentarem localizar Vincent ou ele próprio. Talvez chamem a polícia. Boa sorte! Ele precisa decidir se deve ressuscitar o sobrenome Mannion. Mas, por enquanto, não. Agora é hora de se comprazer.

O maldito teclado! Vincent lhe disse que seria prudente transferir o dinheiro para sua própria conta assim que houvesse oportunidade, e a oportunidade é essa.

Ele olha novamente, coça a cabeça. Duas cuecas e duas camisas. Uma *nécessaire*, que ele esvaziou na cama: aparelho de barbear, creme de barbear, escova de barbear, desodorante, pasta de dente, pomada para hemorroida. Melhor não confundir as duas, pensa com um sorriso, retomando a procura. O *tablet* está ali, depois de ficar todo o tempo escondido no forro daquela mala velha, com o carregador, para ele poder trocar e-mails com Vincent, manter-se informado e monitorar o saldo bancário. Mas também precisaria do teclado. Vasculha a *nécessaire*, confere para ver se o maldito objeto não se meteu no meio das camisas dobradas. Sistematicamente, procura em cada compartimento da mala. Ela está vazia. Pega o paletó no cabide do guarda-roupa. A carteira, algumas moedas, o celular, o lenço e a caixinha de balas de menta já pela metade estão sobre a mesinha de cabeceira. Ele vasculha todos os bolsos mais uma vez. Vazios. Assim como os bolsos da calça.

Droga.

Ele agora deu para ter esses lapsos. Em outras épocas, um erro assim poderia se mostrar fatal. Muitos de seus ardis envolviam precisão. Pelo menos nesse ele tinha um pouco de folga. Ainda bem que é o último! Pelo menos, por ora. Ele se permite um pequeno sorriso. O teclado ainda deve estar na mala, onde ele o guardara, com o *tablet*, embora consiga se imaginar nitidamente colocando-o na bolsa de mão. Esses mistérios foram feitos para nos testar. Que estranha é a mente! Como nos enganamos!

Ora, bolas! É irritante, mas não passa de um inconveniente. Como é mesmo que se diz? Tempestade em copo d'água. Ele toma um gole do uísque e pega o celular. Vincent pode resolver tudo. Pode fazer a transferência.

O celular está sem sinal. Ele anda pela suíte, olhando fixamente para a tela, mas em vão. Aborrecido, veste a calça e uma camisa, amarra o cadarço dos sapatos e toma o elevador até o saguão. Não vai pagar a taxa exorbitante que esses hotéis cobram.

No saguão, continua sem sinal. Ele sai para a Park Lane. O Hyde Park está lindo sob a luz do sol de fim de tarde, e ele inala o cheiro de verão da cidade: asfalto quente, fumaça de óleo *diesel*, um leve sopro de grama recém-cortada vindo do parque. Ainda não há sinal no celular. Que estranho!

De volta à suíte, não tem escolha senão usar o telefone do hotel. Liga para Vincent, mas ninguém atende. Está a ponto de deixar recado, mas acaba desistindo. Liga o *tablet* e, seguindo as instruções do cartão sobre a mesa, conecta-se ao wifi. Por fim, acessa o Hayes & Paulsen Bank. Entra na página, mas, sem o teclado, não pode fazer o login. Descobre o número do serviço de atendimento ao cliente, nas Ilhas Virgens Britânicas. O telefonema vai custar um braço e uma perna.

Ele digita o número, e uma mulher de voz animada atende.

— Hayes & Paulsen Bank, aqui é Shayla, com quem eu falo?

— Meu nome é Roy Courtnay.

— Pois não, Roy, em que posso ajudá-lo?

— Sou cliente de vocês. Estou tentando transferir dinheiro da minha conta. Mas estou sem aquele tecladinho para colocar a senha eletrônica.

— O *H&P Pad*? — pergunta ela.

— Isso.

— Tudo bem. Vamos ver o que podemos fazer.

— Existe alguma maneira de fazer login sem o *H&P Pad*?

— Olha, não. Onde você está, senhor?

— Em Londres.

— Tudo bem. Londres, Inglaterra. E você perdeu seu *H&P Pad*.

— Não exatamente. Esqueci de trazer. Deixei em casa. Estou num hotel.

— Tudo bem. Podemos enviar outro para você. Só preciso fazer algumas perguntas, por questão de segurança, e depois posso cancelar o antigo *H&P Pad* e solicitar um novo. Podemos enviá-lo imediatamente. Mas antes vou precisar confirmar algumas informações suas e também da conta.

Ele fornece as informações necessárias, e ela solta uma exclamação de prazer ao localizá-lo no computador. Ele existe.

— Muito bem, senhor. Agora basta cancelarmos o teclado antigo e emitir o novo.

— Quanto tempo ele levaria para chegar aqui?

— Dois dias.

— Não adianta. Preciso fazer a transferência hoje. Hoje ou amanhã. Existe alguma maneira de eu fazer a transferência pelo telefone?

— Sim, senhor. Contanto que você já tenha ativado o serviço por telefone.

— Não ativei.

— Entendo. — É evidente que Shayla não tem mais nenhuma ideia. — Olha, Roy, nós nos esforçamos muito para garantir a segurança de nossos clientes. Por isso, se você não ativou o serviço, lamento muito...

— Vocês têm alguma filial em Londres?

— Apenas escritório, não é uma filial. E, pelo que estou vendo aqui, sua conta é digital.

— Vou precisar ir em casa, não vou?

— Infelizmente, senhor. A menos que alguém possa levar o seu *H&P Pad* para você. Sinto muito pela inconveniência, mas realmente não vejo outra alternativa. Você mora longe de Londres?

— A uma hora e meia de distância.

— Poderia ser pior. Posso ajudá-lo em mais alguma coisa, senhor?

— Não.

— Então obrigada por telefonar para o Hayes & Paulsen Bank.

Ele bate o aparelho, furioso. Tenta novamente falar com Vincent, mas continua sem resposta. Deixa recado.

Não tem jeito. Ele vai ter de voltar. Precisa pensar. O filho perdeu o voo. Atrasou dois dias. Isso vai ter de bastar. Ele voltará amanhã de manhã.

Telefona para casa. A secretária eletrônica atende. Betty deve ter saído para tomar chá. Ou está tirando um cochilo. Impaciente, ele murmura:

— Atende, Betty!

Mas ela não atende.

Ele deixa recado avisando que o filho se atrasou. Precisa pegar algumas coisas. Voltará na manhã seguinte. Não faz muito sentido, mas fazer o quê? Ela não vai desconfiar de nada.

3

A CHAVE gira no buraco da fechadura. Eles se entreolham, como se confirmassem o acordo ao qual haviam chegado. Andrew pega as duas xícaras de chá e vai para a cozinha, deixando a porta entreaberta.

Foi um dia cansativo, uma noite cansativa. Eles haviam parado na casa dela, muito rápido, apenas para ela pegar algumas roupas e se desculpar com os filhos pela mudança de planos. Entraram no carrão de Andrew e seguiram pela A1 alguns quilômetros por hora acima do limite de velocidade. No caminho, ele reservou o hotel e ela telefonou para Stephen, que pegou novamente a chave da casa na imobiliária.

Chegaram ao hotel às dez horas da noite. Stephen os encontrou no saguão.

— Achei que não nos veríamos tão cedo assim — observou.

— Não me sentiria bem — respondeu ela.

— Não há nenhuma garantia de que ele vá voltar.

— Há poucas garantias no mundo. Mas acho que ele não vai se aguentar. A ideia de ter perdido todo aquele dinheiro vai torturá-lo. E ele não vai conseguir entrar em contato com Vincent. Acho que vai acabar se arriscando e vindo, inventando alguma história estapafúrdia.

— Mas será que não vai desconfiar do sumiço do teclado?

— Acho que não. Vai achar que deixou aqui por acidente. Anda esquecido. Não deve passar pela cabeça dela que você pode ter pegado o teclado quando foi buscar a mala. É desconfiado, mas ao mesmo tempo é muito crédulo.

Ela estava exausta, os membros doíam, a cabeça latejava. Na manhã seguinte, considerou que talvez tivesse sido um pouco agressiva com Stephen. Mas dormiu bem e acordou revigorada.

E agora a chave gira no buraco da fechadura.

— Oi — cumprimenta ela quando ele entra. — Ouvi seu recado.

Ele se detém no meio da sala. Corre os olhos à volta, desnorteado. Passam-se alguns segundos antes de perguntar:

— Meu Deus, o que aconteceu aqui?

Ele vê Andrew na cozinha e o encara, o olhar ameaçador. Andrew retribui o olhar, tranquilo, sem dizer nada.

— Quem é ele?

— Robert se atrasou? — pergunta ela.

Ele deixa a bolsa no chão.

— Pois é. O voo foi cancelado. Ele só vem amanhã de manhã.

Ele diz as palavras numa cantilena vazia.

— Sei — assente ela. — Claro.

— Vou reservar um hotel... Mas o que aconteceu, Betty? O que está acontecendo?

Ele a encara.

— Eu tinha esperança de que você tivesse entendido — responde ela, a voz serena. — Ou talvez tenha entendido. Não importa. No fim, chegaremos lá.

— Do que você está falando, Betty? E quem é ele?

Ele aponta a cabeça na direção da cozinha.

— Ah, sim. Andrew. Você está bem, meu amor?

— Estou, sim — responde Andrew.

— Andrew está aqui só por via das dúvidas.

— Por via das dúvidas de quê?

— Aliás, como está Robert? Deve ter ficado muito chateado com o atraso.

— Está bem. Telefonou do aeroporto de Sydney.

— Sério? Para o seu celular? Deve ter sido uma fortuna.

— Pois é. Mas não teve jeito. Ele precisava me avisar.

— Que estranho! — observa ela, o tom de voz alheio, mas ainda olhando nos olhos deles. — Seu celular não foi cortado?

— Como você sabe? Chegou alguma carta?

Ela não responde.

— Ele deve ter deixado recado na recepção do hotel — diz ele. — Ando meio esquecido.

— Anda mesmo. Porque achei que você fosse encontrá-lo no aeroporto.

— Pois é. Mudança de plano — afirma ele, investindo mais convicção.

— Muitas mudanças de plano.

— Como assim?

— Você ainda não entendeu? Nada? Que decepção! Sempre achei que você fosse muito inteligente. Quer sentar?

Ela se acomoda numa das cadeiras, ele ocupa a outra. Ele volta a correr os olhos pela sala vazia e pergunta:

— O que é isso, Betty? O que está acontecendo?

— Vou explicar direitinho. — Ela o olha com ar de preocupação, como se o bem-estar dele fosse de extrema importância. Ergue um envelope. — Eu tinha escrito uma carta para você. Mas achei que não era apropriado. Nem justo. Por isso cheguei à conclusão de que era melhor fazer isso pessoalmente. Além do mais, houve uma mudança de plano do meu lado também. Fico feliz que você tenha decidido voltar.

— O que faz você pensar que eu não voltaria depois de encontrar Robert?

Ela suspira.

— Não importa. Vamos em frente, está bem? Agora, por onde começar? Pelo início ou pelo fim?

— Nunca tive a pretensão de entender você, Betty. Mas dessa vez você realmente me surpreendeu. O que aconteceu? Fale comigo. — Ela apenas sorri. — Não se preocupe. Podemos resolver tudo. Quando eu voltar de Londres. Mas agora preciso ir. Só vim buscar algumas coisas lá em cima. Depois chamamos um táxi e deixamos você num hotel. Quando eu voltar, resolvemos tudo. Já passei por situações piores na vida.

Ele abre um sorriso tranquilizador.

— Imagino — responde ela.

— Então vou lá em cima e já volto.

Ela pega a bolsa com a mesma calma com que ele se levanta.

— Foi isso que você esqueceu? — Quando ela mostra o teclado do Hayes & Paulsen, ele se mantém imóvel, fitando-o. — Agora as coisas estão começando a ficar mais claras?

Ele volta a se sentar na cadeira. A fisionomia permanece inalterada.

— Minha profissão me ensinou as vantagens da pesquisa meticulosa. Tenho a impressão de que você costuma fazer uma apuração rápida e deixar por isso mesmo. É tudo público, sabia? Minha carreira, minha vida. Está disponível para todos, ou pelo menos a maior parte, se você tivesse se dado o trabalho de averiguar a fundo. Gerald não conseguiu acreditar. Mas eu conhecia você. Conhecia sua arrogância. Reconheci você no instante em que nos encontramos naquele *pub* horroroso. As fotografias ajudaram. Mas, quando vi você em carne e osso, ficou tudo muito claro. Àquela altura, até eu achava que era um pouco arriscado. Todos achávamos. Mas não contávamos com sua distração. Com sua determinação cega em atingir o objetivo. Fazia alguns anos. E eu estava numa posição de vantagem. Mas ainda assim...

Ela abre um sorriso doce.

— O que está querendo me dizer? Que tentou me enganar? Se foi isso...

— Acho que, pensando bem, vamos começar pelo início. Com um menininho... Na verdade, um menino nem tão pequeno assim. Hans Taub.

Ele ergue os olhos. Há uma pausa mínima, então diz:

— Não faço ideia do que está falando.

— Hum. Eu já esperava que respondesse isso. Mas você é o Hans, não é?

Ela o encara, a fisionomia interrogativa.

— Claro que não. Poxa, Betty. Eu sou o Roy. Você sabe disso. Não sou nenhum... Como é mesmo o nome, Hans?

— Então nunca ouviu falar de nenhum Hans Taub?

— Eu não disse isso. Um alemão com quem trabalhei depois da guerra se chamava Hans. Ele era meu intérprete. Acho que o sobrenome era Taub. Quando minha base era Hanover. Mas ele teve um fim trágico.

Ela assente.

— Sim. Foi assassinado em serviço, por um fugitivo.

Ele se mostra aturdido.

— Exatamente. Eu estava com ele na ocasião.

— Pois é, estava. Foi muito estranho, não foi? Vocês dois eram tão parecidos, todos os relatórios da época dizem. Conseguimos localizar dois funcionários do escritório de Hanover. Estão quase tão velhos quanto nós. Falam com muito carinho da dupla imbatível. E o que eu adoro nos documentos oficiais é que eles são tão... oficiais! É maravilhoso ver a emoção por trás do jargão burocrático. O relatório britânico tem o claro objetivo de aplacar os russos e deixar o incidente para trás. É tão transparente! Eu adoraria ver o relatório russo, comparar os dois. Mas é claro que seria impossível. Tivemos de nos contentar com a segunda alternativa, o que já bastava: os documentos da antiga Alemanha Oriental. Só começamos a procurar em 2001, e estava tudo ali havia mais de dez anos, desde a queda do muro. No começo, não nos ocorreu procurar lá. Quando digo "nós", estou falando num sentido mais livre, claro. Na verdade, estou me referindo ao Gerald e aos assistentes dele. Foi ele quem se encarregou da pesquisa. O orientador do Stephen. Assim como fingiu ser meu filho, Michael. Mas sem dúvida chegaremos a isso mais tarde. Estou falando rápido demais para você, Hans?

Ele a encara.

— Onde eu estava? Ah, sim! Uma orientanda do Gerald estava pesquisando sobre a Stasi e achou que valia a pena dar uma olhada. Quando digo "dar uma olhada", evidentemente estou me referindo a algumas semanas de estudo nos arquivos da década de cinquenta. Nós, acadêmicos, adoramos esse tipo de coisa. Procurar agulha no palheiro. E estava ali. Uma proposta conjunta da agência de espionagem da Alemanha Oriental e dos soviéticos ao assessor de um ministro de defesa, em 1957. Sem êxito, ao que tudo indica. E o assessor depois desaparece. Para a pessoa leiga, isso não diria muita coisa. Talvez fosse apenas uma daquelas pegadinhas da Guerra Fria. Mas para nós...

— O que isso tem a ver comigo? — irrita-se ele.

— Tudo, evidentemente. A proposta foi feita a certo Roy Courtnay. E Courtnay não é um sobrenome comum. Havia várias informações importantes naquele relatório. Uma delas era a referência ao incidente de 1946, no qual Hans Taub supostamente teria sido assassinado. Naquele pequeno dossiê, havia um resumo do relatório do oficial russo da época. Ele tinha a impressão de que o sobrevivente era Hans Taub. Mas deixou passar.

— Só encontramos Karovsky uma tarde. Ele não foi de muita ajuda.

— É. O sobrenome era Karovsky. Você tem boa memória para nomes. Ele estava convencido de que era Hans Taub, a ponto de mais tarde procurá-lo em Londres e tentar chantageá-lo. Podemos continuar?

— Faça o que quiser — responde ele, encolhendo os ombros.

— Estou chateando você? Outra coisa interessante é que, aparentemente, Hans Taub foi uma peça fundamental na denúncia de uma família abastada à Gestapo, em 1938. Os Schröder. Os pais foram executados, e as filhas foram enviadas para campos de concentração. O pai de Taub fugiu da Alemanha com o filho. A mãe não teve tanta sorte. Por isso os alemães orientais queriam muito falar com Taub. Ou será Courtnay? Qual prefere?

Ele a encara, ressabiado.

— Você que manda. Para mim isso tudo é grego. E esse Taub então era um canalha. Eu não sabia de nada disso quando ele trabalhava para mim.

— Pois é. Ele tinha só catorze anos em 1938. O que suscita uma questão de interesse acadêmico.

— Qual?

— A partir de que idade assumimos responsabilidade legal pelos nossos atos? Aqui neste país é a partir dos dez anos. Acha que tinha responsabilidade pelos seus atos aos catorze, Hans?

Ele resmunga alguma coisa.

— Pessoalmente, acho que Hans era responsável pelos seus pensamentos e atos. Ele não gostava dos Schröder, não gostava dos pais liberais, mas sobretudo não gostava de si mesmo. Por isso decidiu agir.

Fez até um contrato por escrito com a Gestapo. Karovsky o confrontaria com o documento em 1957. Acho que Hans tinha plena consciência do que estava fazendo com Albert e Magda Schröder, com Hannelore, Charlotte, Anneliese e Lili.

— Isso é um absurdo! Meu nome é Roy Courtnay. Eu cresci em Dorset. Fui para a guerra. Tive uma vida turbulenta. E daí?

— Teve mesmo. Investigamos tudo. A convalescença, lorde Stanbrook... o arquivo pessoal dele, ao qual Gerald teve acesso, nos rendeu muitas informações... Londres e todas aquelas aventuras posteriores. Você é bastante arisco, mas Gerald é excelente no que faz. E os assistentes dele também.

— Isso é um absurdo! Onde estão as provas?

— Provas? Bem, Gerald fez um trabalho bastante minucioso. A história geralmente não se faz apenas de provas. A história se faz da verdade, ou do mais próximo à verdade a que conseguimos chegar.

— Não existem provas, não é? E, de qualquer maneira, o que isso tem a ver com você?

O rosto dele está vermelho.

Andrew faz menção de se aproximar, mas Betty intervém:

— Não precisa. Hans não vai fazer nenhuma bobagem. Vai, Hans?

— Meu nome não é Hans — afirma ele, entredentes.

— Não. Imaginei que você não ficaria muito satisfeito — prossegue ela, indiferente, como se ele não tivesse dito nada. — Deduzi que você talvez precisasse de algo mais conclusivo do que um mero relato histórico. Você se lembra da nossa viagem a Berlim?

— Lembro — responde ele, emburrado.

— Incrível, né? O pôr do sol no Spree. A Berliner Phillarmoniker, retumbante. Eu realmente achei que precisávamos de um tempo para nós. Mas você me pareceu um pouco amuado.

Ele deixa que ela continue.

— Pensei em visitar uma daquelas casas lindas de Tiergarten. Na verdade, bati à porta de uma delas. Brincadeira. Eu já tinha combinado algumas semanas antes. Os donos eram simpaticíssimos. Me receberam muito bem. Espero que você esteja acompanhando, Hans.

Ele se mantém em silêncio.

— Havia um objetivo específico. Não fomos lá só para ver a casa onde os Schröder moravam. Subimos ao andar superior. O gabinete de Albert, todo reformado, tecnológico. Sem aquela madeira escura horrorosa. Sempre achei aquilo muito opressivo. Intimidante. Entramos num dos quartos. Agora estão todos atapetados, num tom de bege bastante elegante. Tivemos de convencê-los a levantar uma ponta do tapete. Eles não se importaram, já que era por uma boa causa. Não sabe do que estou falando, não é, querido?

— Não faço ideia.

— Tenha um pouco de paciência, por favor. Quando levantamos o tapete, ainda estava lá.

— O que — pergunta ele, forçando a calma — estava lá?

— O vão entre o piso e o rodapé. E, ainda mais surpreendente, depois de todos aqueles anos, o relicário. Conseguimos vê-lo com a ajuda de uma lanterna, mas não conseguíamos pegá-lo. O dono da casa deu um jeito de puxá-lo com uma chave de fenda. Já vou chegar ao que interessa, prometo. Na verdade, estamos quase lá. Pegamos as cartas e o relicário. Mas, evidentemente, o relicário era o mais importante.

— Ah, é?

— As cartas eram os devaneios de uma menininha tola. Mas o relicário continha seu cabelo.

— Meu cabelo? Como assim, meu cabelo?

— Você não se lembra? Foi no meu quarto. Eu convenci você a me deixar cortar uma mecha. É claro que você hesitou, contrariado. Um pouco como está agora. Mas fingi não notar. Lépida como um carneirinho. Você ficou furioso quando cortei mais do que tinha permitido. Eu ri. É claro que você lembra! Uma época feliz. — Ela abre um sorriso. — É evidente que empregamos o intelecto nessas situações. Mas também a tecnologia. Recuperar o relicário não era apenas uma questão de nostalgia. Havia mais do que isso. Era uma questão de prova. Gerald é muito meticuloso. Assim como você, queria que tudo fosse irrefutável. E o teste de DNA é uma maravilha. Você nos deixou muitas amostras pela casa morando aqui, então bastou mandá-las para o laboratório com a mecha de cabelo do relicário e aguardar o resultado. Imagino que agora você tenha entendido tudo.

4

— FAZ MUITO tempo, Betty — murmura ele, cansado. — Como devo chamar você? Betty ou Lili?

— Meu nome é Elisabeth. E prefiro a pronúncia alemã. É uma das minhas idiossincrasias.

— Mas...

— São apenas abreviaturas do mesmo nome. Uma bobagem. Vamos prosseguir. É, faz muito tempo. Mas não sei exatamente o que isso quer dizer. O tempo não me parece apagar os fatos.

— É complicado explicar por que estou na pele de Roy Courtnay.

— Na verdade, você não está na pele de Roy Courtnay — interrompe-o ela. — É o contrário.

— Você tem razão. No começo, foi uma série de mal-entendidos. Roy teve uma morte horrível. Eu fiquei ferido, estava inconsciente quando os russos chegaram para nos levar de volta ao setor britânico. Eles nos confundiram, e, a partir daí, tudo cresceu como uma bola de neve. Fugiu ao meu controle.

Ela o encara, cética.

— Eu me aproveitei da situação, admito. Mas não tive muita escolha. Era intérprete. Não tinha nenhuma garantia de conseguir emprego. Não teria pensão militar.

— Seu inglês devia ser muito bom, mesmo na época. Foi um grande risco que você correu.

— Eu tinha passado quatro anos na Inglaterra, três deles estudando. Tenho facilidade com línguas. Você me conhece. Eu me arrisco para alcançar meus objetivos. Foi calculado.

— Você nem pensou na família do Roy.

— Não. Você está se esquecendo de que aquela era uma época muito difícil.

— Eu não me esqueço, Hans.

— Não. Claro que não. Você sabe exatamente do que estou falando. Sabe o que é sobreviver. Era o que eu estava fazendo. Sobrevivendo. E nada traria o capitão Courtnay de volta. Lili, fico tão feliz de saber que você sobreviveu! Sempre torci para que você sobrevivesse.

Ela o encara.

— Realmente prefiro que você me chame de Elisabeth. Ou devo chamá-lo de Hanzinho?

Ele volta os olhos para as mãos entrelaçadas.

— Era uma época insana. O mundo tinha enlouquecido. Mas a detenção da sua família não foi exatamente minha culpa. A Gestapo me pressionou. Botou palavras na minha boca.

— Não é o que dizem os documentos. Os alemães orientais tinham registros de tudo.

— Eles me enganaram, Elisabeth. Você tem que acreditar.

— Será? — indaga ela. — E, quanto ao que você fez comigo, no que eu deveria acreditar?

— Quando?

— Quando me atacou.

— Ataquei você?

— Devo ser mais específica? Meu quarto, noite de festa de Natal. Quando seu pai estava conversando com o meu. Quando você enfiou os dedos em mim. Quando me mostrou como o ser humano pode ser desumano. Talvez eu devesse agradecer o vislumbre da desumanidade. Veio a calhar.

— Não me lembro de nada disso. Você está imaginando...

— O quê? Que aconteceu? Que foi você?

Ela fala com a voz equilibrada. Ele ouve sem se manifestar. Ergue as pálpebras para fitá-la com desdém, mas não consegue sustentar o olhar dela.

— É engraçado. A lembrança mais vívida que tenho é de você cheirando os dedos em seguida. Parecia tão decepcionado com tudo!

Ele solta um suspiro.

— E o que você quer?

— Você prefere ir direto ao ponto. Sempre há um acordo a ser feito, não é? Portanto vamos acertar os detalhes.

— Muito bem. — Ele reúne coragem para encará-la. — O que você quer?

— É uma boa pergunta. Mas antes eu gostaria de saber: você em algum momento imaginou as consequências do que fez?

— Não exatamente. Eu só sabia que seus pais ficariam numa situação complicada.

— Hum. Então por que você fez isso? Eu decepcionei você não reagindo como esperava?

— Não sei — responde ele. — Suas irmãs me tratavam mal. Eu estava chateado. Meu pai era um idiota. Eu tinha raiva dele. Meus pais eram tolos. Eu estava vendo que eles seriam presos e acabariam me arrastando junto. Aquela era uma maneira de resolver o problema, pelo menos temporariamente.

— E também resolveria o problema da feliz e abastada família Schröder.

— Não sei.

Ele encolhe os ombros, outra vez o adolescente taciturno de catorze anos.

— Por que você fez a denúncia? Foi só rancor?

— Nossos pais estavam conversando sobre sabotar a guerra.

— E nossa suposta ascendência judaica?

— Achei que era mais ou menos o que o oficial da Gestapo queria ouvir. Era uma maneira de eu conseguir o que queria.

— Era mentira. Não éramos judeus.

Ele a encara.

— Eu não sabia se tinha ou não sangue judeu na sua família. Não deveria ter dito aquilo. Mas foi... necessário. Ele insistiu.

— A questão não é essa. Se éramos ou não judeus. Eu adoraria que achassem que sou judia, mesmo não sendo. Tenho orgulho de estar associada àquele sofrimento. Tenho orgulho disso aqui. — Desde que se mudou para a Inglaterra, ela sempre teve o cuidado de usar roupas de mangas compridas, sobretudo enquanto morava na mesma casa que ele, mas agora arregaça a manga e estende o braço, mostrando o número com o triângulo. O rosto dele não trai nenhuma emoção. — A questão é que era errado você dizer o que quer que fosse. Não fazia diferença se éramos ou não judeus. Por mais que possa inventar desculpas sobre sua imaturidade, você foi responsável pelo que disse.

Ele a observa como se não conseguisse entender o que ela está dizendo.

— Não faria diferença se eu não tivesse dito.

— Mas você disse.

— Seu pai e meu pai estavam conspirando contra o Estado. Não menti com relação a isso.

— Eles estavam conspirando contra o mal. Você preferiu conspirar a favor dele.

— Eu tinha catorze anos, pelo amor de Deus! Como poderia antecipar tudo isso?

Durante alguns instantes, nenhum dos dois diz nada. Parece que as forças de Elisabeth se exauriram. Mas ela reencontra a voz.

— Tenho uma curiosidade. Você não sente culpa?

— Com relação a quê?

— A qualquer coisa. A mim, minha família, seus pais. Roy Courtnay. Bob Mannion.

— Culpa. É um sentimento difícil. Não.

— Não sente, né?

— Era...

— Conveniente?

— Assim fica parecendo cruel. Era o que eu precisava fazer. Eu não tinha opção. Ou achava que não tinha. Precisava sobreviver. Você sabe exatamente como é.

— E depois?

— Depois. Fazia parte do passado. Não podia mudar. Não provoquei nada. Só... Só...

— O quê?

— Aproveitei as oportunidades que apareceram. Não é tão terrível assim, é?

— E agora?

— Agora estou velho. O que passou passou. Não posso consertar nada. De que adiantaria ficar me torturando de culpa?

— Eu não sabia que sentir culpa era uma escolha.

— O que você quer de mim? Dinheiro? Não estou entendendo.

Ela agora está mais calma. Abaixa a voz, fala de maneira refletida.

— Eu sei. Tem muitas coisas que você não entende. Por exemplo, que eu talvez não queira nada de você. Que não há nenhum acordo a ser feito. Nenhuma recompensa a ser paga. Também do meu lado houve uma mudança de plano. Deixe-me dizer uma coisa.

Ele a encara, sem responder.

— Quando meu marido morreu, fiquei desnorteada. Não tenho como saber se fiquei mais inconsolável do que outras viúvas que acabam de perder o marido, mas, na minha cabeça, foi como se eu tivesse voltado ao fim da guerra. Você talvez imagine que tenha sido um momento de felicidade, mas a libertação do campo de concentração me deu uma noção muito nítida da minha fragilidade, da minha perecibilidade. Um panorama vazio de medo. Quando Alasdair morreu, tive o mesmo medo. Precisava encontrar sentido. E não encontraria na religião, acho que nisso concordamos. Então precisava ser outra coisa. Por fim, achei que tivesse encontrado. A busca pela verdade e uma espécie de acerto de contas.

— Motivo pelo qual estamos aqui — deduz ele, num murmúrio.

— Exatamente. Chega a ser engraçado, de certa forma — observa ela. — Dois velhinhos enrugados debatendo coisas que já estão praticamente esquecidas. Pelo menos as lições. Buscando sentido. Isso deixa muito clara nossa irrelevância, não deixa?

Os olhos dele brilham.

— Imagino que sim.

— Onde estávamos? Ah, sim, o que eu quero! Isso mudou bastante, à medida que progredimos. Primeiro eu só queria saber, aí chegamos à verdade. Descobrimos que tinha sido você, Hans, e mais ninguém. A dificuldade agora era encontrá-lo. Você é muito arisco.

Ele abre um sorriso torto.

— Meu jeitinho.

— Pois é — assente ela, zombeteira. — Mas não foi tão difícil assim. Não vou aborrecê-lo com os detalhes. Mas acho que cobrimos a maior parte das suas aventuras. Você quer mostrar falsa modéstia agora?

Ele sacode a cabeça.

— Imaginei que não. Nossa investigação ganhou vida própria à medida que avançava. O Gerald, em especial, parecia um cachorrinho com um osso. Ele pode ser muito vingativo. Algo surpreendente para um homem tão calmo. Jamais o contrarie. E, por fim, encontramos você. Roy Courtnay. Vincent foi de muita ajuda, fornecendo os detalhes que nos escapavam.

— Vincent?

— É. Nosso detetive particular o localizou com muita facilidade depois que ficamos sabendo de sua existência. Imaginamos que talvez valesse a pena tentar trocar uma palavrinha. Depois de saber os antecedentes dele, é claro. Você sabia que o avô dele era um judeu que fugiu da Polônia antes da Segunda Guerra? Provavelmente, não. Stephen fez um excelente trabalho conversando com ele, que ficou mais do que satisfeito em ajudar. Foi uma espécie de redenção para ele.

Hans se encolhe na cadeira, mas continua encarando-a, o olhar desafiador.

— Tínhamos localizado você, mas não sabíamos o que fazer: somos apenas historiadores. Por isso contratamos o detetive particular, um rapaz muito simpático de Chingford. Ele descobriu um monte de coisas. Extraordinário. Você mal saía de casa, mas andava muito entretido nos sites de relacionamentos. Já entendeu o rumo que tomamos? Nosso detetive localizou várias mulheres que você havia conhecido e descartado, conversou com cada uma delas. Você chegou a se encontrar com cinco mulheres num único mês! Fico surpresa de saber que haja tantas senhoras solitárias.

Roy faz uma careta, mas Elisabeth apenas continua, animada:

— Você já deve imaginar o que elas disseram. A maioria das mulheres você descartou depois do primeiro encontro. As que encontrou pela segunda vez tinham despertado seu interesse. Você queria que o relacionamento avançasse rápido, fascinado com a situação financeira delas. Elegantemente vestido, como manda o protocolo. Mas sempre parecia que ou a mulher não satisfazia seus critérios, ou ela se sentia incomodada com você. Essa foi a base para o plano que formulamos. Eu estava ansiosa para reencontrar você, mas àquela altura, apesar de todas as evidências, ainda não tinha certeza de que você era Hans Taub. Portanto a solução era simples.

— Você me conhecer em um site de relacionamentos.

— Exatamente. Perfeito, concorda? Estabelecemos um plano básico. Aluguei este chalé e me mudei para cá, disposta a ver o que aconteceria. Uma cilada impecável. Foi Gerald quem teve a ideia de deixarmos você achando que estava me enganando quando, na verdade, quem estava sendo enganado era você. Estávamos bem munidos. Stephen é um gênio da tecnologia de informação, embora tenhamos deixado algumas coisas para o acaso. O interessante era que eu não precisava do seu dinheiro, por isso podíamos abandonar a ideia a qualquer momento, caso ficasse difícil demais. Mas nos saímos muito bem, não acha?

Ele não responde ao olhar ávido dela.

— Gerald fez meu filho, Michael, no teatrinho que achamos necessário para garantir credibilidade. A mulher dele era, de fato, sua esposa; a filha era uma das pesquisadoras do início da investigação, que voltou para esse papel coadjuvante, e Stephen era Stephen. Que, evidentemente, não é meu neto. Não nos saímos muito bem? Sobretudo Stephen? Agora imagine o alívio que foi quando você recusou o convite para passarmos o Natal com eles! Eu sabia que recusaria. E é claro que não fiz o teste.

— Teste?

— Estou me atropelando toda, né? — observa ela, com alegria. — O teste de DNA. Não fui à casa, embora tivesse adorado ir. Foi uma história bonita, não foi? Você teria ficado orgulhoso. Não peguei o relicário. Duvido que ainda esteja lá. E, mesmo que estivesse, será que poderíamos testar o cabelo? E isso provaria alguma coisa? Gerald adora tecnologia. Achava que era a única maneira de ter uma prova inequívoca. Mas sabemos que não há necessidade. Pedi a ele que deixasse de ser tão literal, garanti que encontraríamos outra maneira. E encontramos.

— E qual é o seu propósito?

— Propósito?

— O que você quer? Além de mostrar que sou idiota. Você roubou todo o meu dinheiro?

— Ah, sim, o dinheiro! Isso é tão importante para você! Ou é a sensação de vitória em contraposição à sensação de derrota? Não importa.

Pegar seu dinheiro era o plano. Isso satisfazia o instinto vingativo de Gerald. Stephen também gostou da ideia, principalmente depois de conhecer você. Mas a decisão foi minha. Achei que talvez fosse a única maneira de deixar essa história para trás. E todos nos deliciamos com a aventura.

Ele a encara.

— Não fique tão assustado! Mudança de plano, lembra? Isso vinha me incomodando havia algum tempo, mas foi só quando eu estava voltando para casa ontem que realmente mudei de ideia. Cheguei à conclusão de que aquilo não estava certo. Eu não queria ser como você. A carta também. Não era de bom-tom. Eu precisava dizer pessoalmente o que tinha a dizer, devia isso a você.

— Não. Devia isso a si mesma.

— Como assim?

— Para ter o prazer de me ver constrangido.

— Hans, você julga as pessoas como se elas pensassem como você! Na verdade, eu estava morrendo de medo dessa conversa. Além do mais, você não me parece ser o tipo de pessoa que se constrange. Só achei que fosse mais justo encontrar você outra vez.

Ele solta uma risada. Aos olhos dela, é novamente aquele menino de catorze anos amargo, insolente. Por um instante, ela vacila, mas logo recupera o equilíbrio.

— Com relação ao seu dinheiro, pode ficar com ele.

Ela tira da bolsa um cheque, que estende para ele. Com as mãos trêmulas, ele pega o cheque. Faz menção de rasgá-lo.

— Não — objeta ela, e ele se detém, depois de ter feito apenas um pequeno corte no papel. — Pense bem antes de se permitir um gesto teatral, num rasgo de fúria. Sempre foi muito impulsivo, instável. Não vou me dar o trabalho de fazer outro cheque se você mudar de ideia.

Ele continua com os braços erguidos, segurando o cheque entre os dedos. Reflete por um instante, os braços cada vez mais trêmulos de fraqueza. Por fim, abaixa-os e guarda o cheque na carteira, durante todo o tempo olhando para ela. Esses olhos, pensa Elisabeth. Mas tudo passa com o tempo.

5

ELES ESTÃO comendo os sanduíches que Andrew comprou na rua. Num sussurro, Elisabeth tinha pedido que não demorasse. Não sentia exatamente medo, era mais aflição. Agora observa Hans, a atenção dele voltada para a comida e o copo de café.

— Então acho que é isso.

Ele parece mais calmo, até mesmo sereno. Talvez resignado com tudo. O medo que ela sentira quando Andrew saiu agora lhe parecia um pouco ridículo. Esperava não ter deixado transparecer. Seria uma espécie de vitória para ele.

— Não entendo — murmura ele, balançando a cabeça. — Esse seu joguinho... Não posso negar que foi muito desagradável. E desnecessário. Por que você simplesmente não falou comigo?

— Achei que você, mais do que ninguém, entenderia. Fiquei muito empolgada com o andar da carruagem. Não achei que eu fosse capaz. Mas para você isso sempre foi natural.

— Hum. *Touché*. Tem razão. Está meio tarde para eu aprender uma lição, mas acho que aprendi.

— É mesmo? Seria um choque.

Ele se mostra magoado.

— Foi um golpe baixo.

— Golpe baixo. Que escolha interessante de palavras!

— Eu cometi erros, admito. Alguns com consequências que jamais antecipei. Não sou santo...

— Não mesmo.

— Mas espero ter deixado tudo isso para trás.

— Isso seria maravilhoso! — exclama ela. — Mas é um tanto implausível.

— Mentir faz parte de mim — reconhece ele. — É quem eu sou. Gostaria de poder alegar algum distúrbio psicológico. Sou assim desde que me entendo por gente. Pelo menos desde aquele encontro com o oficial da Gestapo. Mas tenho razão, não tenho? É mentindo que levamos a vida. É como se avança no mundo. Seja você um vendedor de carros usados, primeiro-ministro ou especialista em mudanças climáticas. É como as coisas são. A verdade é secundária.

Ele abre um sorriso, o ar de súplica.

— Hum — murmura ela. — Acho que não, Hans. Não quero ser indelicada. Ou talvez queira. Mas você acha mesmo que temos alguma autoridade para falar da vida como ela é? Que podemos jogar tudo para debaixo do tapete só porque você diz que a desonestidade é a maneira como levamos a vida? Que, num passe de mágica, você se livra dos seus atos?

— Elisabeth, você está sendo dura demais.

— Talvez. Mas estou dizendo a verdade.

Ele desvia os olhos.

— Hans — murmura ela. — Não se trata de vingança nem justiça. Foi você quem fez isso com a própria vida. Deve ser decepcionante.

— É o que você pensa.

— Sim. É o que eu penso. E um pouquinho de mea-culpa não vai me fazer ver você com outros olhos.

— Quem é você para me julgar?

— Acho que estou numa posição bastante adequada.

— Já acabou?

— Por ora.

— Não estou interessado no que você pensa. Não quero seu perdão.

— Assim é melhor. Sei que você não quer. Duvido que pense em perdão. Ou saiba o que isso significa. Mas tenho certeza de que pensa na eternidade iminente. Tanto quanto eu. A diferença é que você não tem nada em que se amparar.

— E você tem? Com suas pesquisas insignificantes?

Ela abre um sorriso.

— É tentador pensar que está sendo deliberadamente obtuso. Mas não está, não é? Você de fato não entende.

— Não entendo o quê?

— O bem não existe. Nem o mal, por mais que queiramos negar. Ah, esquece!

Ela suspira.

Ele resmunga alguma coisa e, impaciente, pergunta:

— O que quer de mim?

— O que eu quero? Nada. Não espero que se arrependa, com toda essa fúria que arde dentro de você. Não tenho nenhum desejo de nos reconciliarmos. Não quero nem que você entenda. Só quero olhar nos seus olhos, sentir a ameaça que você representa e sair ilesa. Sobreviver a você era o propósito.

Ela abre outro sorriso, com uma calidez que surpreende até a si própria. Não é hostilidade, não é triunfo. É algo que lembra satisfação. Conseguir sorrir nesse momento, de alguma forma, é libertador.

— Não desejo nenhum mal a você — prossegue ela. — De verdade. Durante muito tempo tive rancor, mas passou. Superei você. Por isso acho melhor pararmos por aqui. Vamos, Andrew?

6

AO ABRIR a porta do carro para ela alguns segundos depois de deixar a casa, Andrew apalpa os bolsos do casaco, um pouco teatral demais para o gosto de Hans. Ele o vê dizer algo para ela pela porta ainda entreaberta antes de retornar à casa.

Bate à porta. Não são as batidas de uma pessoa segura.

Hans demora um tempinho para atender, então o avalia de alto a baixo pela primeira vez. Ainda não lhe dispensara muita atenção.

Andrew não parece ter nenhuma relação com ela. Largo, quase gordo, o cabelo preto emaranhado, a pele morena, quase latina, a textura de massinha, ele sorri com timidez ao ser avaliado. As aparências enganam, e muito, mas ele parece ser o tipo de pessoa irrefletida. Sem personalidade. Ao contrário de Elisabeth, justiça seja feita. Mas, pensando melhor, um pouco como ela lhe parecera no início: complacente, unifacetada. Ah, sim, gente engana. Mas, fisicamente, muito distintos: Andrew, com o corpanzil deselegante, como se seu entusiasmo pudesse esmagar algo que ele amasse; Elisabeth, pequenina, esguia, os traços delicados, os olhos grandes. Ele, um tanto óbvio, feio e alegremente tímido; ela, direta, contestadora, provocante e — Hans agora descobre — linda. Elisabeth: precisa se lembrar de chamá-la assim.

— Desculpe — diz Andrew, quebrando o silêncio. — Acho que esqueci meu celular.

— Hã — resmunga Hans.

— E minha avó me pediu para lembrar que o aluguel da casa termina na segunda-feira. Os corretores vêm aqui. De qualquer forma, não tem mais móveis mesmo... — Ele fala com aquele sotaque escocês macio. — Posso entrar? — pergunta, o sorriso intacto, mas perdendo segurança. — Acho que deve estar na cozinha.

— Faça o que quiser — rosna Hans.

Ele abre passagem, mas pouca, de modo que Andrew precisa passar de lado. Hans encara o rapaz, que desvia os olhos, avançando para a cozinha.

— Está aqui! — grita Andrews da cozinha, logo retornando, a fisionomia agora hostil. — Estava no meu bolso o tempo todo. Mas nós dois sabíamos disso.

Hans segura firme a maçaneta, pronto para se livrar desse energúmeno de uma vez por todas, mas Andrew fecha a porta.

— Vamos fazer isso em outro lugar — propõe, dirigindo-se ao centro da sala e virando-se para apressar Hans.

Hans obedece, sem se esforçar para esconder o desagrado no olhar.

— O que você quer? — pergunta.

— Todos já tínhamos ouvido falar de você, é claro — começa Andrew. — Minha avó não guardou segredo. Contou tudo para nós. Mas nunca me pareceu real. Parecia impossível que um menino pudesse fazer todo esse mal à família dela. À minha família. Por isso é bom conhecer você.

— É? — pergunta Hans, entediado.

— É. Conhecendo você, tudo que parecia tão surreal é agora natural. Tudo se encaixa. Ela tem razão: você é desumano.

— Já acabou?

A seriedade de Andrew se rompe num sorriso.

— As pessoas me acham um cara bacana. Eu trabalho para uma seguradora agrícola. Não tenho uma posição de prestígio. Não sou ambicioso. Dou duro, tenho boa relação com os clientes, e isso me basta. Imagino que possam me considerar um caipira qualquer. O que, por mim, tudo bem. Mas aparência não é tudo.

— Jura? — Hans revira os olhos. — Que interessante!

— Mas você parece ser mais interessante. Ninguém sabe qual é a sua motivação. Muito menos você mesmo. Meu palpite é que, mais do que qualquer outra pessoa, você odeia a si próprio. Minha avó disse isso.

— Tão freudiano! Ou seria junguiano?

— Não sei. O que sei é que você é um homem muito infeliz. Um velho triste. Sério, alguém precisa matar você, para dar fim ao seu sofrimento.

Hans se encolhe, alarmado.

— Não que eu vá fazer isso — ressalva Andrew. — Sou conhecido pelo coração mole, afinal, apesar da estatura. Assim como meu avô. Mas também não seria ruim se você passasse o resto da vida na merda.

— Ele se detém. — O dinheiro é muito importante para você, não é? O que ele simboliza?

— Não diga... Sua avó deve estar ficando impaciente. Imagino que não queira deixá-la esperando. Se está tentando me intimidar, lamento decepcioná-lo. Homens mais fortes já tentaram. E não conseguiram.

— Imagino. Não. Sou um cara pacífico, Hans. Mas tenho uma ponta de crueldade. Em geral, gosto de mantê-la escondida. Mas...

Andrew dá um passo à frente e cutuca o peito dele. Hans toma um susto, sentindo as costas junto à parede, os joelhos vacilam.

— O cheque — pede Andrew.

— O quê? — balbucia Hans.

— O cheque que a minha avó deu para você.

— Ah.

Ele tira a carteira do bolso.

— Obrigado. — Andrew segura o cheque, examina-o, rasga-o em vários pedacinhos e larga-os no chão. — Minha avó é uma pessoa muito correta. E muito indulgente. Eu sou mais vingativo. Acho que, em parte, é a psique masculina. Freud ou Jung. Não importa. Não vou ficar me martirizando imaginando se você aprendeu com suas experiências. Mas vou ter a satisfação de saber que sofreu, pelo menos materialmente. É primitivo, é simples. Mas eu sou assim. Adeus.

Ele dá meia-volta e sai da casa.

CAPÍTULO 18

Piora

1

Eu...

Não é nada. Estou ótimo. Recuperado. Foi só uma piora boba. Cuide da sua vida. Você. É, você. Venha aqui, se acha que dá conta. Eu, com medo? Você está brincando?

— M-M-M-M-M... — gagueja ele. — Maureen! — grita afinal, alongando as vogais.

Os nomes se agitam em sua cabeça, sem trégua. Ele não consegue detê-los.

Maureen. Dave. Charlotte. Bob. Martin. Charlie. Bryn. Renate. Magda. Marlene. Anneliese. Konrad. Hannelore. Roy. Estão todos aqui. E ainda mais. Price. Craig. Taub. Courtnay. Smith. Outros também, que ele não reconhece.

Todos o observam.

— Sylvia.

Um sussurro melancólico, com gelo em seu coração temeroso.

Os dois estão deitados na generosa cama do quarto dela. Lençóis cheirosos. O suor esfria em seu torso. É como se ele tivesse pegado chuva. O cabelo está ensopado. Ele observa uma gota salgada deslizar pelo ombro, escurecendo a seda. Precisou se segurar. Daqui a pouco, ela exigirá que ele invista novamente. Que invista com força. É como ela quer, com seus olhinhos cruéis. E o que ela quer ela consegue. Independentemente da exaustão dele. No quarto ao lado, sir Tommy está na mesma situação, com aquela bicha do ministério. Um arranjo perfeito. As molas das duas camas rangem em uníssono, numa síncope inusitada. O desgraçado do sir Thomas. Todos eles, desgraçados. Planejando sua queda. Em conluio. Charlie Stanbrook, Albert Schröder, o sr. Cole, Bryn, Bernie, o sr. Smith, o engomadinho sr. Price, do Lyons Bank. E todo o resto. Ah, não é um momento propício! Mas é um momento propício para eu arrancar seu bigodinho ralo. Ensinar uma lição a todos vocês. Herr Weber, Renate Taub e seu marido insignificante. Vocês não me enganam. Me deixem em paz.

Ele ainda está suando quando se deita novamente sobre ela. Ela faz uma careta de prazer quando Weber o encurrala com aquele sorriso mais uma vez. Ora, os Schröder são ou não judeus, rapaz? São, sim, senhor. Fale mais alto, rapaz. Você não está me parecendo muito seguro. São, sim, senhor! Agora está melhor. E como você sabe disso? O Schröder disse ao meu pai, senhor. E você está disposto a depor? Como assim, senhor? No tribunal? Não, para o mundo. Desse jeito, senhor, nu? Mas claro! Você não tem muita escolha. A cruz e a espada. E você passou quanto tempo no banheiro? Quanto tempo, Bernie? Exatos trinta e três minutos, Bryn. Então por que não estava lá quando entramos? Queremos saber, não queremos, pessoal?

BUM! Pobre Roy, com a vida por um fio. Não, ele sempre gostou de precisão. O globo ocular está por um fio. Ele quer arrancá-lo para colocar de volta no lugar. Faça isso, sugere Bob. E ele obedece, sentindo sua maciez. Aperta cada vez mais forte, até fazê-lo saltar, o muco escorrendo pelo braço. Tiram-no da cama, deitam-no sobre a manta. Chuva fria, fria, fria em sua cabeça. O suor escorre pela testa, atrapalhando a visão. Ele só vê aquele buraco do tamanho de uma lata de biscoitos na barriga do Bob, agora também deitado sobre a manta. É melhor assim. Cale a boca enquanto penso no que fazer. Preciso que Martin me tire daqui enquanto Bernie prende a atenção deles. Basta uma de suas piadas indecentes. Porra, Bob, por que você fez isso? Que frio! Estou tremendo! Pegue o sobretudo dele. Não vão saber, e, se descobrirem, diga que foi o choque. Você estava confuso. Não chega a ser mentira. É esse suor todo. Você gozou, Sylvia, meu bem? Ele volta os olhos para ela, assustado. É a mulher do trem. Marlene, ele a chama. Ela não mostra nenhum sinal de vida. O que vocês estão olhando? Eu não fiz nada! É claro que eu não faria nada com uma criança! Mesmo sendo uma criança da família Schröder, o senhor sabe bem como elas são, Herr Weber. Aquelas meninas não valem nada. Por que vocês estão me olhando assim? Você e o Vincent. Caprichou na cara de preocupação, hein, Vinny? Óculos de grau e testa franzida. Tudo bem, excelente, mas você pode aposentar a farsa. Sou eu, lembra? E vocês parem de cochichar. Falem alto. O que foi?

Acho que não podemos correr o risco...

Não suportaria...

Não, o estresse...

Hummm...

Na condição dele...

Será que não deveríamos tentar... Não, não adiantaria...

Não há muito o que possamos fazer...

Melhor deixar assim...

Blá-blá-blá da porra.

Meu Deus, como está quente aqui! Esse maldito pisca-pisca. Tem certeza de que você resolveu tudo, Martin? Que confusão! Não se pode confiar em você. Vamos precisar dar o fora daqui. Bruxelas é a melhor alternativa. Ou Paris. Aliás, vamos ficar no Crillon. O hotel preferido do lorde quando visita a cidade. Na verdade, ele está querendo um pouquinho de diversão. Se é que você me entende... Ótimo! Estamos dispostos a pagar bem pelo serviço apropriado e pela devida discrição. Charles? Está tudo certo. Você não acreditaria. Explique você, Martin. Hahahaha. Não, não sou da Rússia. Vim da Croácia, sou alemão. Podemos fazer negócio. Vamos logo, pessoal! Vou ficar aqui fazendo cara de inteligente e misterioso. Apagar o sorriso daquele idiota do Karovsky. Vou me vingar.

Und Sie, Herr Schröder? Nein. Bin gar kein Jude, echt deutsch. Que frio!

Agora acalmou, está escuro. Ele sente o coração se agitando no peito como um pássaro engaiolado. A luz se acende, e um casal sobe no palco. O homem usa terno mostarda quadriculado de vermelho, que combina com a barba ruiva, e chapéu de feltro, que ele tira e põe novamente na cabeça com galanteria. A mulher se mantém em silêncio, superior, um sorriso sarcástico no rosto, vestido preto e diamantes. São os famosos comediantes Konrad e Renate Taub!

— Muito bem — diz Konrad, com um sorriso radiante, o suor se misturando à maquiagem, pingando da testa sob a luz forte do holofote. — Muito bem. Vocês sabem aquela do menino alemão que trai o pai e a mãe? Ah, não importa. Eles eram uns imbecis mesmo.

Chovem tomates e ovos no palco. Eles se protegem com os braços. Descem as cortinas. A luz se apaga, e novamente se faz silêncio.

Dessa vez a luz se acende aos poucos, com menos intensidade. Fumaça, uma fumaça deliciosa toma conta do cabaré decadente. O apresentador surge no palco, o sorriso fixo irradiando malícia.

— E agora, senhores — anuncia, em alemão. — Vocês já conheceram as irmãs dela, as três. Já conheceram até a mãe. Ela é nova, mas vai enlouquecer vocês...

— Anda logo, Weber! Desce do palco!

Weber se detém, suando, novamente abrindo aquele sorriso de dentes brancos.

— Senhores, para seu imenso deleite, apresento a inigualável Lili Schröder!

Ele desaparece na coxia e faz-se silêncio outra vez. Ela surge do fundo do palco, primeiro apenas a silhueta, depois mais claramente. Está enrugada, desnorteada. Pendem borlas vermelhas dos seios cansados. A calcinha escorrega do quadril ossudo. Ela abre a boca. Está apavorada. Ele vê o contorno das chaminés por trás dela, soltando aquela fumaça maravilhosa. Há aplausos.

— Lili — grita ele, embora ninguém ouça. — Você é só uma criança. Minha Lili. Não era minha intenção...

Ele perdeu a apresentação. Em algum momento, deve ter cochilado. Weber está anotando o discurso da senhora elegante. Ao sair do cômodo, ela passa por Martin, recém-alçado à nobreza, que toca o braço dela, dizendo:

— Você sempre teve seios lindos, Maureen. Deveria ter ficado comigo, em vez de ficar com o zé-ninguém do Roy.

E cai a escuridão novamente. E agora faz tanto frio! Os ingleses não aquecem suas casas. Ele olha para o outro lado. Ela está ali, Marlene, ou como quer que ela se chame, de uniforme de enfermeira, exibindo a pele acetinada cor de pêssego. Mas ele precisa voltar para o trem. Faz um frio danado. Está na hora de ir embora. No fim, acontece com todo mundo. Não adianta chorar o sangue derramado. Deve-se enfrentar. Não é hora de fraqueza. Os dedos estão dormentes. Ele não consegue acender o cigarro. Vamos lá, Bob. Sylvia está esperando. É, a rainha do gelo. Não é à toa que Tommy jogue no outro time. Ele estremece, cheira os dedos. Lili tem razão, é tudo teatro. E agora chegou a hora da última cena. O último golpe. Pai nosso que estais no céu, santificado seja Vosso nome... Como é mesmo que continua?

Lili.

Mãe.

Pai.

Tanto frio! Tanto medo! Perdão.

Ich...

Se alguém estivesse ali para segurar a mão de Hans Taub e testemunhar sua morte, deduziria que ele morria em paz, dormindo, com um sorriso no rosto. Mas houve um pequeno problema na ala do hospital, e somente vinte minutos depois descobriram que o senhor simpático da cama do canto, longe da janela, havia partido.

CAPÍTULO 19

Sem profundidade

1

A FAMÍLIA de Elisabeth está ao redor da cama. No começo, Stephen se sente um intruso.

Ela está num quarto individual, elegantemente revestido com madeira clara moderna. Está conectada a vários equipamentos, por intermédio de fios e tubos. Vasos de flores impregnam o quarto de uma doçura enjoativa, mas ele sabe que ela adora flores, por isso deve ser de seu agrado.

Ela está consciente e, ao que tudo indica, bastante alerta. Os filhos e netos se viram para ele, que se apresenta. Andrew o conhece, evidentemente.

— Ora, ora — diz ela, com alegria, embora já sem a vivacidade de costume. — Será que vocês poderiam me dar uns minutinhos a sós com esse moço bonito?

Eles se retiram em silêncio, passando por ele com fisionomias que vão da máscara de sofrimento antecipado ao sorriso simpático carregado de tristeza. Estão todos desorientados. Ela o chama. Ele se senta na cadeira junto à cama. Segura sua mão.

Ela sorri.

— Meu querido Stephen — murmura.

— Você está com dor? — pergunta ele.

— Um pouquinho. Mas pedi que não me dessem morfina. Consegui manter a lucidez até agora, por que perderia nos meus últimos dias?

Ele abre um sorriso.

— Não precisa chorar — adverte ela. — Pelo menos não por mim. Talvez por você. Eu morri na guerra. Tudo que aconteceu comigo... Eu me tornei indiferente. A profecia deles se concretizou. Fiquei subumana. Estava morta. Aí, quando saí do campo, renasci. Tive uma vida maravilhosa. Morte, depois renascimento. Minha vida foi isso. E, quem sabe, talvez eu ainda volte a viver em outra dimensão desconhecida. Mas duvido — acrescenta ela, num murmúrio, como se refletisse sobre um enigma. — E o Hans se foi mesmo?

Ela sabe, mas precisa da confirmação.

— Hans morreu há um ano e meio — tranquiliza-a ele.

— Claro. É difícil acreditar, não é? — pergunta ela, intrigada.

— O que é difícil acreditar?

— Que existam pessoas como ele no mundo. Mas existem. Muitas. Pessoas infelizes. Fique satisfeito por não ser uma delas.

Os dois conversam durante mais alguns minutos, até ele chegar à conclusão de que está na hora de ir embora. Se ela deve ficar com alguém, pensa ele, é com a família.

Quando ele se levanta, ela diz:

— Os lugares-comuns são melhores nessa hora. Não busquemos profundidade. Foi muito bom ver você, Stephen. Você está ótimo.

Ela o encara, instigando-o.

— Você também, Elisabeth — mente ele, obediente. — Adeus.

— Adeus — responde ela.

E ele se vira, decidido, para a porta.

AGRADECIMENTOS

Tenho minhas questões com agradecimentos públicos. Parte de mim acha que agradecer às pessoas é um ato mais bem conduzido em particular. Elogios públicos podem parecer falsos. Mas aqui estão:

Muito obrigado a Chris Wakling, Anna Davis e Rufus Purdy, da escola de criação literária Curtis Brown, por me incentivarem a acreditar que eu era capaz e por me orientarem tão bem.

A meus colegas do curso on-line de seis meses da CBC, por me aguentarem e por suas críticas, muitas com novos insights, todas estimulantes.

À equipe maravilhosa da Viking, no Reino Unido, e da HarperCollins, na América do Norte, e sobretudo às minhas duas incríveis editoras: Mary Mount, da Viking, e Claire Wachtel, da HarperCollins.

A todos da Curtis Brown Agency, que me ajudaram a trafegar por esse estranho mundo novo (para mim). E sobretudo, é claro, ao meu brilhante agente, Jonny Geller.

E sem esquecer minha primeira leitora, minha primeira tudo: Catherine, a quem este livro é dedicado.

Omiti muitas pessoas que, de maneira geral, foram importantes em minha formação e na formação da minha escrita: parentes, amigos e colegas a quem devo muito, e os que merecem reconhecimento por terem me mostrado como eu não devo conduzir minha vida. São vários (nas duas categorias).

É evidente que qualquer erro do livro e suas deficiências cabem apenas a mim.

Este livro foi composto na tipografia
Palatino LT Std, em corpo 11/16, e impresso
em papel off-white no Sistema Cameron da
Divisão Gráfica da Distribuidora Record.